DuMont's Kriminal-Bibliothek

Charlotte Matilde MacLeod wurde 1922 in Kanada geboren und wuchs in Massachusetts, USA, auf. Sie studierte am Boston Art Institute und arbeitete danach kurze Zeit als Bibliothekarin und Werbetexterin. 1964 begann sie, Detektivromane für Jugendliche zu veröffentlichen, 1978 erschien der erst »Balaclava«-Band, 1979 der erste aus der »Boston«-Serie, die begeisterte Zustimmung fanden und ihren Ruf als zeitgenössische große Dame des Kriminalromans festigten.

Von Charlotte MacLeod sind in dieser Reihe bereits erschienen: »Schlaf in himmlischer Ruh'« (Band 1001), »Die Familiengruft« (Band 1012), »Über Stock und Runenstein« (Band 1019), »Der Rauchsalon« (Band 1022), »Der Kater läßt das Mausen nicht« (Band 1031), »Madam Wilkins' Palazzo« (Band 1035), »Der Spiegel aus Bilbao« (Band 1037), »Kabeljau und Kaviar« (Band 1041) und »Stille Teiche gründen tief« (Band 1046).

Herausgegeben von Volker Neuhaus

Charlotte MacLeod

»... freu dich des Lebens«

DuMont Buchverlag Köln

Für Betty und Arnold

Die Handlung dieses Romans ist frei erfunden. Eventuelle Ähnlichkeiten mit lebenden oder toten Personen sind rein zufällig.

Umschlagmotiv von Pellegrino Ritter
Aus dem Amerikanischen von Sascha Mantscheff

Die der Übersetzung zugrundeliegende englischsprachige Originalausgabe erschien 1981 unter dem Titel »The Luck Runs OUt« bei Doubleday & Company, Inc., New York

Druck und Verarbeitung:
Clausen & Bosse GmbH, Leck
Printed in Germany
ISBN 3-7701-5392-8

Kapitel 1

»Du meine Güte, Odin, ich kann mir nicht vorstellen, daß es noch ein Pferd auf der Welt gibt, das die Hufeisen so schnell abwetzt wie du.«

Glucksend wie eine Henne legte sich die Hufschmiedin den schweren Huf des gewaltigen Balaclava Blacks in den Schoß ihres Lederschurzes, nahm ein scharfes, kurzes Messer zur Hand und fing an, ihn mit geschickten, flinken Schnitten an den Rändern zu stutzen. Helen Shandy, die bis vor zwei Monaten Helen Marsh geheißen hatte, stand so nahe dabei, wie sie sich traute, und schaute zu. Sie versuchte immer noch, sich in dem weitläufigen Komplex des Balaclava Agricultural College zurechtzufinden, und ihr derzeitiges Forschungsgebiet waren die Stallungen des Fachbereichs Haustierhaltung. Bislang war die Kurschmiedin Flackley ihre faszinierendste Entdeckung.

Helen selbst war klein, hübsch, um die 40 und angenehm mollig. Miss Flackley war noch kleiner, ging auf die 60 zu und war kein bißchen mollig, soweit man sehen konnte. Wenn sie nicht gerade einem Ackergaul eine Pediküre verabreicht hätte, wäre Mrs. Shandy nie auf ihren Beruf gekommen.

Die Hufschmiedin trug eine adrette braune Cordhose und eine ebensolche Jacke. Sie hatte glänzendbraune Halbschuhe, etwa Größe 4½, an. Ihre grauen Haare steckten unter einer modischen gehäkelten Baskenmütze aus dunkler, lohbraun und rostrot durchsetzter Kammwolle. Ein dazu passender Schal steckte im Kragen ihrer makellosen beigen Flanellbluse. Ihre Hände waren durch gelbe Gärtnerhandschuhe aus Baumwolle und ihr Gesicht durch einen dünnen Film Feuchtigkeitscreme geschützt. Nichts an ihr schien fehl am Platz bis auf die goldgeränderte Bifokalbrille, die ihr die winzige Nase hinabrutschte, als sie das Messer mit einer Feile vertauschte, so lang wie ihr Unterarm, und begann, den soeben beschnittenen Huf zu glätten.

»Er sieht so aus, als würde er es genießen«, bemerkte Helen.

»Ja, Odin mag es wirklich, wenn man sich mit ihm abgibt«, pflichtete ihr Miss Flackley bei. »Sie mögen es alle, bis auf Loki. Das ist ein sehr eigenwilliges Pferd.«

»›Der Weisheit zoll' ich Achtung, nicht der Stärke‹«, murmelte Helen.

»Das ist C. S. Lewis, nicht wahr«, sagte zu ihrer Überraschung Miss Flackley. »Ja, Loki hat tatsächlich einen nachdenklichen, melancholischen Charakterzug. Ich vermute, es kommt daher, daß er der kleinste ist.«

Helen blickte die Reihe der acht Boxen entlang, über denen auf massiven Walnußbrettern die Namen der Bewohner standen. An den unteren Hälften der geteilten Türen war je ein Hufeisen angebracht. Loki war in der Tat ein bißchen kleiner als die anderen. Ihr kam er allerdings immer noch riesig vor.

»Ich möchte wissen, warum sie immer mit den Enden nach oben hängen«, sinnierte sie. »Ich vermute, ein alter Aberglaube.«

»Sehr alt kann er nicht sein«, entgegnete die erstaunliche Miss Flackley. »Der Hufbeschlag, wie wir ihn kennen, setzte sich erst im Mittelalter durch, obwohl die Menschen natürlich schon lange gewußt haben müssen, daß die Hufe von Einhufern dazu neigen, sich an den Rändern abzunutzen, wenn die armen Tiere ihren Hafer im Schweiße ihres Angesichts verdienen müssen wie wir anderen armen Sünder hier auf Erden. Die alten Römer zogen ihren Pferden Ledersandalen an, und die Japaner ließen sie in Strohpantoffeln herumschlurfen. Angeblich hat William der Eroberer den Hufbeschlag von Europa nach England gebracht; als wir anfingen, Amerika zu kolonisieren, muß er also schon allgemein gebräuchlich gewesen sein. Stillhalten, Odin.«

Mit einem leichten Klaps auf die Flanke beruhigte sie das turmhohe Tier.

»Wenn man es richtig anstellt, tut es ihnen nicht mehr weh, als wenn man sich die Zehennägel schneidet. Wo war ich stehengeblieben? Ach ja, das Aufhängen der Hufeisen. Im Lauf der Jahre hat es eine Menge Kontroversen um diesen Punkt gegeben, aber die fortschrittlichere, moderne Ansicht ist, daß die Enden nach oben zeigen sollen. Sie erinnern mich immer an diese ägyptische Göttin mit dem gehörnten Kopfschmuck. Isis? Hathor? Ich konnte sie nie auseinanderhalten. Na, sie hatte jedenfalls irgendwas mit der Fruchtbarkeit zu tun.«

»Das hatten sie im allgemeinen alle«, sagte Helen interessiert.

»Andererseits«, fuhr Miss Flackley fort, »wenn man ein Hufeisen umdreht, kriegt man das Omega, den letzten Buchstaben des griechischen Alphabets, wie Sie sicherlich besser wissen als ich. So herum hat man also Leben und Wachstum und andersherum etwas Abgeschlossenes. Wenn man sich den Tod als etwas Endgültiges vorstellt, könnte man vermutlich zu der Ansicht kommen, daß die Enden nach oben Glück bringen und die Enden nach unten Unglück. Das ist natürlich nur meine ungebildete Privatmeinung. Da kommt Professor Stott, und ich bin sicher, er kann Ihnen eine vernünftigere Auskunft erteilen als ich.«

Der Leiter des Fachbereichs Haustierhaltung steuerte tatsächlich stolzen und gemächlichen Schrittes auf sie zu. Wohl wissend, daß Eile Weile braucht und wertvolle Pfunde vernichtet, besaß Professor Stott in der Blüte seiner Mannesjahre einen Umfang und eine Gemütsruhe, die nicht ihresgleichen hatten – außer vielleicht beim preisgekrönten Eber des College, Balthazar von Balaclava.

Stott und Balthazar hatten eine Menge gemeinsam. Wohlbespeckt, mit der gesunden rosigen Haut, den klaren, kleinen, blauen Augen, die tief in festes Fett eingebettet waren, und jener wohlwollenden Miene, die Gemütsruhe verbunden mit Prinzipientreue verrät, hätte Professor Stott ein sehr ansehnliches Schwein abgegeben. Beim Anblick Helens, die er mochte, und Miss Flackleys, die er respektierte, blieb er stehen und lüpfte sein grünes Filzhütchen.

»Guten Tag, meine Damen.«

»Guten Tag, Professor«, sagte die Hufschmiedin. »Mrs. Shandy fragte mich gerade, warum wir die Hufeisen mit den Enden nach oben statt nach unten aufhängen. Vielleicht können Sie sie aufklären.«

Mit dem Hut in der Hand dachte der gelehrte Mann nach. Endlich verkündete er sein Urteil:

»Damit das Glück nicht herausläuft.«

»Na also«, sagte Miss Flackley, »das zeigt doch mal wieder: Wenn Sie eine intelligente Antwort wollen, wenden Sie sich gleich an den Fachmann. Wie geht es Belinda heute, Professor?«

Sie meinte Balthazars neueste Gefährtin, eine schöne junge Sau, in die Stott große Hoffnungen setzte. Ein leichter Schatten glitt über die Miene des würdigen Mannes.

»Ich wollte Sie schon nach Ihrer fachlichen Meinung fragen, Miss Flackley. Im großen und ganzen wirkt Belinda glücklich und zufrieden, aber es will mir so scheinen, als wäre nach der Fütterung ein leichtes Unbehagen an ihr zu bemerken.«

»Das ist doch nur natürlich, möchte ich meinen«, erwiderte Miss Flackley. »Schließlich soll sie doch bald ferkeln. Mutter werden, hätte ich sagen sollen«, setzte sie hinzu und wandte sich entschuldigend an Helen. »Bitte verzeihen Sie meine ungeschliffene und bäurische Wortwahl.«

»Da sollten Sie mal meinen Mann hören, wenn er über organischen Dünger ins Schwärmen gerät«, beruhigte Helen sie. »Aber ich darf Sie nicht mit Schwatzen aufhalten, wenn Belinda Bauchweh hat.«

»Wollen Sie nicht mitkommen, Mrs. Shandy? Diese Sau ist wirklich sehenswert, das kann ich Ihnen versichern.«

»Und ob sie das ist!« Professor Stotts blaue Äuglein funkelten, und seine Lippen verzogen sich zu einem Lächeln, das man fast jungenhaft hätte nennen können. »Los, kommen Sie, Mrs. Shandy, Sie müssen Belinda kennenlernen.«

»Ich würde herzlich gern, aber es kommen ein paar Leute zum Abendessen, und ich habe noch gar nichts vorbereitet. Ach, Miss Flackley«, fügte sie impulsiv hinzu, »könnte ich Sie dazu überreden, bald mal mit uns zu Abend zu essen? Wie wäre es mit Freitag?«

»Wieso – « Die Hufschmiedin ließ die Feile sinken und betrachtete verblüfft die Professorengattin. Es gab keinen Grund auf der Welt, warum sie nicht eingeladen werden sollte, mit dem Lehrkörper das Brot zu brechen, aber offenbar war sie noch nie darum gebeten worden. Vielleicht kam sie zu der Ansicht, es sei an der Zeit. Jedenfalls nickte sie mit dem adretten Kopf.

»Ich bin entzückt, und Freitag paßt mir sehr gut. Wann soll ich kommen?«

»Wäre Ihnen halb sieben recht? Es ist das kleine Backsteinhaus auf dem Crescent.«

»Ich weiß.« Ein schwaches Lächeln huschte über Miss Flackleys ungeschminkte Lippen. Nach seinem bemerkenswerten Benehmen während der weihnachtlichen Lichterwoche* gab es keine

*»*Schlaf in himmlischer Ruh'*«. DuMont's Kriminal-Bibliothek Bd. 1001.

Menschenseele in Balaclava Junction, die nicht gewußt hätte, wo Peter Shandy wohnte. »18.30 Uhr paßt mir ausgezeichnet.«

»Gut, dann erwarten wir Sie. Professor Stott, Sie kommen auch. Ich mache Ihnen einen Nudelpudding. Darf ich Belinda stattdessen morgen besuchen?«

»Vergnügen.«

Mit dieser verstümmelten Phrase setzte Professor Stott den Hut auf und seine Masse in Richtung der Schweineställe in Bewegung. Miss Flackley folgte mit respektvollen drei Schritten Abstand. Helen zog sich den Kragen ihres Regenmantels enger um den Hals, denn der Aprilwind in Massachusetts war noch ziemlich frisch, und eilte über den Campus nach Hause.

In letzter Zeit hatte sie eine Reihe kleiner Dinner gegeben. Natürlich wurden manche Leute öfter eingeladen als andere. Heute hatten sie die Enderbles zu Gast, ein älteres Paar, das alle sehr mochten, und Timothy Ames, Peters besten Freund und Kollegen. Zufällig war Tim auch der Vater von Jemmy, die Dave Marsh, einen jungen Verwandten von Helen, geheiratet hatte. Nachdem Helen gekommen war, um Tim den Haushalt zu führen, als man seine Frau tot hinter Peters Sofa gefunden hatte, hatte sie Ames bald wegen Shandy verlassen. Da sie immer noch leichte Schuldgefühle hegte und eine Zuneigung zu dem knorrigen alten Gnom entwickelt hatte, tat Helen alles, was in ihrer Macht stand, um freundlich zu Tim und seiner Haushälterin zu sein – denn Jemmy hatte ihren Vater gedrängt, eine anzustellen, als Helen Peter geheiratet hatte.

Zu Tims neuer Haushälterin freundlich zu sein, stellte jede Freundschaft auf die Probe. Professor Ames' verstorbene Gattin war herrschsüchtig, laut, geschwätzig und überhaupt eine Landplage gewesen. Der eigenen Wahl überlassen, hatte Ames sich unweigerlich eine andere Frau desselben Typs aufgehalst. Der Hauptunterschied war, daß Jemima Ames die schlampigste Hausfrau gewesen war, die je eine Küche verwüstet hatte, während Lorene McSpee schonungslos, unermüdlich und überwältigend reinlich war.

In vergangenen Zeiten hatte das Amessche Haus, das direkt gegenüber Shandys Haus auf dem Crescent stand, nach Schimmel, kaltem Rauch und ungeleerten Mülleimern gestunken. Jetzt war es unmöglich, an dem Grundstück vorbeizuspazieren, ohne daß einem Ammoniakschwaden die Nebenhöhlen verätzten. Die

Nachbarn versuchten einander zu überzeugen, daß dieser Wandel zu begrüßen sei. Tim habe Glück gehabt, so eine fleißige Kraft zu bekommen. Außerdem sei es schwierig, überhaupt jemanden zu finden, der bereit sei, bei ihm zu wohnen, denn Professor Ames war schwerhörig und kam in die Jahre. Jeder, dem Tims Wohlergehen am Herzen lag, mußte ihm helfen, sich diesen Ausbund an Putzsucht warmzuhalten. Also hatte Helen auch Lorene McSpee eingeladen.

Wahrscheinlich würden sie den Abend überleben. Man konnte darauf zählen, daß Mary Enderble ein heiteres Geplauder in Gang halten würde. Nach dem Dinner würde Peter die anderen Männer wahrscheinlich in das Kämmerchen locken, das er sein Arbeitszimmer nannte und in dem es buchstäblich keinen Platz für die drei Frauen gab. Na, zur Not könnte sie Lorene mit in die Küche nehmen und Putzmittel vergleichen.

Während sie im Kopf Menüs zusammenstellte, erklomm Helen die nicht unbeträchtliche Steigung zum Wohnviertel des Lehrkörpers. Der Campus von Balaclava nahm ein großes Gebiet ein, das sich über eine Reihe Hügel und Täler erstreckte, und die Gebäude des Fachbereichs Haustierhaltung waren – durchaus gut überlegt – an der tiefsten und entferntesten Stelle gelegen, gut einen Kilometer vom Verwaltungsgebäude, den Hörsälen und Studentenheimen. Helen kam außer Puste, aber mit klarem Kopf nach Hause, hängte ihren Mantel auf und ging sofort an die Arbeit. Als Peter von seinen Nachmittagsvorlesungen kam, war der Tisch gedeckt, die Drinks standen bereit und das Haus war von Wohlgerüchen erfüllt. Er schnüffelte zufrieden.

»Wie klug es doch von mir war, dich zu heiraten. Hühnerfrikassee und Honigkuchen mit Apfelmus, wenn ich mich nicht irre.«

»Wann hättest du das je?« Sie gab ihm einen Kuß. »Ich dachte, ich stelle Mrs. McSpee einen Eimer Putzwasser hin, damit sie sich wie zu Hause fühlt. Ich frage mich, was Mr. McSpee wohl zugestoßen ist.«

»Ich vermute, sie hat ihn in der Hochzeitsnacht verspeist.«

»Nein, ich würde sagen, sie hat ihn mit einem Kanister Lysol in die Badewanne gesteckt. Peter, ich glaube wirklich nicht, daß ich diese Frau mag.«

»Darin beweist du ausgezeichneten Geschmack und scharfe Urteilsfähigkeit, meine Liebe. Warum in Gottes Namen hast du sie also zum Dinner eingeladen?«

»Weil Tim dein Freund und Jemmys Vater ist. Es war das wenigste, was ich tun konnte.«

»Das wenigste, was du tun konntest, war, gar keinen einzuladen. Es paßt nicht zu deinem Wesen, das wenigste zu tun, was du tun kannst. Ich wünschte nur, du würdest ein wenig von deiner irregeleiteten Wohltätigkeit darauf verwenden, für Tim statt dieses rasenden Putzteufels eine anständige Frau zu finden, die zu ihm paßt.«

»Er hatte eine, aber du warst ihr Verderben. Nimm deine Pfoten weg, du Lüstling!«

»Das meinst du doch nicht im Ernst?«

»Eigentlich nicht, aber wir haben jetzt keine Zeit.«

Helen knöpfte ihre Bluse wieder zu. »Um die Wahrheit zu sagen, Peter: ich habe etwas getan. Zumindest habe ich etwas in Bewegung gesetzt. Willst du dir nicht mal die Hände waschen, bevor die Gesellschaft eintrifft?«

»Meine Hände sind sauber«, sagte ihr Gatte bestimmt, »und ich hoffe, das kannst du auch von deinen sagen. Was hast du in Gang gesetzt?«

»Tja«, sagte Helen und fummelte verlegen mit einem Topflappen herum, »wo ich damals in South Dakota gearbeitet habe, hatte ich die netteste, süßeste, absolut herzigste – «

»Pudelhündin? Geliebte? Goldfischzucht?«

»Zimmerwirtin. Sie war der einzige überlebende Nachfahre einer alten Familie.«

»Quatsch.«

»Doch, wirklich. Ihr Großvater väterlicherseits war ein berühmter Fabrikant von Kutschpeitschen und Spritzledern. Er hat ein palastartiges Herrenhaus mit sieben Zimmern im spätamerikanisch-gotischen Stil gebaut.«

»Verfügte es über sanitäre Anlagen?«

»Nicht direkt, aber die Nachttöpfe waren geschmackvoll verziert, so daß sie zu den Waschschüsseln paßten. Jedenfalls fiel Iduna, als die Zeit erfüllt war, das Haus als Erbteil zu. Viel mehr konnte ihr nicht mehr zufallen, da schlechte Zeiten für die Kutschpeitschenbranche herrschten, also hat Iduna eine Pension daraus gemacht.«

»Iduna?«

»Natürlich Iduna. Iduna Bjorklund. Hast du noch nie von Bjorklunds Kutschpeitschen gehört?«

»Komischerweise noch nie. Könnten wir diese Erzählung etwas beschleunigen? Sie müssen jeden Moment hier sein.«

»Iduna auch – das versuche ich dir doch die ganze Zeit zu erklären. Vorletzte Woche hat ein Tornado Kleinholz aus ihrem Haus gemacht. Sie muß sich ihren Lebensunterhalt verdienen, und da unten kann sie das nicht mehr, also habe ich ihr geschrieben und sie eingeladen. Sie hat mich heute angerufen und mir gesagt, sie käme Freitag um halb vier.«

Bevor Shandy »Oh Gott!« rufen konnte, klingelte es an der Tür. Er rief es trotzdem und ging die Gäste begrüßen.

Die Ehe bekam Peter Shandy gut. Er lächelte jetzt öfter. Mit 56 Jahren trug er seine fünf Fuß sechs Zoll gerade und elastisch, hätte ein paar Pfund abspecken können, war aber keinesfalls dick und konnte auf den Rübenfeldern immer noch schneller arbeiten als alle seine Studenten. Er trug immer noch seine guten grauen Anzüge, aber seine von Helen ausgesuchten Schlipse und Hemden waren farbenfroher als noch vor ein paar Monaten.

Alle vier Gäste kamen gleichzeitig an, was nicht verwunderlich war, da Ames und die Enderbles direkte Nachbarn waren. In ihrem dunkelgrünen Kostüm mit wallender Bluse und einer adretten Baskenmütze sah Mary Enderble aus wie ein weiblicher Kobold. John Enderble, der emeritierte Professor für die heimische Fauna, hatte in einer mit Baumwolle ausgekleideten Streichholzschachtel eine kleine Taschenmaus mitgebracht. Das Baby, das seine Mutter unter tragischen Umständen verloren hatte, wurde mit einer Pipette gestillt, die ihm alle paar Minuten an das piepsende Mäulchen gehalten werden mußte.

Helen war hingerissen von der Maus. Lorene McSpee hielt Mäuse im Wohnzimmer nicht für besonders hygienisch. Sie hatte einen Hosenanzug an, der genau zu ihrem Teint paßte: ziegelrot mit wilden Zickzackstreifen in Braun und Ocker.

Professor Ames trug, was er immer trug: ein Tweedjacket mit abgewetzten Ellbogen und eine Hose, aus der sein Sohn irgendwann einmal herausgewachsen war. Trotzdem sah er seltsam aus. Die Hose war gebügelt. Sein Hemd war so weiß, daß einem beim Hinsehen die Augen schmerzten. Sein Schlips sah nicht so aus, als hätte man damit Tomatenpflanzen hochgebunden. Mrs. McSpee mußte ihn inzwischen völlig unter dem Pantoffel haben.

Shandy beeilte sich, seinen Freund im bequemsten Sessel unterzubringen, bevor die Haushälterin sich ihn schnappen konnte. So sehr ihn die Neuigkeiten über Iduna Bjorklund auch verblüfft hatten, spürte er allmählich, daß das Goldstück aus South Dakota gar nicht früh genug eintreffen konnte. Vielleicht könnte er sie mit Tim verkuppeln und Lorene loswerden. Es war eine Schande, daß der Tornado nicht schon eher zugeschlagen hatte, sonst hätte Helen keine Einladung an diese gräßliche Frau verschwendet. Nicht daß Helen nicht genauso gedacht hätte, aber nachdem es nun einmal passiert war, konnte sie nicht mehr zurück.

Seine Frau konnte alles gut, nur nicht die Gefühle anderer Leute verletzen, hatte er herausgefunden, aber Lorene McSpee war offensichtlich überempfindlich. Sie ritt bei jeder Gelegenheit darauf herum, daß ihr als einfacher Hausangestellten gastliche Aufnahme nicht zustände und daß sie sie hier sicherlich nicht fände.

»Ach, mir ist es gleich. Wovon Sie halt am meisten haben«, war ihre Antwort, als Shandy sie fragte, was sie trinken wolle. Als er ihr einen Scotch anbot, entschied sie sich lieber für einen Bourbon. Als sie ihn bekam, trank sie einen Schluck und verzog das Gesicht. Am Eßtisch nahm sie ihre Gabel in die Hand, betrachtete sie kritisch und bemerkte: »Ich bin froh, daß Sie nicht Ihr Tafelsilber für mich herausgekramt haben, Mrs. Shandy. Die Mühe würden Sie sich wohl nur für jemand besonderen machen.«

»Ich würde mir mit Freuden die Mühe machen, wenn wir welches hätten«, erwiderte Helen mit einem ziemlich gezwungenen Lächeln. »Das einzige Silber, das wir besitzen, ist ein Pokal, den Peter mit zwölf Jahren beim Wettpflügen gewonnen hat.«

Glücklicherweise begann die Taschenmaus eine halbe Stunde, nachdem sie die Tafel aufgehoben hatten, so herzzerreißend zu quieken, daß John Enderble meinte, er würde sie besser nach Hause ins Bett bringen. Das machte der Party ein Ende, und keine Sekunde zu früh. Es bestand kein Zweifel: Lorene McSpee mußte gehen. Das verkündete Shandy offiziell, als er sein Hemd auszog.

»Verdammich, Helen, die Lage ist ernst. Diese Harpye hat Absichten auf Tim. Hast du gesehen, wie sie versucht hat, ihm das Fleisch zu schneiden? Und wenn er sein Hörgerät abschaltet und im falschen Moment ja sagt? So hat Jemima ihn erwischt.«

»War Jemima so fürchterlich wie Lorene?«

»Überhaupt nicht. Sie war herrschsüchtig, stur, voreingenommen, aufdringlich und geschwätzig, aber sie war nicht einfach aus

Spaß gemein wie diese Wölfin in Menschengestalt, die jetzt versucht, ihre Klauen in ihn zu schlagen.«

»Das versucht sie tatsächlich, nicht? War das nicht schrecklich mit dem Silber? Ich hoffe nur inständig, daß Miss Flackley nicht denselben Eindruck bekommt, obwohl sie viel zu wohlerzogen ist, um es auszusprechen. Ich werde eine kleine Bemerkung fallen lassen müssen, daß wir nur rostfreies Besteck haben.«

»Was redest du da? Wer ist Miss Flackley?«

»Peter, du weißt genau, wer Miss Flackley ist. Du kennst sie schon viel länger als ich.«

»Helen, du meinst doch nicht zufällig Kurschmied Flackley?«

»Natürlich meine ich die. Ich habe sie für Freitagabend zum Dinner eingeladen.«

»Wozu um alles in der Welt?«

»Weil sie eine liebenswürdige, interessante Frau mit einer originellen Art zu denken ist und weil ich sie besser kennenlernen möchte. Professor Stott habe ich auch hergebeten. Ich glaube, er hat ein Auge auf sie geworfen. Er hat sie eingeladen, sich sein Schwein anzuschauen.«

»Das deutet auf zärtliche Gefühlsregungen hin.«

»Glaubst du wirklich?« fragte Helen zweifelnd. »Mich hat er auch eingeladen, aber ich bin nicht mitgegangen. Schließlich bin ich jetzt eine verheiratete Frau.«

»Da paß bloß drauf auf«, erwiderte ihr Gatte. »Mit diesem schmalzigen Schwerenöter um die Schweinekoben zu strolchen, steht deinem ehrbaren Stand schlecht an.«

»Ist er wirklich ein Herzensbrecher? Was ist mit Mrs. Stott passiert, oder hat es nie eine gegeben?«

»Und ob es das hat, sogar an die 280 Pfund von ihr nach der letzten Schätzung. Soweit ich weiß, ist Stott seiner Elizabeth Zeit ihres Lebens treu geblieben. Leider wurde es durch eine Überdosis Hering bei einer von Sieglindes kleinen Teeparties jäh beendet. Ich war einer der zehn Sargträger. Damals war ich noch das reinste Muskelpaket.«

»Sag bloß. Hat sie Kinder hinterlassen?«

»Acht. Stott hat, wie zu erwarten war, zwei Würfe Vierlinge gezeugt.«

»Was ist mit ihnen passiert?«

»Erwachsen und in alle Winde zerstreut. Sie sind alle erfolgreiche Schweinezüchter, Wurststopfer, Schinkenräucherer und dergleichen. Es ist wohl ein einsames Leben für Stott ohne seine Familie in der Nähe, wenn ich es jetzt so bedenke. Der Mensch lebt nicht vom Schwein allein.«

»Dann bin ich froh, daß ich ihn eingeladen habe. Er wird Iduna mögen – sie ist verrückt nach Tieren. Ich wette, sie wird sich erbieten, die abendliche Fütterung von Johns Maus zu übernehmen. Oh, das ist eine Idee! Ich werde Mary Enderble bitten, mir für das Dinner am Freitag etwas Tafelsilber zu leihen. Sie wird die Sache mit Miss Flackley verstehen.«

»Dann versteht sie mehr als ich«, sagte ihr Mann leicht gereizt. »Warum mußt du bei den Nachbarn Gabeln und Löffel schnorren gehen? Können wir nicht unsere eigenen kaufen?«

»Peter, Silberbesteck kostet heutzutage ein Vermögen.«

»Wieviel Vermögen?«

»Wahrscheinlich um die 200 Dollar pro Gedeck, je nachdem, was man nimmt.«

»Kleinigkeit. Verflixt, Weib, geht es dir nicht in dein armes Köpfchen, daß ich nicht gescherzt habe, als ich dir meine irdische Habe zu Füßen legte? Wenn du 200 meiner hartverdienten Dollars verjubeln willst, um den Schmied zu beeindrucken, dann verjubele sie doch.«

»Aber es wären nicht bloß 200 Dollar, Peter. Wir brauchen noch ein Gedeck für dich und eins für mich und eins für Iduna und eins für Professor Stott.«

»Zwei für Stott. Du weißt, wie er ißt. Jetzt paß mal auf: Ich habe am Freitagmorgen nur eine Vorlesung. Du nimmst dir den Tag in der Bücherei frei. Porble wird nichts dagegen haben. Sobald ich fertig bin, machen wir einen Ausflug zu dem Laden, wo Sieglinde dieses Dingsda für Hannah Cadwalls Abschiedsparty gekauft hat.«

»Oh, Peter, das war die Karolingische Manufaktur. Sie machen alles Silber von Hand. Es ist das teuerste, was es gibt. Und das schönste«, ergänzte Helen begehrlich. »Bist du sicher, daß du das willst?«

»Ich meine, es ist eine glänzende Idee«, erwiderte Shandy. »Legen wir uns hin, und reden wir darüber.«

Kapitel 2

Helen kurbelte das Autofenster einen Spalt herunter und lehnte sich zurück, um sich an dem Prospekt zu freuen, den sie seit ihrem letzten Besuch bei der Karolingischen Manufaktur in heimlichen Ehren hielt.

»Peter Shandy, du bist ein Engel, daß du das für mich tust.«

»Noch bin ich es nicht«, wandte er ein, »aber ich kann es jeden Moment werden, wenn dieser Hanswurst, der da auf uns zuholpert, nicht auf seine eigene Straßenseite zurückfindet.«

Sie waren unterwegs, das Silber zu kaufen, und beide bester Laune, obschon Helens vielleicht noch eine Spur besser war als Peters, der sich um den Lack seines neuen Autos sorgte. Mit der Anschaffung von Traktoren und Mähdreschern vertraut, hatte er sich noch nicht mit der Tatsache abgefunden, daß ein so kleines Fahrzeug so viel kosten konnte.

Allerdings hatte ihm die Ausgabe nichts ausgemacht, und dazu bestand auch kein Grund. Als ordentlicher Professor erhielt er ein großzügiges Gehalt vom College. Als Vater der Balaclava-Protz-Rübe, die er zusammen mit Timothy Ames gezüchtet hatte, und jüngeren ackerbaulichen Triumphen wie dem prächtigen Purpur-Portulak stand er auf der Schwelle zum Reichtum.

Bis er Helen Marsh kennengelernt hatte, war sein Geld für Peter Shandy so etwas wie seine Eckzähne gewesen – mit war es netter als ohne, es war nützlich, wenn es gebraucht wurde, und es verlangte eine gewisse regelmäßige Pflege, aber man verschwendete keinen besonderen Gedanken daran. Jetzt stellte er fest, daß es einen Quell der Freude darstellte, weil er damit Dinge kaufen konnte, die Helen Spaß machten. Sich für ein paar 1000 Dollar das Vergnügen einzuhandeln, ein Engel genannt zu werden, war seines Erachtens ein ausgezeichnetes Geschäft.

»Gehen wir unseren Plan für den Tag nochmal durch«, sagte er. »Wir begeben uns nach Westen zur Karolingischen Manufaktur, wählen ein hinreichend prächtiges Tafelsilber, um Miss Flackley zu überzeugen, daß wir sie nicht wie einen Hintersassen behandeln, verprassen, was uns auch immer geblieben sein mag, zu Mittag in dem Lokal, wo du und Sieglinde diese zauberhaften Pekannußbrötchen bekommen habt, und machen uns dann in Richtung Südsüdost zum Flughafen auf. Punkt 15.30 Uhr holen wir – so Gott und die Fluggesellschaft es wollen – Iduna Bjorklund ab. Dann rasen wir wie der Teufel nach Balaclava Junction zurück, damit du noch rechtzeitig dein Diadem auf deine Lockenpracht stecken kannst, um die erlauchte Versammlung zu begrüßen.«

»Peter, ich dulde es nicht, daß du dich über unsere Gäste lustig machst.«

»Wer macht sich lustig? Stott allein ist schon eine erlauchte Versammlung.«

»Vielleicht ist er nur noch ein Schatten seiner selbst. Ich hoffe, er hat sich von dem Schock erholt. Ich wollte dir es noch erzählen: Gestern bin ich wieder zu den Gebäuden von der Haustierhaltung rübergegangen.«

»Aha! Du schleichst dich also zu den Schweinekoben. Schwachheit, dein Name ist Weib. Hatte Belinda wieder eine Kolik?«

»Nein, ihr geht es prima. Das war es nicht, worüber Professor Stott sich so aufregte. Anscheinend hat ein findiger Kopf alle Hufeisen von den Pferdeboxen abgemacht und sie umgedreht, so daß sie nach unten zeigen statt nach oben.«

»Meine Güte!« rief Shandy. »Jetzt läuft das Glück heraus, und Balaclava verliert den Wettkampf.«

»Genau das waren Professor Stotts Worte. Er hält den Vorfall für eine üble Machenschaft der Rasenden Rüpel von Lumpkin Corners.«

»Da könnte er recht haben. Oder die Kopflosen Reiter von Hoddersville. Das Blut kommt in Wallung beim Ackerfest.«

»Es könnte wohl nicht ein alberner Streich von ein paar von unseren Studenten gewesen sein, nehme ich an?« fragte Helen sanft.

»Nie und nimmer! Sie sind treu bis ins Mark, jeder einzelne Hans und jede einzelne Gretel. Dir ist nicht klar, was die alljährliche Meisterschaft des Zugpferdvereins von Balaclava County hier in der Gegend bedeutet, Helen. Es ist kein Waldarbeiterwettkampf wie Dutzend andere, es ist eher eine Pferdeolympiade.

Aus ganz Neuengland kommen die Mannschaften her, und die Veranstaltung dauert tagelang. Warte nur, bis du die große Eröffnungsparade mit unseren Balaclava Blacks vor der ganzen anderen Horde siehst, die den Wagen ziehen, auf dem die College-Band spielt! Dahinter kommen all die anderen Wagen, mit Fahnen auf dem Verdeck, mit prächtigen Clydesdales und Percherons und Belgiern und Suffolks, die geputzt sind, bis du dich in ihrem Fell spiegeln kannst, das Geschirr poliert wie Gold und die Fahrer in brandneue Flanellhemden gezwängt. Da gibt es Zwei-, Vier-, Sechs- und Achtspänner-Wettbewerbe, bei denen Geschicklichkeit und Kondition und alles mögliche bewertet wird, und Wettpflügen aller Schwierigkeitsgrade und Reiten ohne Sattel und Westernreiten und Hufeisenwerfen und – «

»Biersaufen«, sagte Helen. »Ja, Lieber. Dr. Porble hat mir drüben in der Bibliothek die Sammelmappen gezeigt. Er kümmert sich besser um diese alten Zeitungsausschnitte und Photos, als er sich je um die Sammlung Buggins gekümmert hat, muß ich sagen.«

Da sie selbst als besondere Assistentin für die Sammlung Buggins angestellt war, war Mrs. Shandy in diesem Punkt nicht unvoreingenommen. Aber sie war zu glücklich, um kritisch zu bleiben.

»Wo wir gerade vom Pflügen sprechen: Vor ein paar Tagen habe ich Thorkjeld Svenson mit Odin und Thor üben sehen. Es war phantastisch – dieser Behemoth von einem Mann und die beiden riesigen Tiere bewegten sich wie ein einziger großer Körper!«

»Er gewinnt den Seniorencup«, meinte Shandy zufrieden. »Das tut er immer.«

»Dreimal auf Holz klopfen«, ermahnte ihn Helen. »Denk an diese umgedrehten Hufeisen.«

»Hm. Ich wünschte, das wäre nicht passiert. Nicht daß ich abergläubisch wäre oder so, aber – war das die Stelle?«

Das handgeschnitzte Schild war so unauffällig, daß Shandy daran vorbeigefahren war. Er setzte zurück, bog in den Parkplatz ein, der hinter einer Hecke dichtgesetzter Eiben verborgen lag, und folgte Helen in das lange, niedrige, mit braunen Schindeln verkleidete Gebäude.

Der Ausstellungsraum, in den sie kamen, war die Reise wert. Die Karolinger waren Kunsthandwerker in der Tradition von

Paul Revere und Edward Winslow und arbeiteten mit Silber und Gold. Shandy, der sich in sein Schicksal gefügt hatte, sich seiner Frau zuliebe zu langweilen, spazierte von einem Stück zum nächsten, war fasziniert von der überragenden handwerklichen Qualität und zählte die Teile, wie es seine Gewohnheit war.

Die Preise machten ihn ein klein wenig nervös, wenngleich ihm klar war, daß sie gerechtfertigt waren, nachdem er erfahren hatte, wie die Kosten für Edelmetall gestiegen waren. Helen und Peter bewunderten, verglichen, diskutierten und einigten sich schließlich auf das hübsche alte Paisley-Muster mit zarten Blattornamenten, die, wie Shandy dachte, ziemlich an die Blätter der *Brassica rapa* oder gemeinen Rübe erinnerten.

Nachdem sie sich entschieden hatten, erwarteten sie naiverweise, man würde das Silberzeug einfach einpacken und ihnen geben, aber so machte man das nicht bei der Karolingischen Manufaktur. Die Teile mußten zurück in den Polierraum gebracht werden, den letzten Glanz erhalten und in kleine, mit irgendeiner geheimnisvollen Essenz imprägnierte Flanellsäckchen eingepackt werden, die angeblich das Anlaufen verhinderte. Das Ganze würde etwa eine halbe Stunde dauern. Unterdessen, schlug die zuvorkommende Dame vor, die sie bedient hatte, würden sie sich vielleicht an einer Führung durch die Werkstätten beteiligen wollen.

»Führungen!« rief Helen erstaunt. »Finden sie oft statt?«

»Aber ja, ständig. Mr. Peaslee muß jeden Moment fertig zum Aufbruch sein.«

Mr. Peaslee, ein älterer Mann in einem Kostüm, das vermutlich das eines Silberschmieds aus dem 18. Jahrhundert darstellte, bewältigte bewundernswert seine Aufgabe, 31 Sechstklässler, einen entnervten Lehrer, drei Mütter, die zum Helfen mitgekommen waren, und zwei Männer, die sich am Rande herumdrückten und ohne Zweifel fragten, wie sie da hineingeraten waren, beieinander zu halten. Alles in allem hatte Mr. Peaslee eine ganz ansehnliche Herde beisammen.

Aber der Führer beherrschte sein Metier. Er war unterhaltsam, kenntnisreich und ein Experte darin, die Besucher davon abzuhalten, die Handwerker zu belästigen. Um die Sache bis zum letzten auszukosten, schlossen die Shandys sich an, als Mr. Peaslee die Schulgruppe vor dem Gebäude in den wartenden Bus drängte. Es gab eine Menge Hupen, Winken und Schreien, und dann waren die Shandys auf dem Parkplatz allein mit Mr. Peaslee – und zu ihrer Überraschung mit den beiden Männern, von denen sie angenommen hatten, sie gehörten zu den Kindern.

»Und jetzt«, meinte einer der beiden, die bislang noch kein Wort gesagt hatten, »frage ich mich, ob wir die Stahlkammer besichtigen könnten, wo das ganze Gold und Silber lagert?«

Mr. Peaslee lächelte entschuldigend. »Ich fürchte, die Sicherheitsbestimmungen erlauben uns nicht, die Stahlkammer während der Führung zu besichtigen.«

»Könnten Sie nicht 'ne Ausnahme machen? Hier mein Freund und ich interessieren uns wahnsinnig für Gold und Silber.«

»Tut mir leid, wir – «

Der Führer brach ab, als ihm aufging, daß er direkt in die Mündung eines sehr großen Revolvers starrte. Helen sah es ebenfalls und ließ einen schrillen Schrei ertönen, der von einer Hand auf ihrem Mund erstickt wurde.

»Nicht schreien, meine Dame«, sagte der zweite Mann. »Ich habe auch eine Pistole, und sie zeigt auf Ihren Hinterkopf. Fragen Sie Ihren Mann, wenn Sie mir nicht glauben.«

»Glaub ihm, Helen«, würgte Shandy hervor.

»Okay«, sagte der Gangster. »Also, wenn sich alle nett und ruhig verhalten, passiert überhaupt nichts. Wenn einer versucht, den Helden zu spielen, wird diese Dame erschossen, und das wäre sehr schlecht für das Ansehen Ihrer Firma, Mr. Peaslee. Ich glaube, Sie zeigen uns doch besser diese Stahlkammer.«

»Können Sie mich nicht als Geisel nehmen statt meiner Frau?« Shandy zwang sich, ruhig zu sprechen und sich nicht zu bewegen, obwohl es ihn juckte, dem Mann an die Kehle zu springen und sie zu zerfetzen.

Der Gangster schüttelte den Kopf, ohne mit der Pistole zu wackeln. »Tut mir leid, Sir, zufällig mag ich Frauen lieber. Sie gehen ganz, ganz ruhig vor uns her, und alles ist in Ordnung.«

»Ich weiß nicht, was Mr. Birkenhead dazu sagen wird«, jammerte der Führer.

»Wir sind weg, bevor Mr. Birkenhead weiß, was los ist. Los, kommen Sie jetzt!«

Der Überfall konnte unmöglich ein spontaner Einfall sein. Die beiden Männer wußten, daß die Stahlkammer sich in dem kleinen, alleinstehenden Gebäude am Ende der Anlage befand, das durch Büsche von allen Seiten gut abgeschirmt war, daß die

Kammer durch eine komplizierte elektronische Alarmanlage geschützt war und daß man bestimmte Dinge tun konnte, um die Anlage abzuschalten, bevor sie losging.

Diese Dinge taten sie. Sie sprengten den Tresor mit einer genau berechneten Sprengstoffladung. Sie zwangen Shandy und den unglücklichen Mr. Peaslee, das Gold und Silber in den rostbraunen Chevy-Lieferwagen zu laden, den sie dicht an der Tür, aber außer Sicht der Fenster der Werkstätten geparkt hatten. Es war eine Menge Edelmetall da, aber Männer, die mit der Pistole angetrieben werden, können schnell arbeiten. Binnen etwa zehn Minuten war der Wagen voll und die Stahlkammer leer.

»Danke, meine Herren«, sagte der Mann, der am meisten geredet hatte. »Jetzt gehen Sie in die Stahlkammer zurück und bleiben genau 15 Minuten drinnen. Danach können Sie die Polizei rufen, sich in die Hosen machen, einen Nervenzusammenbruch bekommen und alles tun, wonach Ihnen der Sinn steht. Aber eine Viertelstunde lang tun Sie gar nichts, kapiert? Wir nehmen die Frau mit, und wenn wir sehen, daß uns die Polizei verfolgt, oder wenn sich sonst jemand einmischt, ist sie tot. Wenn wir in genau 15 Minuten noch unbehelligt sind, setzen wir sie gesund und munter aus dem Wagen. Abgemacht?«

»Abgemacht«, sagte Helen, die die Ruhigste von allen zu sein schien. »Mach dir möglichst keine Sorgen, Peter, und bleib um Gottes willen hier, damit ich weiß, wo ich dich erreichen kann, wenn sie mich abgesetzt haben. Vergiß nicht, das Silber abzuholen. Ich fürchte, es wird ziemlich knapp mit der Zeit.«

Kapitel 3

In dieser stickigen Stahlkammer zu sitzen, war das Schwierigste, was Shandy in seinem Leben je getan hatte. Er hatte fast von Anfang an gewußt, daß er Helen liebte, aber ihm war nicht ganz klar gewesen, wie sehr sich sein gesamtes Leben während der lächerlich kurzen Zeit, seit sie sich am Flughafen begegnet waren – den sie jetzt im Moment eigentlich ansteuern sollten–, mit dem ihren unauflöslich verbunden hatte. Wohin um Gottes willen hatten diese beiden Ganoven sie verschleppt? Würden sie ihr Wort halten und sie laufen lassen? Und wenn zufällig ein Streifenwagen des Wegs käme und sie den Eindruck bekämen, sie würden verfolgt?

Er zwang sich, sich nicht zu rühren, weil er wußte, daß er sich nicht daran hindern könnte, zum Telefon zu hechten, wenn er sich regte. Mr. Peaslee hingegen schien der Schock gelähmt zu haben: Er starrte in die leeren Ecken des Raums und murmelte immer wieder verzweifelt: »Ich weiß nicht, was Mr. Birkenhead dazu sagen wird.«

Einmal fragte Shandy den Führer: »Werden sie Sie in der Fabrik nicht vermissen und suchen?«

Peaslee schüttelte nur den Kopf und grübelte weiter darüber nach, was Mr. Birkenhead wohl sagen würde. 14 Minuten und 31 Sekunden, nachdem er zu zählen begonnen hatte, war Shandys Durchhaltevermögen erschöpft.

»Kommen Sie«, bellte er und eilte zum Ausstellungsraum.

Mr. Birkenhead war da. Was er sagte, war: »Tja, ich möchte meinen, das mußte ja irgendwann passieren. Mrs. Pomfret, haben Sie die Güte und rufen Sie die Polizei und die Versicherung an. Professor Shandy, ich glaube, Mr. Williams an der Ausgabetheke hält Ihr Päckchen bereit.«

Benommen holte Shandy das Silberzeug ab, schloß es im Kofferraum ein und fragte sich, ob Helen es wohl je benutzen würde. Zwei Minuten später schleuderte ein Streifenwagen mit heulender Sirene heran, und er mußte erklären, wie er den beiden Gangstern geholfen hatte, ein Zimmer voll Goldbarren leerzuräumen.

Eine Beschreibung von Mrs. Shandy, der beiden Männer, die sie als Geisel genommen hatten, und des Lieferwagens wurde über Polizeifunk durchgegeben. Mr. Birkenhead hatte dem Professor eine Tasse Kaffee bringen lassen, die er dankbar trank, und einen Teller selbstgemachter Plätzchen von Mrs. Birkenhead, die eigentlich für die Belegschaft bestimmt waren. Sie sahen köstlich aus, aber Shandy mochte sie nicht anrühren. Mit geballten Fäusten und den Blick aufs Telefon geheftet, saß er auf einem Stuhl, den ihm jemand untergeschoben hatte.

Er wollte nicht dort sein; er wollte draußen sein, die Straßen absuchen und die Wälder durchkämmen, ›Helen‹ schreien – alles tun, um diesem fürchterlichen Herumsitzen zu entkommen. Aber er wagte nicht, sich vom Fleck zu rühren. Hier würde sie ihn zu finden hoffen, und hier mußte er bleiben. Die gesamte Polizeitruppe war jetzt auf der Suche; sie würden sie bestimmt jeden Moment finden.

Warum brauchten sie so lange? Und wenn sie Helen nie fänden? Und wenn sie – er verbannte die Idee aus seinem Kopf. Sie mußte zu ihm zurückkommen, weil sein Leben ohne sie undenkbar war. Aber wenn nicht?

Shandy war drauf und dran, sich etwas anzutun, als ein Streifenwagen auf den Parkplatz fuhr und Helen auf ihn zustürzte.

»Oh, Peter!«

Sie lag in seinen Armen. Einer lachte, der andere weinte, oder vielleicht taten beide beides. Nach einer Weile beruhigten sie sich, und Helen war in der Lage, ihre Geschichte zu erzählen.

»Ich weiß nicht, wohin sie mich gebracht haben. Sie haben mir die Augen verbunden und mich gefesselt, als sie mich in den Lieferwagen setzten, und dann haben sie mich bald in ein anderes Auto verladen. Wir sind eine Weile rumgefahren, dann haben sie mich abgesetzt, und ich habe mich befreit. Ich war auf einem kleinen Feldweg im Wald. Ich folgte ihm bis zu einer Straße. Endlich fand ich ein Haus. Die Frau wollte mich nicht reinlassen, aber sie hat die Polizei für mich angerufen, und ich habe auf der Schwelle gesessen, bis sie kamen. Sie muß gedacht haben, ich wäre betrunken oder übergeschnappt.«

»Bist du verletzt?« fragte Shandy ängstlich. »Haben sie dir was angetan?«

»Nein, kein bißchen. Die Knoten waren nicht besonders stramm. Ich glaube, sie haben mich bloß gefesselt, um Zeit zu gewinnen, damit ich die Augenbinde nicht abkriegte und nicht sehen konnte, wer den zweiten Wagen fuhr.«

»Dann war es nicht einer der beiden Männer, die wir gesehen haben?«

»Ich weiß nicht, aber ich glaube kaum. Ich vermute, sie hatten vor, mich in die eine Richtung zu bringen, während der Lieferwagen in die andere fuhr, damit ich die Polizei nicht auf ihre Spur setzen konnte. Aber wahrscheinlich kommen sie nicht weit. Überall sind Straßensperren. Es war wirklich ein dummes Verbrechen. Wir können die Männer identifizieren, die uns überfallen haben, und jetzt sitzen sie auf diesem großen Lieferwagen voll mit schwerem Metall. Sie werden bestimmt geschnappt, und ich werde mit Vergnügen gegen sie aussagen. Peter, weißt du, wie spät es ist? Idunas Flugzeug landet, bevor wir überhaupt da sind!«

So formvollendet, als würde sie eine Teepartie verlassen, verabschiedete sich Helen von Mr. Birkenhead und seinen Handwerkern, bedankte sich bei den Beamten, die sie zurückgebracht hatten, und bugsierte ihren immer noch zitternden Gatten zum Auto.

Auf dem Weg zum Flughafen sprachen sie nicht viel. Nun, da ihre Bewährungsprobe überstanden war, spürte Helen plötzlich die Erschöpfung. Sie lehnte ihren Kopf zurück und schloß die Augen. Shandy, der schneller fuhr als gewöhnlich und selbst in keiner allzu guten Gemütsverfassung war, mußte sich voll konzentrieren. Keine Minute zu früh kamen sie an.

»Geh du rein und hol sie ab«, sagte Shandy. »Ich suche einen Parkplatz und komme, wenn ich kann, aber es sieht ziemlich voll aus. Wenn du mich nicht im Terminal siehst, komm hier zum Haupteingang. Sie werden mich lang genug halten lassen, um euch einzuladen. Versuch nicht, irgendwas zu tragen. Du bist kaputt genug. Laß sie ihre Koffer selbst schleppen oder einen Träger nehmen.«

»Ja, Lieber.«

Helen gab ihm einen flüchtigen Kuß und spurtete durch die große Glastür. Er ließ sie ungern aus den Augen, aber er konnte nicht anders. Schon kam ein Flughafenpolizist mit strenger Miene auf ihn zu. Er fuhr weiter, stellte – wie er erwartet hatte – fest, daß Parken unmöglich war, und mußte zwei quälende Runden drehen, bis seine Gemahlin am Treffpunkt erschien und noch kleiner wirkte als sonst neben einer Frau in einem rosafarbenen Mantel und Hut, deren Umrisse an einen Fesselballon erinnerten. Hinter ihnen lief ein Träger, dessen Karren bis zur Höchstgrenze und darüber hinaus beladen war. Iduna Bjorklund war offenbar gekommen, um zu bleiben.

Erschöpft und ausgepumpt wie er war, überkam Shandy dennoch die Wut. Wie konnte dieser menschliche Zeppelin es wagen, sich selbst und ihren ganzen Schnickschnack ihnen aufzudrängen nach allem, was sie durchgemacht hatten? Seine Lippen formten ein markiges Wort. Bevor er es aussprechen konnte, ging Iduna lächelnd auf ihn zu, und er mußte zurücklächeln.

Etwas anderes wäre unmöglich gewesen. Zunächst einmal ging Iduna nicht, sie schwebte, prächtig und heiter wie ein rosa Luftballon an einer Kinderhand bei der Parade am Unabhängigkeitstag. Und sie lächelte auch nicht einfach, sondern strahlte vor innerer Güte, die ihn an den riesigen Küchenherd in der Küche seiner Großmutter damals auf der Farm denken ließ. Er wußte instinktiv: Das war eine Frau, die wunderbare Plätzchen machte und einem welche abgab.

Wie war die Kutschpeitschenerbin so viele Jahre dem Ehestand entgangen? Wie konnte ein heißblütiger Junggeselle in South Dakota am Samstagabend zu Hause sitzen, wenn er stattdessen mit einer Schachtel Pralinen in der einen Hand und seinem Herz in der anderen Idunas Schwelle belagern konnte?

Vielleicht hatte sie auf einen Märchenprinzen gewartet. In Shandy regte sich Unsicherheit. Konnte Timothy Ames für irgend jemanden ein Ritter in schimmernder Rüstung sein? So sehr er seinen alten Freund auch mochte, konnte Shandy nicht umhin zu erkennen, daß Iduna eine ganz schöne Masse Frau war, um damit fertigzuwerden. Na, irgendwie würden sie es schon schaffen. Gegenüber Lorene McSpee war sie mit Sicherheit ein gewaltiger Fortschritt.

Gewaltig in jedem Sinne des Wortes. Irgendwie gelang es Shandy, Iduna und ihr Gepäck ins Auto zu stopfen, dann klemmte er Helen in die einzige freie Ecke – mit den Füßen auf einem Koffer, der sonst einfach nirgendwo mehr hinpaßte –, und schon ging es los.

Der Berufsverkehr setzte gerade ein. In Balaclava Junction, oder wo auch immer sie wohnte, war Miss Flackley sicherlich gerade dabei, sich für ihr gesellschaftliches Debüt herauszuputzen. Professor Stott würde wohl seinen Appetit anregen. Helen sorgte sich bestimmt um ihr Dinner, aber sie zeigte es nicht.

Stattdessen schwatzte sie wie ein Wasserfall mit Iduna und holte alles nach, was passiert war, seit sie South Dakota verlassen hatte – und das war anscheinend überraschend viel. Der Überfall, der vor so kurzer Zeit noch eine so wichtige Rolle gespielt hatte, war nun zu einer leicht amüsanten Anekdote herabgesunken, die irgendwo zwischen die Scheidung von irgend jemand und einen wirklich bemerkenswerten Vorfall gequetscht wurde, der sich um zwei Spiegeleier und eine Zugposaune drehte. Shandy versuchte nicht, irgend etwas von dem Gespräch zu verstehen, sondern konzentrierte sich aufs Fahren und freute sich, Helen wieder lachen zu hören.

Obwohl er es in der bestmöglichen Zeit schaffte, kamen sie erst um fast Viertel vor sechs zum Crescent. Er setzte die Frauen an dem Backsteinhaus ab, schleppte das Gepäck in die Diele und fuhr zu Charlies Garage auf der Hauptstraße, um den Wagen abzustellen. Das Haus, das er bewohnte, seit er den Ruf auf den Lehrstuhl angenommen hatte, besaß keine Zufahrt. Jetzt eine zu bauen, hätte bedeutet, eine der großartigen Blautannen im Vorgarten zu opfern, und Helen wäre lieber gestorben, als das zu tun.

Es war ohnehin nur ein paar Minuten zu Fuß. Shandy beeilte sich, um das Gepäck aus der Diele zu schaffen, bevor die Gäste kamen. Doch war es schon weggeräumt, und Helen und Iduna standen in der Küche, wo sie lachend und plaudernd mit Lichtgeschwindigkeit arbeiteten.

Zehn Minuten später war der Tisch mit dem erlesenen neuen Silber gedeckt, die Horsd'oeuvres im Wohnzimmer bereitgestellt, und auf dem Herd kochte allerhand Gutes. Sie überließen es Peter, die Drinks einzuschenken, und eilten hinauf, sich gegenseitig beim Frisieren zu helfen. Als Professor Stott wie ein langsames Donnergrollen die Vordertreppe heraufkam, waren die Damen schon wieder an der Tür, um ihn zu empfangen – Helen in dem neuen lavendelfarbenen Abendkleid, das sie anläßlich des Debüts des prächtigen Purpur-Portulaks gekauft hatte, und Iduna in einem Konfektionskleid aus rosa und gelben Rüschen von etwa zwei Meter Umfang.

Es war, als würde man die Göttin der Morgenröte bewirten, dachte Shandy, als er ihr einen Balaclava Bumerang brachte, ein beliebter heimischer Cocktail aus selbstgebranntem Apfelschnaps und hausgemachtem Kirschlikör. Sie fand ihn wunderbar. Iduna war bereit, alles und jeden wunderbar zu finden, und es wurde deutlich, daß Balaclava sie ebenfalls wunderbar fand.

Miss Flackley, die wohlüberlegt fünf Minuten nach halb und angezogen wie eine Professorengattin mit ausgezeichnetem Geschmack – nämlich in einem langen Hemdblusenkleid aus bräunlichem Stoff mit kleinen orangefarbenen Blumen darauf – eintraf, wußte alles über Bjorklunds Kutschpeitschen. Man hätte schwerlich sagen können, welche der Damen von der anderen entzückter war.

Professor Stott war eindeutig von beiden bezaubert. Während er zielstrebig Helens ausgezeichnetes Dinner vertilgte und dabei sanfte Grunzer und Schnaufer der Befriedigung ausstieß, drehte er seinen massigen Kopf ständig von einer Seite zur anderen und betrachtete glücklich seine beiden Tischdamen. Er strahlte vor Wohlwollen und Jovialität, als er von den rosigen Fingerspitzen von Miss Bjorklund den dritten Nachschlag Kartoffelbrei annahm und die Sauciere aus der arbeitsamen, aber gepflegten Hand von Miss Flackley.

Als er alles aufgegessen hatte, machte er ihnen das überragende Kompliment, wachzubleiben und sie mit Anekdoten von Schweinen, die er gekannt hatte, zu unterhalten. Im Gegensatz zu dem Reinfall von neulich war diese Party ein voller Erfolg. Shandy tat es fast leid, als Professor Stott sich erbot, Miss Flackley zu ihrem Lieferwagen zu eskortieren, Iduna sich ins Gästezimmer zurückzog und er Helen für sich hatte.

»Findest du nicht auch, daß Iduna ein Schatz ist?« fragte seine Frau, als sie ins Bett schlüpfte.

»Das ist sie, und noch einiges mehr«, stimmte Shandy gähnend zu. »Mehrere Schätze zusammengenommen. Was glaubst du, was ein Gnom wie Tim mit einer Frau dieser Größe wohl anfangen könnte?«

»Die Liebe findet immer einen Weg. Gute Nacht, Liebling. Danke für das wunderschöne Silber.«

Shandy hätte gern noch eine Menge gesagt, aber er war zu müde. Er legte einen Arm um Helen und schlief ein, und sie tat es ihm nach.

Sie waren frühes Aufstehen gewohnt, aber es kam ihnen wirklich ein bißchen übertrieben vor, als am nächsten Morgen um halb fünf jemand ihren Türklopfer betätigte. Mit einem gemurmelten Fluch schnappte Shandy sich seinen Bademantel und eilte hinab, um denjenigen zu erschlagen, der diesen höllischen Lärm veranstaltete, bevor Helen und ihr Gast verängstigt aufwachten.

Er riß die Tür auf und war verblüfft, vor Professor Stott zu stehen, aber vor einem Stott, wie er ihn noch nie gesehen hatte. Stott war außer sich. Er packte Shandy am Bademantel, schüttelte ihn, bis er kaum noch Luft kriegte, und keuchte: »Sie ist weg!«

Natürlich galt Shandys erster Gedanke Helen. »Nein, nein, Stott. Wir haben sie zurück. Sie ist oben und schläft.«

»Stimmt gar nicht«, sagte seine Frau hinter ihm. »Was ist los, Professor Stott? Wer ist verschwunden?«

»Belinda!« heulte er auf.

»Belinda? Meinen Sie Ihr Schwein?«

»Ich meine Belinda von Balaclava«, schluchzte er fast. »Meine preisgekrönte Sau, die Frucht von 30 Jahren Zuchtwahl, die Sau, in die ich all meine Hoffnungen auf das perfekte Ferkel gesetzt hatte. Sie ist verschwunden!«

»Sie meinen, sie ist weggelaufen?«

»Sie ist natürlich nicht weggelaufen. Warum sollte sie weglaufen? Die Welt lag ihr zu Füßen. Und wie hätte sie laufen können? Sie wiegt 853 Pfund und soll in drei Wochen ferkeln. Sie ist entführt worden!«

»Woher wissen Sie das?« gelang es Shandy einzuwerfen.

»Ich habe einen mysteriösen Anruf bekommen. Er riß mich aus dem Schlummer. Das ist gewöhnlich kein leichtes Unterfangen.«

Allmählich fand Stott zu seiner normalen Würde zurück.

»Vielleicht spürte ich die übersinnlichen Schwingungen des Kummers, den Belinda natürlich in den Händen ihrer heimtückischen Entführer gefühlt haben muß, und schlief nicht so fest wie sonst. Jedenfalls habe ich den Hörer abgenommen und wurde mit einem unheilvollen Zischen angesprochen.«

»Ein unheilvolles Zischen?«

»Ich kann das Geräusch nicht anders beschreiben. Es zischte: ›Professor Stott, schauen Sie mal auf Ihrer Türmatte nach.‹ Sie werden zugeben, daß das in Anbetracht der frühen Morgenstunde eine seltsame Botschaft war. Ich forderte eine Erklärung, bekam aber keine Antwort. Endlich dämmerte mir, daß die Verbindung unterbrochen war. Ich grübelte eine Weile und kam dann zu dem Schluß, es müsse sich um einen Studentenstreich handeln.

Da ich für die Scherze der Jugend nicht unempfänglich bin, machte ich mich auf, die Tür zu öffnen, und erwartete einen Gegenstand frivoler Art zu finden und Gekicher aus dem Gebüsch zu hören. Aber ich hörte nur, wie der Wind durch die Zweige pfiff, und aus der Ferne den Klageruf eines Käuzchens, entweder *Bubo virginianus* oder *Strix varia*. Ich kann nicht sagen, welches. Ich bin völlig erschöpft. Es könnte sogar *Strix nebulosa nebulosa* gewesen sein.«

Stott verfiel in nachdenkliches Schweigen oder war vielleicht sogar eingeschlafen. Shandy stupste ihn an.

»Was haben Sie auf der Matte gefunden?«

»Das!«

Stott zog ein Einmachglas aus seiner geräumigen Tasche und hielt ihm das Etikett entgegen. Darauf stand: ›Eisbein in Sülze‹.

»Ich gebe zu, daß mir die Andeutung nicht sogleich klar wurde. Nach weiterem Nachdenken allerdings stellte ich fest, daß das leichte Unbehagen, das mich beim Hören dieses unheilvollen Zischens befallen hatte, sich verstärkte, so sehr sogar, daß ich mir Arbeitskleidung überwarf und nachschauen ging, ob bei den Schweineställen alles in Ordnung war. Zu meinem Entsetzen fand ich Belindas Tor weit offen, und –« Stott sank auf einen Stuhl und vergrub das Gesicht in den Händen. »Verzeihen Sie mir. Ich bin erschüttert.«

»Grundgütiger Himmel, wer wäre das nicht?«

Wie eine Kumuluswolke an einem windigen Sommertag war Iduna Bjorklunds Masse geräuschlos die Treppe herunter und in die Versammlung gesegelt. »Was Sie brauchen, ist eine Tasse Kaffee. Kommen Sie mit.«

Sie nahm den Leidenden fest an der Hand und führte ihn zur Küche. Shandy und seine Frau tauschten einen Blick. Aber schließlich war es ihr Haus und ihr Kaffee, also gingen sie hinterher. Ein paar Minuten später saßen alle vier am Küchentisch. Ein halbes Dutzend Schmalzkringel taten das ihrige, um Professor Stotts seelisches Gleichgewicht wiederherzustellen, so daß er seinen Bericht fortsetzen konnte.

»Ich suchte die Umgebung ab, doch ohne Erfolg. So sehr mich die Dunkelheit und der Umstand, daß ich vergessen hatte, die

Brille anzuziehen, auch behinderten, hätte ich Belinda doch nicht übersehen können.«

»Sie wäre zu Ihnen gekommen«, meinte Iduna. »Eine Sau weiß, wer ihre Freunde sind.«

»Ja«, sagte Stott, »das wäre sie wohl. Als sie nicht kam, sah ich der unausweichlichen Schlußfolgerung ins Auge. Belinda ist das Opfer eines weiteren terroristischen Anschlags gewesen wie der, dem Mrs. Shandy bedauerlicherweise gestern ausgesetzt war. Das Eisbein sollte eine Drohung darstellen.«

»Oh nein!«

Iduna faßte an die Rüschen am Halsausschnitt ihres Morgenmantels. Das Kleidungsstück war so groß wie ein Zirkuszelt und hätte nicht betörender sein können.

»Ich konnte nur eines tun«, fuhr Stott fort, »und das habe ich getan. Ich bin Präsident Svenson wecken gegangen.«

»Um diese Zeit?« keuchte Shandy. »Sie sind ein tapferer Mann, Stott.«

»Verzweifelte Situationen erfordern verzweifelte Maßnahmen. Er schien, wie ich leider sagen muß, geneigt, die Sache mit unziemlicher Leichtfertigkeit zu behandeln. Immerhin stimmte er mir zu, den Wachdienst vom Campus zu alarmieren und das Gelände gründlich absuchen zu lassen. Daraufhin schien es mir angezeigt, nach Hause zu gehen, meine Brille zu holen und mich den Suchtrupps anzuschließen. Als ich meine Schritte dorthin lenkte und darüber nachsann, was man unternehmen könne, ohne Belinda in ihren Umständen zu gefährden, dachte ich an Sie und den erstaunlichen Scharfsinn, den Sie bei dieser bemerkenswerten Folge von Ereignissen während der Lichterwoche an den Tag gelegt haben.«

»Ach, erstaunlicher Scharfsinn würde ich nicht gerade sagen«, wandte Shandy bescheiden ein.

»Aber ich!« rief Helen. »Kurz gesagt, Professor Stott, möchten Sie also, daß mein Mann herausfindet, wer Ihr Schwein entführt hat?«

Der Leiter des Fachbereichs Haustierhaltung starrte die Bibliotheksassistentin, die seine Absicht so schnell erraten hatte, bewundernd an. »Das ist meine inbrünstige Hoffnung. Unter diesen Umständen die Polizei zu rufen, könnte Belindas Schicksal besiegeln. Aber man kann doch nicht rumsitzen und nichts tun. Das müssen Sie verstehen, Shandy!«

Shandy verstand es nur zu gut. Wenn Stott auch nur einen winzigen Bruchteil der Höllenqualen durchlebte, die er selbst gestern durchgemacht hatte, als er darauf wartete, ob Helen tot oder lebendig wieder auftauchen würde, wie könnte dann ein Mensch seine Bitte abschlagen? Wie er selbst war Stott seiner Forschung ergeben. Er wußte, wie man sich fühlte, wenn eine Schale zarter Keimlinge einging, und konnte sich vorstellen, wie Stott sich fühlen mußte, wenn ein Exemplar von der Größe Belindas in Gefahr war.

Selbst wenn sich herausstellte, daß der Grund für die Entführung nur der alljährliche frühlingshafte Übermut der Studenten war, würde keiner den Streich mehr so komisch finden, wenn die hochgepriesene Sau vorzeitig ihre Nachkommenschaft zur Welt bringen und dann ihre Ferkel angreifen und fressen würde, wie es Säue unter extremem Streß bekanntlich schon getan hatten. Was konnte er schon sagen außer: »Ich werde tun, was ich kann«?

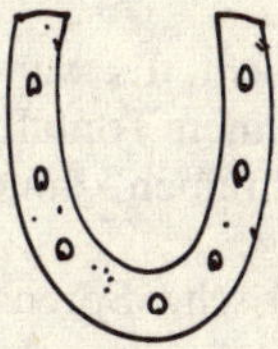

Kapitel 4

Stott rang die Hände, Helen klopfte ihm auf die Schulter, und Iduna schenkte gerade allen noch eine Tasse Kaffee ein, damit sie bei Kräften blieben, als das Telefon klingelte.

»Ich gehe ran«, sagte Shandy.

Wenn er ein Mann der Tat sein sollte, konnte er genausogut sofort anfangen. Wahrscheinlich war es ihre Nachbarin, Mirelle Feldster, die wissen wollte, warum so früh schon das Licht an war. Mirelle war niemand, dem auch nur das kleinste bißchen Information entgangen wäre.

Nein, Mirelle war es nicht. Es war anscheinend jemand, der sich für komisch hielt. Seinen Tonfall hätte man tatsächlich als unheilvolles Zischen beschreiben können.

»Ist Professor Stott da?«

»Ja«, sagte Shandy mürrisch. »Sprechen Sie lauter, ich kann Sie nicht gut verstehen.«

»Sagen Sie ihm, er soll mal auf die Türmatte schauen.«

Das war alles. Er knallte den Hörer auf die Gabel. Helen fragte: »Was war das, Peter?«

»Jemand wollte, daß Stott auf die Türmatte schaut.«

»Oh je! Hoffentlich nicht noch mehr Eisbein. Peter, ich finde das kein bißchen amüsant.«

»Ich auch nicht.«

Shandy öffnete die Haustür. Auf der Schwelle lag ein weißes Papierpäckchen, kaum größer als sechs mal vier Zoll. Er hob es auf und brachte es herein.

»Sieht wie ein Fleischpaket aus.«

»Dann mach es nicht hier auf«, sagte Helen. »Leg es ins Spülbecken, für den Fall, daß es tropft.«

»Und wenn es eine Bombe ist?«

»Um so mehr Grund, nicht den neuen Teppich zu verdrecken.«

Helen nahm ihrem Gatten das Päckchen aus der Hand und eilte damit zur Spüle. Unglücklicherweise packte sie es genau in dem Moment aus, als Iduna die Kaffeekanne nachfüllen wollte.

»Hör mal, Helen«, bemerkte der Gast, »du willst doch nicht zu dieser Morgenstunde Schweinekoteletts braten, oder?«

»Schweinekoteletts?«

Wie aus der Pistole – oder eher aus der Haubitze – geschossen sprang Professor Stott vom Stuhl auf. »Woher haben Sie das?«

»Von der Türmatte«, antwortete Shandy bekümmert. »Ihr Freund hat nochmal angerufen.«

»Was hat er gesagt?«

»Er hat nur nach Ihnen gefragt und gesagt, Sie sollten auf der Türmatte nachschauen. Keine Angst, Stott. Das kann kein Kotelett von Belinda sein. Es ist zu mager.«

»Das Papier ist vom Meat-o-Mat«, sagte Helen. Sie meinte einen Laden, wo sie und ihre Nachbarn oft einkauften. »Mir scheint das Fleisch nicht besonders frisch zu sein, und gewöhnlich achten sie peinlich genau auf Qualität. Ich würde sagen, es wurde vor einer Weile gekauft und im Einwickelpapier gelassen.«

»Was bedeutet, daß es für den Zweck erstanden worden sein muß, für den es verwendet wurde«, überlegte Shandy. »Daraus dürfen wir folgern, daß es sich um keine spontane Schweineentführung handelt. Ich hoffe, derjenige, der diesen Streich gemacht hat, ist in meiner Klasse. Es wäre mir ein besonderes Vergnügen, ihn, sie oder wahrscheinlich eine ganze Bande rauszuschmeißen. Es ist so gut wie unmöglich, daß einer allein sich mit Belinda davongemacht hat. Ich halte eine Bande mit einem Tieflader für wahrscheinlicher. Vermutlich finden wir Reifenspuren, wenn es hell genug ist. Vielleicht ist die Polizei ihnen schon auf der Spur.«

»Das müssen wir hoffen.«

Ein bißchen beruhigt begann Professor Stott, sich aus der kleinen Küche zurückzuziehen. »Ich gehe hinaus und beteilige mich persönlich an der Suche. Kommen Sie mit, Shandy?«

»Nicht im Bademantel. Ich treffe Sie an den Stallungen, sobald ich angezogen bin.«

Shandy wandte sich zur Treppe und blieb stehen. »Ich frage mich, woher die wußten, daß Sie hergekommen sind. Sie haben nicht zufällig bemerkt, daß Sie beschattet wurden?«

»Nein. Ich war in dunkle Gedanken versunken. Es wäre nicht schwierig gewesen, mir zu folgen.«

Das stimmte allerdings. Stott zu folgen, wäre ungefähr so mühsam gewesen, wie ein Nilpferd auf einem Tennisplatz aufzustöbern. Shandy zog sich warme alte Sachen an und war wieder unten, noch bevor Stott sich durchgerungen hatte, ohne ihn zu gehen. Der Mann entbot Mrs. Shandy und Miss Bjorklund noch seine gesetzten Abschiedswünsche, als die Haustür unter den donnernden Schlägen auf den Klopfer nachzugeben begann. Der Besucher war Thorkjeld Svenson, und der Präsident war äußerst erregt.

»Shandy, Sie müssen Stott finden.«

»Nichts leichter als das, Präsident. Kommen Sie rein.«

»Keine Zeit. Verdammt, wo ist Stott?«

»Hier bin ich.« Der Professor trat ins Licht. »Haben Sie sie gefunden? Ist sie unverletzt?«

»Sie ist tot. Der Wachmann hat sie im Maischespender gefunden.«

»Aber das ist unmöglich! Doch nicht etwa – meine Güte. Doch nicht etwa zerstückelt?«

»Natürlich nicht zerstückelt. Sie haben sie einfach zusammengequetscht und reingeschoben.«

»Ein unpassender Scherz, Präsident. Der Maischespender mißt kaum zwei Fuß im Quadrat. Belinda – «

»Wer spricht von Belinda? Es geht um Flackley, die Kurschmiedin. Man hat ihr mit einem von ihren eigenen Messern die Kehle durchgeschnitten. Es lag neben ihr im Trog.«

»Oh nein!« rief Helen. »Aber sie war gestern abend hier! Wir hatten sie zum Essen eingeladen. Wir mochten sie so gern.«

»Tut mir leid.« Der große Mann hatte den Anstand, sich zu entschuldigen. »Ich hätte nicht so damit rausplatzen sollen. Aber verdammt, es ist der Schock. Nette Frau. Fähige Frau. Ich mochte sie. Sieglinde mochte sie. Odin und Thor mochten sie!«

»Sogar Loki mochte sie«, sagte Professor Stott mit Grabesstimme. »Präsident, halten Sie die Entführung meiner Sau immer noch für einen Studentenstreich?«

»Stott, ich weiß nicht, was ich denken soll. Wenn das ein mißlungener Scherz ist, ist es das Schlimmste, was dem College je passiert ist. Sagen Sie mir nur eins: Was zur Hölle hat Miss Flackley im Nachthemd bei den Schweineställen gemacht?«

»Das kann ich Ihnen nicht sagen.«

»Sind Sie sicher, daß es ein Nachthemd war?« fragte Helen.

»Natürlich war es ein Nachthemd. Ein dünnes langes Fummelchen. Was sollte es sonst sein?«

»War es braun mit kleinen orangefarbenen Blümchen?« fragte Helen nach.

»Woher zum Teufel soll ich das wissen? Was macht das denn schon?«

»Eine Menge, würde ich meinen«, antwortete Shandy. »Wie meine Frau erwähnte, hat Miss Flackley gestern abend bei uns zu Abend gegessen. Sie hatte ein langes Kleid an, wie jede Frau es zu so einem Anlaß tragen würde. Wenn Helen sagt, es war braun mit kleinen orangefarbenen Blümchen, dann war es das bestimmt. Wenn sie noch dasselbe Kleid trug, als sie getötet wurde, können wir folgern, daß sie von hier direkt zu den Schweineställen gegangen ist.«

»In ihrem Partykleid?« spottete Helen. »Das hätte sie nie getan. Miss Flackley war ein penible Frau.«

»Die Schweineställe sind äußerst gepflegt«, sagte Stott ziemlich gekränkt.

»Das weiß ich«, meinte Helen, »aber ich kann mir nicht vorstellen, daß eine Frau aus freien Stücken mitten in der Nacht in solch unpassendem Aufzug dorthin geht. Falls sie nicht ihren Lieferwagen dort gelassen hat, was unsinnig scheint. Sie haben sie zu ihm begleitet, Professor Stott. Wo stand er?«

»Auf dem Parkplatz vor dem Hörsaalgebäude.«

»Das ist gleich um die Ecke«, erklärte Helen Iduna. »Die Besucher kommen nur selten mit dem Wagen auf den Crescent, weil man hier so schlecht parken kann. Ich frage mich, ob der Lieferwagen noch da ist.«

»Ich möchte meinen, nein«, sagte Stott. »In Anbetracht der ziemlich vorgerückten Stunde habe ich gewartet, bis sie den Motor angelassen und das Licht angemacht hatte, bevor ich mich selbst auf den Weg machte. Sie war im Begriff, den Parkplatz zu verlassen, als ich begann, meine Schritte wieder hügelwärts zu lenken.«

»Wo wohnt sie?« fragte Shandy.

»Ich habe nicht die leiseste Ahnung.«

»Warum nicht?« polterte Svenson.

»Es war nie nötig«, erklärte Stott mit einfacher Würde. »Wir haben immer einen Hufschmied Flackley gehabt. Der Überlieferung des Fachbereichs zufolge hat Balaclava Buggins persönlich mit dem damaligen Hufschmied Flackley eine Vereinbarung getroffen, daß er alle zwei Wochen ins College kommen und alles tun sollte, was für die ordnungsgemäße Pflege des Viehbestandes nötig war. Flackley kam immer. Eines Tages kam der Flackley, der in seinem Beruf alt geworden war, nicht. An seiner Stelle kam ein junger Mann, vermutlich sein Sohn, der das Notwendige tat und ohne jede Erklärung wieder verschwand. Schließlich wurde dieser junge Mann zu einem alten Mann und von einem weiteren jungen Mann abgelöst. Eines Tages erschien dieser Flackley nicht. Stattdessen kam eine Frau unbestimmbaren Alters. Sie arbeitete genauso fachkundig wie ihre Vorgänger. Auch sie hat nie einen Termin versäumt. Ich nehme an, Dienstag in einer Woche erscheint ein neuer Flackley und erledigt die üblichen Arbeiten mit der üblichen Tüchtigkeit. Wenn Sie es wünschen, werde ich dann mit der Tradition brechen und eine Adresse verlangen.«

»Den Teufel werden Sie tun«, dröhnte der Präsident. »Verdammt, Mann, wir haben eine Leiche in unserer Futterkrippe gefunden. Jemand muß doch nach ihr fragen. Sie muß irgendwo gewohnt haben. Sie muß Familie gehabt haben. Ihnen zufolge gibt es ein unerschöpfliches Nest voller Hufschmiede namens Flackley, die irgendwo rumsitzen und darauf warten, ihre Pflicht zu tun. Wie können wir sie erreichen?«

»Ich nehme an, die Polizei wird sich darum kümmern«, beruhigte ihn Shandy. »So weit vom College kann Miss Flackley nicht gewohnt haben, wenn sie nie einen Termin verpaßt hat, nicht einmal bei schlechtem Wetter. Kommen Sie, gehen wir zu den Ställen, bevor sie sie wegbringen. Ich würde mich gern überzeugen, daß sie noch so angezogen ist, wie wir sie zuletzt gesehen haben.«

Die drei Männer verließen den Crescent und nahmen zu den Stallungen des College eine Abkürzung über den Sportplatz. Obwohl bei weitem der kleinste, ließ Shandy die anderen hinter sich und gelangte in dem Moment zu den Schweinekoben, als die Polizisten gerade Miss Flackleys Leiche aus dem überaus komplizierten Fütterungsapparat hievten, der nach Professor Stotts Angaben konstruiert und gebaut worden war. Für eine Frau, die ihren Lebensunterhalt mit dem Beschlagen von Shirepferden und Balaclava Blacks verdient hatte, war sie ein verblüffend kleines Bündel.

Er stellte sich die Hufschmiedin vor, wie er sie zuletzt gesehen hatte: lächelnd, das Gesicht vom Wein und dem guten Essen ein bißchen gerötet, wie sie ihn in bezug auf eine nicht so bekannte Passage aus den lyrischen Werken von Felicia D. Hemans berichtigte. Sie war die einzige am Tisch gewesen, die wußte, daß das ›D‹ für Dorothea stand. Shandy fiel ein, daß er nicht einmal ihren Vornamen kannte, geschweige denn ihren zweiten Vornamen, und daß ihn diese Unkenntnis mehr betrübte, als er für möglich gehalten hätte. Verdammt, er hatte Miss Flackley genauso gern gemocht wie Odin und Thor; warum hatte er sich nie die Mühe gemacht, sie besser kennenzulernen?

Sie hatte sich allerdings nie bemüht, Vertraulichkeiten zu ermuntern. Sie hatte immer diesen kleinen Schutzschild spröder Tüchtigkeit um sich gehabt wie eine geschulte Krankenschwester in einem Privathaushalt, die weder unfreundlich noch gönnerhaft behandelt werden wollte. Es mußte ein einsames Leben für Miss Flackley gewesen sein.

Oder etwa nicht? Da er kaum etwas über sie wußte, konnte sie auch in jedem Heustadel einen Liebhaber stecken haben. Jedenfalls hatte sie sich an ihrem letzten Abend vergnügt. Dafür war er – wie für so viele andere Dinge – seiner Frau dankbar. Er sagte den Polizisten, wer er war, und sie ließen ihn die Leiche aus der Nähe anschauen.

»Ja, das ist das Kleid, das sie gestern abend getragen hat«, sagte er. »Haben Sie eine Vorstellung, wann diese – diese Sache passiert ist?«

»Bestimmt vor drei bis vier Stunden, möglicherweise ein bißchen früher«, sagte ein Mann, der der Polizeiarzt sein mußte.

»Dann ist es durchaus möglich, daß sie direkt hergekommen ist, obwohl ich mir nicht vorstellen kann, warum«, erwiderte Shandy. »Unsere Dinnerparty endete erst kurz vor Mitternacht.«

»Hat sie nichts davon gesagt, daß sie nach den Schweinen schauen wollte?«

»Nein, und es gab auch keinen vernünftigen Grund, zumindest wäre sie nicht von sich aus gegangen. Zu unseren Gästen zählte auch Professor Stott, der Leiter unseres Fachbereichs Haustierhaltung. Da kommt er gerade den Weg entlang. Belinda – das ist die verschwundene Sau – war sein spezielles, eh, Forschungsprojekt. Wenn er Miss Flackleys fachliche Meinung hätte einholen wollen, wäre er bestimmt mitgekommen.«

»Wieso sind Sie so sicher, daß er das nicht getan hat? Wer hat sie zuletzt gesehen, nachdem sie Ihr Haus verlassen hat?«

»Wieso – nun – er. Er hat sie zu ihrem Lieferwagen begleitet, den sie vor dem Kunstgewerbe-Hörsaal um die Ecke vom Crescent, wo wir wohnen, geparkt hatte.«

»Ach, wirklich?« sagte Fred Ottermole, der Polizeichef von Balaclava, der es geschafft hatte, sich in das Verhör einzuschalten. »Und was ist dann passiert?«

»Dann ist sie weggefahren.«

»Und wohin ist Stott gegangen?«

»Ich schlage vor, das fragen Sie ihn selbst«, sagte Shandy schroff.

Er hatte schon früher mit Fred Ottermole zu tun gehabt. Seiner Meinung nach wäre Fred gut beraten, wieder die Hauptstraße auf und ab zu patroullieren und Übeltäter dingfest zu machen, die Bonbonpapierchen wegwarfen und damit die strengen Straßenreinigungsverordnungen von Balaclava verletzten.

Ohne Zweifel war Fred hier ausgeschaltet, weil Präsident Svenson so intelligent gewesen war, die überaus tüchtige Staatspolizei zu rufen und damit ausgezeichnetes Urteilsvermögen bewiesen hatte. Das letzte Mal, als Svenson Ottermole eine Leiche anvertraut hatte, hatte er am Ende mit zwei Morden dagestanden statt mit einem. Diesen Fehler würde er kein zweites Mal machen. Der Präsident machte tatsächlich nur selten Fehler. Er würde bestimmt nicht zulassen, daß man Professor Stott wegen des Mordes an Miss Flackley verhaftete, nur weil Stott die Hufschmiedin zufällig zu ihrem Lieferwagen gebracht hatte.

Wo war das Gefährt überhaupt? Man konnte eigentlich annehmen, daß Fred Ottermole wenigstens das wußte.

»Ottermole, wohin haben Sie den Lieferwagen gebracht?«

»Was für 'n Lieferwagen?«

»Ihren Lieferwagen, verdammt! Die fahrende Schmiede, wo auf allen Seiten ›Flackley der Kurschmied‹ draufstand. Potz Blitz, Mann, Sie haben ihn oft genug gesehen. Wo ist er?«

»Woher zum Teufel soll ich das wissen?«

»Dann fragen Sie doch gefälligst! Wenn die Staatspolizei ihn nicht hat, bedeutet das, daß der Mörder ihn haben muß.«

»He, das stimmt!« Ottermole richtete sich auf. »Hören Sie, da haben Sie recht. Aber warum sollte jemand so dumm sein? Jessas, Sie haben doch gesagt, ihr Name steht überall drauf.«

»Möglicherweise war der Betreffende nur an einer, eh, kurzen Leihfrist interessiert. Ich frage mich, ob der Zweck des Anschlags auf Miss Flackley nur darin bestand, in den Besitz des Lieferwagens zu gelangen.«

»Wozu?«

»Es ist ein großer Wagen. Belinda ist ein großes Schwein.«

Ottermole ging hinüber und sprach mit dem diensthabenden Lieutenant von der Staatspolizei. Einen Moment später kamen sie zu Shandy.

»Was erzählt dieser Ottermole da von einem Lieferwagen, Professor?«

»Miss Flackley, die Dame, die Sie gerade aus der Futterkrippe, eh, gefischt haben, war, wie Sie ohne Zweifel wissen, eine Kurschmiedin«, begann Shandy.

»Sie meinen, sie hat in Kurorten gearbeitet?«

»Nein, Sir. Kurschmiede sind Leute, die Pferde beschlagen und sich zuweilen um andere körperliche Nöte von Haustieren kümmern, im Gegensatz zu Grobschmieden, die die Hufeisen wirklich schmieden und andere Eisenarbeiten anfertigen. Ein Kurschmied kann natürlich auch ein Grobschmied sein, aber ich habe den Eindruck, daß Miss Flackley ausschließlich Kurschmiedin war.«

»Wollen Sie mich auf den Arm nehmen?« fuhr ihn der Lieutenant an.

»Nein, Sir, keineswegs. Die Flackleys sind immer schon Kurschmiede gewesen.«

»Und warum auch nicht?« sagte ein in der Nähe stehender Sergeant, der zufällig dasselbe Geschlecht hatte wie die Leiche, die sie gerade hatte wegtragen helfen. »Was ist denn dabei, wenn eine Frau Schmiedin ist?«

»Nichts, gar nichts«, versicherte ihr Shandy. »Miss Flackley war außerordentlich kompetent, eine Zierde ihres Berufsstandes. Sie teilte Professor Stotts Sorgen um Belindas Wohlergehen und war, wie ich glaube, mehr als einmal in der Lage, ihm wertvollen Rat zu geben.«

»Belinda?« sagte der Lieutenant. »Das ist doch das gestohlene Schwein, stimmt's? War es krank?«

»Ganz im Gegenteil, soweit ich weiß. Nach letzten Berichten war Belinda in der allerbesten Verfassung. Allerdings befand sie sich in, eh, einem fortgeschrittenen Stadium der Schwangerschaft.«

»Eine Sau in ihrem Zustand zu entführen«, fügte Professor Stott hinzu, der sich endlich bis zu der Gruppe geschleppt hatte, »ist eine rücksichtslose, grausame und absolut verwerfliche Tat. Ich kann mir nicht vorstellen, daß sich ein Student des Balaclava Agricultural College zu solch einer Gemeinheit hinreißen läßt. Ich kann mir nicht vorstellen, daß *irgend jemand* –«

»Schon gut, wir wissen, was Sie meinen«, unterbrach ihn der Lieutenant. »Sie sind Professor Stott, nicht wahr? Sie waren also der letzte, der Miss Flackley lebend gesehen hat?«

Der Professor zögerte. Endlich schüttelte er das majestätische Haupt.

»Diese Vermutung kann ich nicht bestätigen. Die logische Folgerung wäre, daß ich dann derjenige wäre, der sie getötet hat. Das ist, wie ich Ihnen glaubhaft versichern kann, nicht der Fall.«

»Wie können Sie mir das glaubhaft versichern? Sie haben sie zum Wagen gebracht, stimmt's?«

»Das ist richtig.«

»Der Wagen stand wo?«

»Vor dem Kunstgewerbe-Hörsaal gegenüber der Prospect Street.«

»Was geschah dann?«

»Ich half ihr in die Fahrerkabine. Sie ließ den Motor an, machte die Scheinwerfer an und fuhr davon.«

»In welche Richtung?«

»Das kann ich nicht sagen. Ich war müde. Es war zu vorgerückter Stunde. Nachdem ich getan hatte, was ich für meine Pflicht als Begleiter hielt, bin ich nicht stehengeblieben, bis sie außer Sicht war, sondern habe mich umgedreht und begann hügelan zu meinem eigenen Haus zurückzumarschieren.«

»Wo wohnen Sie?«

»Auf Walhalla.«

»Wie bitte?«

»Walhalla ist eine scherzhafte Bezeichnung für den Hügel hinter dem Campus, wo Präsident Svenson, meine Wenigkeit und noch eine Reihe anderer Lehrkräfte ihr Heim haben.«

»Sie sind auf dem Rückweg nicht zufällig an diesen Ställen vorbeigekommen?«

»Nein, ich schlug von meinem Ausgangspunkt den direkten Weg ein. Das heißt, ich ging an Shandys Haus vorbei und weiter auf dem Weg, der über den Campus führt, um auf die Straße zu gelangen, wo ich wohne. Für etwas anderes schien es keinen Anlaß zu geben. Hätte ich nur gewußt, was sich hier für eine perfide Sache zusammenbraut – «

»Ja, ja, so ist das mit perfiden Dingen«, sagte der Lieutenant. »Sind Sie unterwegs jemandem begegnet?«

»Das ist möglich. Ich erinnere mich nicht. Ich habe nachgedacht.«

»Worüber?«

»Meine Gedanken waren privater Natur«, erwiderte der Professor mit beträchtlicher Würde. »Ich kann mir nicht vorstellen, daß sie mit Ihren Ermittlungen in Zusammenhang stehen. Immerhin kann ich frei heraus zugeben, daß ich unter anderem erwog, vor dem Schlafengehen ein Glas warme Milch zu trinken. Das tat ich auch im folgenden, falls Sie das interessieren sollte.«

»Wer hat es Ihnen zubereitet?«

Mit seinen kleinen klaren, blauen Augen betrachtete Stott gelassen den Beamten.

»Ich habe die Milch selbst warm gemacht. Seit dem Tod meiner Frau habe ich mich daran gewöhnt, kleinere häusliche Arbeiten selbst zu erledigen.«

»Dann leben Sie allein? Haben Sie keine Haushälterin oder so?«

»Eine überaus fähige Frau namens Mrs. Lomax kommt zweimal die Woche, um das Haus zu putzen. Die meisten Mahlzeiten nehme ich in der Fakultätsmensa ein. Ich brauche kein Personal im Haus. Soll ich daraus folgern, daß Sie mir Gelegenheit geben, das beizubringen, was man wohl ein Alibi nennt, und daß es mir nicht gelingt?«

»Ach, so weit würde ich nicht gehen«, sagte der Lieutenant. »Würde es Ihnen was ausmachen, einen Blick auf die Leiche zu werfen? Können Sie mir sagen, ob Miss Flackley genau so angezogen war, als Sie sie zuletzt gesehen haben?«

»Nein«, meinte Professor Stott nach eingehender Betrachtung, »das war sie nicht. Da ich vier Töchter und vier Schwiegertöchter habe, war ich gezwungen, mir einen gewissen Scharfblick für modische Einzelheiten anzueignen. Bis auf die nun so beklagenswerterweise vorhandenen Blutflecken ist das Kleid selbst dasselbe. Der Zierat, der die Dame schmückt, ein altmodisches goldenes Medaillon mit einem passenden Armreif, ist derselbe. Aber ohne Zweifel ist Ihnen aufgefallen, daß das Kleid aus dünnem Stoff ist, und gestern abend war es kühl. Als ich sie das letzte Mal sah, hatte sie sich in eine Bahn schweren braunen Stoffes gehüllt, die man glaube ich eine Stola nennt. Die Stola war aus Mohairwolle. Mohair wird aus dem Vlies der Angoraziege gewonnen. Ich könnte Ihnen ein paar interessante Statistiken über die Angoraziege zitieren, wenn Sie möchten.«

»Ein andermal«, sagte der Lieutenant. »Sergeant Mullins, suchen Sie das Gelände nach einer braunen Mohairstola ab.«

»Wo Sie schon dabei sind«, warf Shandy ein, »können Sie auch nach einem großen braunen Lieferwagen schauen, auf dessen Seiten ›Flackley der Kurschmied‹ steht. Ich vermute, Sie werden die Stola im Wagen finden.«

Der Staatspolizist schien es ein bißchen leid zu sein, schon wieder von dem Lieferwagen zu hören. Er musterte Shandy ein paarmal von Kopf bis Fuß und fragte dann: »Sind Sie ein Freund dieses Herrn?«

»Von Professor Stott?«

Die Frage brachte Shandy etwas in Verlegenheit. Die Männer von Balaclava waren nicht gewohnt, ihre Gefühle für einander zur Schau zu stellen, es sei denn bei offener, unverhohlener Feindschaft. Er rang nach Worten.

»Ich glaube, ich habe das Recht auf diese Bezeichnung. Wir sind seit über 18 Jahren Kollegen. Ich war bei der Beerdigung seiner Frau einer der Sargträger. Er ist oft zu Gast in meinem Haus.«

»Er war gestern den ganzen Abend da, stimmt's?«

»Ich dachte, das hätten wir schon geklärt.«

»Und diese Miss Flackley auch, stimmt's? Wie kommt es, daß Sie sie zusammen eingeladen haben?«

»Ich habe sie überhaupt nicht eingeladen«, erwiderte Shandy. »Meine Frau hat sie eingeladen. Das heißt natürlich nicht, daß ich nicht hocherfreut war über ihr Kommen.«

»Natürlich. Warum also hat Ihre Frau sie zusammen eingeladen?«

»Ich vermute, sie hielt es für eine gute Idee. Wenn Sie zu unterstellen versuchen, daß sie oder ich oder sonst irgend jemand Professor Stott und Miss Flackley für, eh, ein Paar hielten, sind Sie auf dem falschen Dampfer. Meine Frau wohnt noch nicht lange in Balaclava. Sie hat Miss Flackley kaum gekannt. Als sie zufällig mit ihr ins Gespräch kam und sie als Person interessant fand, lud sie sie spontan zum Dinner ein. Meines Wissens war dabei Professor Stott zugegen, und so hat sie ihn dazugebeten. War es nicht so, Stott?«

»So war es. Miss Flackley wirkte von der Einladung überrascht, wenn auch geschmeichelt. Ich empfand ähnliches. Mrs. Shandy ist eine sehr herzliche und in der Kochkunst überaus versierte Dame. Sie sagte etwas von Nudelpudding. Ich nahm die Einladung sehr gern an.«

»Sicherlich«, sagte der Polizist hartnäckig. »Aber was haben Sie und Miss Flackley zusammen gemacht?«

»Miss Flackley beschnitt gerade den Hinterhuf von Odin, einem der Pferde des College. Ich war unterwegs zu den Schweinekoben, um Belinda zu besuchen, um die ich mir ein bißchen Sorgen machte. Da ich Miss Flackleys Erfahrung in solchen Dingen schätzte, blieb ich stehen, um sie zu bitten, mich zu begleiten. Miss Flackley stellte fest, daß Belindas Beschwerden ein geringfügiger Anflug von Kolik waren, und schlug eine kleine Diätumstellung vor. Belinda hat einen empfindlichen Magen.«

Ein Zucken, das auf mehr als nur eine Kolik hinwies, glitt Stott über das edle Eberantlitz. »Und während wir hier rumstehen und uns mit Trivialitäten aufhalten, passiert ihr weiß Gott was!«

»Halten Sie einen Mord für eine Trivialität, Professor?«

»Nein«, erwiderte Stott, »ich nenne ihn infam! Und ich nenne es ebenso infam, hier festgehalten zu werden, um irrelevante Fragen zu beantworten, wenn ich unterwegs sein und meine Sau suchen sollte, Sir. Ich kann mich diesem Verhör nicht länger stellen. Ich habe auch meine Pflichten.«

Der Polizeilieutenant zuckte mit den Schultern. »Okay, gehen Sie und suchen Sie. Officer Partinger hier kommt mit. Versuchen Sie nicht, ihn zu verlieren.«

»Warum sollte ich?« fragte Stott in aller Unschuld. »Wir brauchen jeden Sucher, den wir anmustern können. Shandy, kommen Sie mit? Herr Präsident?«

»Shandy kann nicht mitkommen«, sagte Svenson. »Ich komme später nach. Jetzt berufe ich sofort eine Generalversammlung ein und werde jedem einzelnen Studenten auf diesem Campus die Furcht vor Gott und mir einbleuen. Sie wollen, daß etwas geschieht, Stott. Es wird etwas geschehen.«

Kapitel 5

Auf der Zuschauertribüne war kein einziger Platz frei. Alle Studenten waren züchtig bekleidet, denn Sieglinde Svenson war niemand, der irgendwelche Freizügigkeiten als freie Entfaltung der Persönlichkeit durchgehen ließ, aber die Bekleidung reichte von Bademänteln bis zu Bettlaken. Die unangekündigte Vollversammlung am Samstagmorgen um Viertel vor sechs hatte keine Zeit fürs Feinmachen gelassen.

Unten vor den Reihen stand Thorkjeld Svenson. Sie hatten keine Zeit gehabt, ein Mikrophon zu installieren, aber er brauchte auch keines. Selbst in den entferntesten Winkeln der hintersten Bänke entging keinem ein Wort.

»Ich mache jeden einzelnen von euch persönlich dafür verantwortlich, Miss Flackleys Mörder zu finden und Belinda von Balaclava gesund und unbehelligt zurückzubringen«, donnerte er. »Ich beschuldige euch nicht. Ich kann mir nicht vorstellen, daß ein Mitglied dieses College so etwas Hirnverbranntes in Szene setzt, aber wenn ihr was darüber wißt, wer es war, wenn ihr was gesehen oder gerochen oder auch nur gedacht habt, daß gestern abend bei den Schweineställen was faul war, dann sagt es besser auf der Stelle. Jetzt ist nicht der Moment für falsche Loyalität. Ihr wißt, was eure Pflicht ist, und beim Jupiter, ihr werdet sie tun.«

Er langte herüber und griff sich den Lieutenant der Staatspolizei, der, obschon ein großer Mann, neben ihm winzig wirkte. »Wenn ihr was zu sagen habt, kommt beim Rausgehen her und sagt es hier dem Lieutenant Corbin. Wenn ihr später was rausfindet, kommt und sagt es mir oder Professor Shandy, der als Verbindungsmann zur Polizei fungiert.«

Das war Shandy neu, aber er würde sich hüten zu widersprechen.

»Und jetzt«, fuhr Svenson fort, »erkläre ich alle Vorlesungen und sonstigen Veranstaltungen für vertagt, bis wir irgendwelche

Resultate haben. Jeder einzelne von euch geht jetzt in seinen Schlafsaal zurück und zieht sich Arbeitskleidung an. Geht in die Cafeteria und frühstückt, und dann bildet ihr Gruppen und fangt an zu suchen. Ihr alle kennt den Wagen der Kurschmiedin Flackley, und wie ein Schwein aussieht, solltet ihr wissen. Und ihr habt alle einen Kopf oder zumindest eine gelungene Nachahmung. Benutzt ihn. Bringt euch nicht in Schwierigkeiten. Denkt daran, daß ihr es mit einem oder mehreren Mördern zu tun habt. Versucht nicht, die Helden zu spielen. Wenn ihr was findet, kommt ihr sofort her und erstattet Bericht. Los jetzt!«

Die Reihen leerten sich. Die Studenten strömten über das Spielfeld und redeten aufgeregt miteinander. Shandy schaute auf das Meer gesunder, junger Gesichter und spürte eine Aufwallung von Stolz. Im großen und ganzen war es ein bemerkenswert anständiger Haufen.

Niemand rückte mit irgendeiner Information heraus. Das war nicht überraschend. Keiner hätte gewagt, mit einer albernen Frage oder einer lächerlichen Geschichte an Thorkjeld Svenson heranzutreten. Wohl niemand, der zu amourösem Getändel entschlossen war, hätte sich die Schweineställe für ein Rendevous spät in der Nacht ausgesucht. Und überhaupt arbeiteten die Studenten von Balaclava so hart, daß sie sich nach Feierabend kaum noch verlustierten, außer Samstagabends. Und wenn einer oder mehrere Studenten durch irgendeinen Zufall in einen Schlamassel wie diesen hier verwickelt war, würde er wohl kaum vor aller Augen auf den Präsidenten losstürmen und ihm seine Untat gestehen.

Svenson hatte in seiner Rede erwähnt, daß die Wachmannschaft nichts Auffälliges bemerkt hatte. Das war interessant. Nun, da Grimble, der frühere Wachdienstchef, wegen moralischer Vergehen und Pflichtversäumnis gefeuert worden war, waren diejenigen, die der Säuberung entgangen waren, noch ehrbarer und wachsamer als je zuvor. Letzte Nacht hatten Silvester Lomax und sein Bruder Clarence Dienst gehabt, die beide scharf wie die Hunde und brav wie die Schafe waren. Man konnte sie weder bestechen noch hinters Licht führen, aber möglicherweise waren sie von jemandem ausgetrickst worden, der den Zeitplan ihrer Runden kannte. Das war zwar kompliziert, weil die Routen einen über den anderen Abend wechselten, aber nicht unmöglich, weil beide ein so großes Areal zu überwachen hatten.

An den Schweinekoben mußten Belindas Entführer aber ziemlich flink gearbeitet haben – entweder waren sie sehr gut organisiert oder vom Glück gesegnet. Shandy erwog die Möglichkeiten.

Schweine hatten etwas unvermeidlich Lächerliches an sich. Man war zunächst geneigt, Belindas Verschwinden als einen danebengegangenen Scherz zu betrachten, und daher dachte man selbstverständlich erst einmal an einen Studenten, der nicht ganz mit Leib und Seele bei der Sache war. Tatsächlich war Belinda aber ein überaus wertvolles Tier. Kunstwerke wurden heutzutage nicht zum Verkaufen gestohlen, sondern zum Erpressen – warum nicht auch eine Zuchtsau? Wenn Berufsverbrecher mit der Sache zu tun hatten, schien Miss Flackleys Ermordung nicht mehr gar so rätselhaft.

Aber würden richtige Verbrecher sich damit abgeben, einen mit unheilvoll zischender Stimme anzurufen und einem statt sachlicher Erpresserbriefe Feinkostartikel auf die Türmatte zu legen? Warum sollte sich einer in der Gegend herumdrücken und das gewaltige Risiko eingehen, entdeckt zu werden, wenn er nicht enorm bösartig war und einen perversen Sinn für Humor hatte?

Irgend jemand war jedenfalls so. Das war nicht der erste schlechte Witz der letzten paar Abende. Shandy dachte an die acht umgedrehten Hufeisen. Dieser kleine Streich konnte weder in Minutenschnelle noch ohne einen gewissen Lärm ausgeführt worden sein, aber auch dabei hatten die Wachmänner den Übeltäter nicht erwischt.

Helen hatte ihm erzählt, daß Stott in dieser Sache die Burschen von Lumpkin Corners im Verdacht hatte, und er selbst hatte – nur halb im Scherz – die Mannschaft von Hoddersville erwähnt. Ein paar Kerlen, die sich in Sams Kneipe oder irgendwo anders vollaufen ließen, hätte durchaus in den Sinn kommen können, daß es doch eine prima Idee wäre, Stotts Lieblingsschwein zu klauen. Sie hätten vielleicht auch gewußt, wie der Zeitplan der Wachleute aussah, denn so etwas sprach sich in Dörfchen wie diesem hier leicht herum. Er konnte sich nicht vorstellen, daß irgendein Pferdezüchter der Hufschmiedin absichtlich die Kehle durchschnitt, aber ein stämmiger Betrunkener, der mit einer kleinen Frau aneinandergeriet, konnte sie durchaus versehentlich verletzen, vielleicht ohne es zu merken, und sie in den Maischespender stopfen und glauben, sie wäre vielleicht nur durch den Schock ohnmächtig geworden.

Shandy erwog also vier Möglichkeiten: Die Sau war von Studenten gestohlen worden, die einen handfesten Streich spielen wollten, oder von auf Lösegeld erpichten Gangstern oder von der Konkurrenz, die versuchte, den Erzrivalen zu demoralisieren, oder von irgend jemand anderem aus irgendeinem anderen Grund. Diese Überlegungen waren wirklich eine große Hilfe.

Zumindest war Belinda wahrscheinlich noch am Leben, obwohl man ihr vielleicht Beruhigungsmittel gegeben hatte, um sie wegzuschaffen. Eine Sau von Belindas Größe war leichter lebendig als tot zu transportieren, und außer Miss Flackleys Blutspuren waren keine dagewesen. Wenn man Belinda ebenfalls die Kehle aufgeschlitzt hätte, wären sie knietief in rotem Saft gewatet. »Bluten wie ein abgestochenes Schwein« war keine aus der Luft gegriffene Metapher.

Er war allerdings nicht so überzeugt, daß es ihrer Sicherheit zuträglich war, wenn ein paar hundert junge Eiferer nach ihr suchten. Immerhin sah er ein, warum Svenson sie losgeschickt hatte. Das Wochenende stand vor der Tür, und sie hätten ohnehin alle Vorlesungen geschwänzt und wären weiß Gott wohin gezogen. Organisierte Gruppen kamen nicht so schnell in Schwierigkeiten wie einzelne Sucher.

Wenn es sich natürlich um einen mißlungenen Studentenulk handelte – was konnte eine bessere Tarnung für die Täter sein als eine Suche in den Wäldern, zusammen mit ihren Mitstudenten? Shandy wünschte, er könnte ohne Einschränkung glauben, es seien professionelle Verbrecher oder sogar ein Haufen Betrunkener von Hoddersville gewesen, aber in der grausamen Wirklichkeit war die einfachste Erklärung meist die richtige.

Er konnte sich nur allzu deutlich vorstellen, daß die Entführung von Mrs. Shandy am selben Vormittag irgendeinem Schafskopf die Idee eingegeben hatte, diese Aktion zu parodieren, und Belinda war ein naheliegendes Opfer. Er sah ein, daß Miss Flackleys ungewöhnliche abendliche Anwesenheit auf dem Campus die Möglichkeit offenbarte, ihren Lieferwagen als Schweinetransporter zu benutzen. Er malte sich aus, wie man sie an der Ausfahrt des Kunstgewerbe-Parkplatzes abgefangen und gebeten hatte, zu den Ställen hochzukommen, weil plötzlich ein Tier krank geworden sei.

Vielleicht hatte man vorgehabt, sie in einen Stall zu sperren, während man das Schwein in ihrem Wagen wegbrachte, aber Miss

Flackley hätte sich nicht so ohne weiteres unterkriegen lassen. Sie war viel stärker und geistesgegenwärtiger, als man vielleicht erwartet hatte. Vielleicht hatte sie sich das Messer geschnappt, um sich zu verteidigen, und sich bei dem Handgemenge selbst die Kehle aufgeschnitten. Er konnte sich die verzweifelten Scherzbolde vorstellen, die so plötzlich und abscheulich zu Mördern geworden waren – denn es war bestimmt mehr als einer an der Geschichte beteiligt gewesen–, wie sie ihren Leichnam zusammenquetschten und in den Maischespender stopften, um ihn zu verstecken. Aber wie hätten sie dann die Entführung fortsetzen und Stott diese albernen Präsente schicken können?

Vielleicht hatten sie gedacht, das müßten sie, damit sie so tun konnten, als wäre Miss Flackley noch am Leben und ihr Tod hätte nichts mit dem geplanten Streich zu tun. Immerhin hatte man das Eisbein und die Koteletts vor der offiziellen Kundgebung abgegeben, so daß sie sich eine Darstellung hatten zurechtlegen können. Vielleicht würden sie sogar die Wahrheit sagen. Hatten sie Miss Flackley mit oder ohne ihre Mohairstola fröstelnd im Schweinestall zurückgelassen, und jemand war vorbeigekommen und hatte sie umgebracht? Wer zum Beispiel? Was hatte es für einen Sinn, Spekulationen anzustellen, bevor er irgendwelche Informationen hatte, mit denen er weiterarbeiten konnte? Er konnte wenigstens Helen anrufen und ihr mitteilen, daß ihm die zweifelsohne undankbare Aufgabe erteilt worden war, die Polizei nach Informationen auszuquetschen, die sie ihm nicht geben wollte. Er ging zum Telefon im Kassenhäuschen.

Neben dem Apparat lag ein Telefonbuch, und einer Regung folgend blätterte er die Seiten durch und suchte nach einer Eintragung auf den Namen Flackley. Er fand keine. Er dachte einen Moment nach, dann läutete er bei Moira Haskins an, die den verstorbenen Ben Cadwall als Finanzchef abgelöst hatte.

»Mrs. Haskins, es tut mir leid, daß ich Sie so früh störe, aber es ist etwas passiert, und ich muß sofort an die Akten. Könnten Sie herüberkommen und mir Ihr Büro aufmachen?«

Die ohne Zweifel aus ihrem wohlverdienten Schlaf gerissene Mrs. Haskins war nicht glücklich über das Ansinnen. »Wer spricht da überhaupt? Was ist los?«

»Oh, Verzeihung. Hier spricht Peter Shandy, und ich fürchte, ich habe ziemlich schlechte Nachrichten. Miss Flackley, die Kurschmiedin, ist ermordet worden.«

»Sie scherzen!«

»Das ist kein Thema, worüber ich scherzen würde. Sie wurde vor etwa einer Stunde gefunden, zusammengequetscht in der Futterkrippe von Belinda von Balaclava.«

»Sie meinen, im Schweinestall? Um Gottes willen, warum?«

»Es hat anscheinend damit zu tun, daß das Schwein entführt worden ist.«

Die Finanzchefin ließ ein kurzes Lachen hören, dann fing sie sich.

»Das ist doch verrückt! Keiner von den Jungs würde Belinda stehlen. Sie wetten alle darauf, wie viele Babys sie kriegt. Ich selbst habe auf sieben gesetzt.«

Shandy konnte nicht umhin zu denken, was für eine erfrischende Abwechslung Moira Haskins gegenüber Ben Cadwall darstellte, obwohl sie offenbar nicht viel von Schweinen verstand.

»Sie haben keine Chance«, meinte er. »17 wäre wohl eher zutreffend.«

»Ach ja?« Mrs. Haskins klang, als würde sie gähnen, was sie wohl ohne Zweifel auch tat. »Hört sich an wie eine Story von P.G. Wodehouse.«

»Wodehouse war komisch. Diese Sache hier ist es nicht. Mrs. Haskins, die Staatspolizei hat gerade Miss Flackleys Leiche in einem großen Plastiksack abtransportiert. Ihr Lieferwagen ist verschwunden. Keiner weiß, wo sie wohnt oder wie man ihre Familie erreicht, wenn sie eine hat. Da Sie ihre Rechnungen bezahlten, müssen Sie ihre Adresse haben.«

»Ach so. 'tschuldigung, Professor. Ich bin in etwa zehn Minuten da.«

Shandy ging zurück und erläuterte Lieutenant Corbin seinen Plan, hörte sich ein zustimmendes Grunzen und die Aufforderung an, sich mit der Information bald wieder einzufinden, und ging den langen Weg zum Verwaltungsgebäude hinauf. Er rechnete eigentlich nicht damit, daß Mrs. Haskins in zehn Minuten da wäre, und das war sie auch nicht, aber kurz danach brachte sie ihr Mann – unrasiert, mit einem Dufflecoat über dem Pyjama und nach Einzelheiten über den Mord lechzend. Shandy berichtete ihm das wenige, was er wußte, dann ließ er Haskins im Wagen sitzen, während er und Moira den betagten Backsteinbau betraten, der einst fast das ganze Balaclava Agricultural College gewesen war.

Im Handumdrehen zog sie einen Stapel Rechnungen hervor, die mit schulmeisterlicher Handschrift auf vergilbten, aber eleganten Rechnungsformularen abgefaßt waren, die wohl der erste Kurschmied Flackley hatte drucken lassen, als man so etwas noch mit Eleganz und im großen Stil tat. Die Adresse lautete einfach: ›Forgery Point.‹

Shandy erinnerte sich dunkel, daß er einmal mit seinen Kollegen dort Angeln gewesen war. Das Bild, das ihm im Gedächtnis geblieben war, war kilometerweit überwuchertes Sumpfgelände, ein paar schäbige Schindelhäuser und eine unverhältnismäßig große Zahl von Schrottautos. Ihm kam es seltsam vor, daß die adrette Miss Flackley aus solch einem Ort stammen sollte, aber dann fiel ihm ein, daß ›Forgery Point‹ in diesem Fall wahrscheinlich nichts mit einer Falschmünzerei, sondern mit der zweiten Bedeutung des Wortes, dem Schmiedehandwerk, zu tun hatte. Möglicherweise war die Flackleysche Schmiede der ursprüngliche Kern der Ansiedlung gewesen. Er fragte sich, ob sie noch existierte und ob Miss Flackley sie je benutzt hatte.

Die Haskins' brachten Shandy zurück zum Fachbereich Haustierhaltung – er vermutete, sie hofften, einen Blick auf den Tatort werfen zu können. Aber es gab nicht viel zu sehen außer ein paar Polizeiautos und einigen Leuten, die herumstanden und anscheinend nichts Besonderes zu tun hatten, obwohl dem wahrscheinlich nicht so war. Er dankte der Finanzchefin und ihrem Mann, erwähnte für den Fall, daß sie sich beteiligen wollten, daß eine riesige Schweinejagd im Gange sei, und kehrte wie befohlen mit seiner Information zu Lieutenant Corbin zurück.

»Forgery Point?« Der Beamte kratzte sich am Kopf. »Das kenne ich nicht. Wo zum Teufel ist das denn, wissen Sie das?«

»So etwa. Irgendwo hinter Seven Forks. Aus dem Stegreif weiß ich nicht mehr genau, welche Abzweigung man da nehmen muß, aber ich glaube, das fällt mir ein, wenn wir da sind.«

»Dann kommen Sie mal mit.«

Sie stiegen in einen der bereitstehenden Streifenwagen und begannen ihren Weg durch die engen Nebenstraßen zu suchen. Obwohl es nicht weit war, brauchten sie über 20 Minuten, um im Schneckentempo nach Seven Forks zu kommen, und noch einmal 20, um über Spurrinnen und Schlaglöcher nach Forgery Point zu gelangen. Der Ort war so heruntergekommen, wie Shandy ihn in Erinnerung hatte, aber er verfügte über eine Art Kramladen. In der zutreffenden Annahme, das müsse auch das Postamt sein, gingen die beiden Männer hinein und fragten die schlampige Frau hinter der Theke, wo die Hufschmiedin Flackley wohnte. Sie beäugte sie mit lebhafter Neugier.

»Warum verhaften Sie sie?«

»Wir verhaften sie gar nicht«, sagte der Lieutenant mit bewundernswerter Selbstbeherrschung. »Wir möchten nur mit jemandem von ihrer Familie sprechen.«

»Sie hat keine.«

»Unseres Wissens sind die Flackleys eine große Familie«, sagte Shandy in seinem strengsten professoralen Tonfall.

»Sie sind alle weg.«

»Dann möchten wir sehen, wo sie wohnt. Könnten Sie uns das bitte sagen?«

Nachdem sie sich redliche Mühe gegeben hatte, ihnen den Grund ihres Hierseins zu entlocken, gab die Frau auf und beschrieb ihnen mürrisch und so verwirrend wie möglich den Weg. Da es aber nur eine Straße gab, schafften sie es, das Haus ausfindig zu machen, das Miss Flackleys Heim gewesen sein mußte.

Das Anwesen sah so adrett aus, wie die Frau selbst gewesen war. Obwohl es an die 200 Jahre auf dem Buckel haben mußte, waren die verwitterten Schindeln alle an ihrem Platz, der First pfeilgerade und die Kaminziegel scharf abgekantet. Da gab es hübsche, kleine, ziegelgesäumte Fleckchen, die ohne Zweifel mit Fleißigen Lieschen und anderen altmodischen Einjährigen bepflanzt worden wären, wenn Miss Flackley so lange gelebt hätte, bis der Boden wärmer wurde.

»Es ist eine verdammte Schande«, meinte Corbin.

Shandy nickte. »Ja, sie war eine gute Frau. Sehe ich da etwa jemanden –«

Die Tür öffnete sich. Eine Männerstimme rief: »Bist du das, Tante Martha?«

Also hatte die Hufschmiedin doch nicht allein in der Welt gestanden. Der Mann, der in der Tür erschien, sah genau wie die Art Neffe aus, die man von Miss Flackley erwartet hätte: nicht groß gebaut, aber muskulös und drahtig. Sein Haar war dunkel, gewellt und dicht, seine Augenbrauen buschig, sein Schnurrbart riesig und an den Enden nett gezwirbelt und sein Bart kurz, aber buschig. Das wenige, was sie vom Gesicht sehen konnten, sah nicht schlecht aus. Wahrscheinlich Ende 30, dachte Shandy. Er hatte saubere braune Cordhosen und ein sauberes kariertes Flanellhemd an, wie es seine Tante auch hätte tragen können. Shandy erinnerte sich nicht, daß sie beim Dinner einen Neffen erwähnt hätte, aber auch über andere Einzelheiten ihres Privatlebens hatte sie nicht gesprochen.

Der Mann schien ein bißchen verblüfft, zwei Fremde in einem Streifenwagen zu erblicken. Er meinte bloß: »Oh, 'tschuldigung. Ich dachte, es is' meine Tante. Falls Sie sie suchen: Ich fürchte, sie is' gerade nich' da. Sie is' gestern abend 'n paar Freunde besuchen gefahren und noch nich' zurück. Schätze, sie hat da übernachtet. Kann ich irgendwas für Sie tun?«

»Sie sind ihr Neffe, was?« fragte der Lieutenant. »Wohnen Sie schon immer hier?«

»Nee, ich bin erst 'n paar Tage hier. Ich war gerade in der Gegend und dachte, ich schau mal vorbei und gucke, wie die alte Heimat aussieht. Mein Opa hat 'ne Menge von Forgery Point gesprochen. Ich glaub', er wär' nur zu gern hiergeblieben, aber er war nie an der Reihe.«

»Womit an der Reihe?«

»Tja, wissen Sie, es is' immer so gewesen: Wenn dem Kurschmied Flackley was passiert, kommt der Geeignetste und übernimmt die Sache. Wenn es zum Beispiel mehr wie einen Sohn gibt, kriegt der älteste den Job und die anderen verschwinden. Eine ganze Zeit war Tante Marthas Vater Flackley der Hufschmied, aber dann wurde er krank und starb ganz plötzlich während dem Zweiten Weltkrieg, wie die anderen alle in der Armee waren; also hat Tante Martha ihre Stelle als Lehrerin drangegeben und weitergemacht.«

»Wer hat sie das Handwerk gelehrt?« wollte Shandy wissen.

»Ach Quatsch, kein Flackley hat je lernen müssen, wie man 'n Pferd beschlägt oder einem 'ne Pille in den Hals stopft. Das hat man im Blut. Vielleicht glauben Sie ja, so 'ne Hufschmiede wär' schwere Arbeit für 'ne Frau so groß wie sie, aber ihr scheint es nix zu machen.«

»Warum hat sie nicht einer der Männer abgelöst, als sie aus dem Krieg zurückkamen?«

»Sind nich' viele zurückgekommen«, sagte der Neffe. »Und wenn man was anfängt, bleibt man auch meist dabei. So is' es immer schon gewesen. Hören Sie, ich will ja nich' aufdringlich erscheinen, aber wer sind Sie eigentlich? Ich hoffe, es ist nix passiert.«

»Ich fürchte, das ist es doch«, antwortete der Lieutenant. »Wie heißen Sie übrigens?«

»Flackley«, erwiderte der Mann etwas überrascht. »Frank Flackley. Was is' los? Hat sie 'nen Unfall gehabt oder so? Is' sie schwer verletzt?«

»Ich muß Ihnen leider mitteilen, daß sie tot ist.«

»Tot?«

Frank Flackley schaute sie lange an. Dann holte er tief Luft.

»Dann bin ich wohl dran. Is' der Wagen schlimm verblötscht?«

»Es war kein Autounfall, Mr. Flackley. Ihre Tante ist einem Mordanschlag zum Opfer gefallen, und der Lieferwagen ist anscheinend gestohlen worden.«

»Oh, mein Gott! Wer hat es getan?«

»Wir haben keine Ahnung, muß ich leider sagen.«

Corbin teilte die paar Einzelheiten mit, die er angeben konnte. Flackley schüttelte offensichtlich betrübt den Kopf.

»Was zum Teufel soll ich jetzt machen? Tante Martha erzählte mir, wir haben noch nie 'n Kunden versetzt, in 182 Jahren noch kein einziges Mal. Ich hasse es, die Familie in so 'nem Moment im Stich zu lassen, aber ich weiß nich', wo ich hin muß. Der Terminkalender is' im Lieferwagen.«

Der Betrieb schien ihm mehr Sorgen zu machen als der Tod seiner Tante. Für einen Flackley war das vielleicht eine natürliche Reaktion.

»Kopf hoch«, sagte Shandy. »Die gesamte Studentenschaft des Balaclava Agricultural College ist unterwegs und durchkämmt die Hügel. Vielleicht haben sie Ihren Lieferwagen schon entdeckt. Darf ich mal Ihr Telefon benutzen, um beim College nachzuhören?«

»Is' keins da. Tante Martha sagt, sie haben nie 'ne Leitung hier raus gelegt.«

»Meine Güte! Das ist ziemlich ungewöhnlich, nicht wahr? Da sind Sie ja richtig isoliert.«

»Scheint so, als wär' ich das«, sagte Flackley mit einem grimmigen Versuch zu lächeln. »Ich weiß aber nich', ob ich nich' selber eins legen lasse. Ich bin 'n bißchen flotteres Leben gewöhnt.«

»Aber hatte Ihre Tante keine Freunde, die sie mal anrufen wollte? Und die geschäftlichen Termine?«

»Freunde – weiß ich nich'! Geschäft – da brauchte sie kein Telefon für. Die Arbeit war nach einem regelmäßigen Zeitplan eingerichtet, wissen Sie, und der Zeitplan hing im Lieferwagen, für den Fall, daß ein anderer Flackley kurzfristig einspringen mußte, wie jetzt.« Er schüttelte den Kopf, wie um die Tatsache zu verdrängen.

»Sie sagen, Sie waren auf der Durchreise«, sagte Lieutnant Corbin. »Würde es Ihnen was ausmachen, uns zu erzählen, woher Sie kamen?«

»Von überall und nirgends. Ich zog mit 'ner Rodeoshow rum, wissen Sie, draußen durch Wyoming, Montana, Idaho, Colorado, Nevada, so in der Ecke. War keine große Sache. Sie haben wohl nie von Rudys Rasenden Reitern gehört, nehm' ich an?«

»Waren Sie ein Cowboy?«

»Nee.« Wieder schien Flackley über ihre Begriffsstutzigkeit zu staunen. »Ich war natürlich der Hufschmied. Hab' die Pferde beschlagen, die Tiere versorgt, wenn sie verletzt waren, meistens auch die Reiter verarztet. Der alte Doc Flackley, so haben sie mich genannt – so und noch anders. Jedenfalls hat Rudy es geschafft, sich 'ne reiche Rancherwitwe zu angeln, unten 'n ganzes Ende hinter Santa Fe, also hat er die Show zugemacht. Tja, da hatte ich keinen Job mehr, aber 'n paar Kröten in der Tasche, und ich hatte immer so 'n Gefühl, ich müßte mal sehen, wo meine Leute herkommen, und da bin ich jetzt. Was man so Schicksal nennt, was?«

Shandy dachte, daß man es auch anders nennen könnte. Ein arbeitsloser Rodeogehilfe konnte nicht allzuviel dagegen haben, einen gutgehenden Familienbetrieb zu übernehmen. Er wußte, daß Corbin dieselben Gedanken durch den Kopf gingen, als der Lieutenant fragte: »Wo ist Ihr Wagen, Flackley?«

»Ich hab' nie einen gebraucht, wie ich mit dem Rodeo rumzog. Ich wollte mir eigentlich 'nen fahrbaren Untersatz besorgen, wenn ich mich irgendwo niedergelassen habe.«

»Wie sind Sie hergekommen?«

»Ich hab' Tante Martha geschrieben, daß ich hier in die Gegend komme und in welchem Bus ich bin. Ich dachte, wenn sie mich sehen will, kann sie. Wenn nich', wär' ich einfach weitergefahren. Wie ich zu dem großen Einkaufscenter da unten komme, sehe ich den Kombi mit ›Flackley der Kurschmied‹ drauf direkt an der Bushaltestelle parken, also bin ich ausgestiegen. Tante Martha schien sich echt zu freuen, mich zu sehen. Schätze, es war 'n bißchen einsam hier, seit ihr Alter tot ist. Sie wollte, daß ich was länger bleibe, und da hab' ich ja gesagt.«

»Wann war das?«

»Vorgestern gegen drei, würd' ich sagen.«

»Und doch ist sie gestern abend zum Dinner ausgegangen und hat ihren langvermißten Neffen hier alleingelassen?«

»Ich hab' gesagt, sie soll fahren, es macht mir nix. Wo ich den größten Teil der Woche im Greyhound verbracht hatte, war es mir ebenso recht, mich mit ein paar Bierchen vor dem Fernseher auszuruhen.«

»Dann gibt es also Strom im Haus.«

»Aber sicher. Sie hatte ihren eigenen Generator hinten. Schätze, ich fummel' besser mal dran rum und sehe, ob ich rauskriege, wie er funktioniert.«

»Mr. Flackley«, beharrte Shandy, »wieso sind Sie so sicher, daß Sie derjenige sind, der die, eh, Amtsinsignien erben wird?«

»Na, zum einen bin ich schon mal hier«, sagte der Hufschmied. »Zum anderen weiß ich nich', ob sonst noch einer übrig ist. Nach dem, was Tante Martha sagte, sind die Flackleys sozusagen ausgestorben. Ich kann nich' behaupten, daß ich mir gerade ein Bein ausreißen würde, um hier den Rest meines Lebens bei den Eichhörnchen zu verbringen, aber in so 'nem Moment wär es einfach nicht anständig abzuhauen.«

»Das könnten Sie nicht richtiger sehen, Mr. Flackley«, bestätigte ihm Lieutenant Corbin. »Es wäre überaus unklug, wenn Sie versuchten, die Gegend zu verlassen, bevor wir herausgefunden haben, wer Ihre Tante ermordet hat. Wir kommen zurück, sobald wir Neuigkeiten haben.«

»Hören Sie, kann ich nich' mitkommen und helfen, nach dem Lieferwagen zu suchen? Dann könnt' ich ein bißchen schneller an die Arbeit gehen.«

»Ich würde an Ihrer Stelle damit rechnen, daß Sie den Lieferwagen eine Zeitlang nicht benutzen können, wenn wir ihn gefunden haben«, sagte Corbin. »Möglicherweise halten wir ihn als Beweisstück fest.«

»Was für 'n Beweisstück? Tante Martha is' doch nich' darin umgebracht worden, oder?«

»Das wissen wir nicht. Man hat ihre Leiche in einem Fütterungsapparat in einem Stall gefunden, wo eins der College-

Schweine gehalten wird. Ob sie dort oder anderswo getötet wurde, steht noch nicht fest. Um die Situation noch komplizierter zu machen, ist auch das Schwein verschwunden, und wir hegen den Verdacht, daß der Lieferwagen gestohlen wurde, um das Schwein wegzuschaffen.«

»Warum zum Teufel?«

»Belinda von Balaclava ist ein sehr wertvolles Tier«, sagte Shandy.

»Ja, aber – Jesses! Die Familienkutsche nehmen, um ein Schwein zu klauen. Das – das is' ja gräßlich! Glauben Sie vielleicht, Tante Martha hat versucht, die Schweinediebe aufzuhalten und is' dabei getötet worden?«

»Diese Vermutung ist ebenso vernünftig wie jede andere«, meinte Corbin.

»Aber wer zum Teufel würde eine nette Frau wie Tante Martha wegen 'nem Haufen Schweineschnitzel umbringen?«

»Ich bezweifle, daß das Schwein zum Schlachten gestohlen wurde«, erläuterte Shandy. »Möglicherweise wurde es in der Hoffnung entführt, dem College ein Lösegeld abzupressen. Es hat bereits, eh, Drohungen gegeben. Wissen Sie, Belinda ist keine gewöhnliche Sau. Sie ist ein wichtiges Glied in einer Kette genetischer Experimente, die Professor Stott von unserem Fachbereich Haustierhaltung schon fast 30 Jahre lang durchgeführt hat, und steht kurz vor dem Ferkeln. Man hofft, daß die Ferkel, die sie produzieren wird, einen gewaltigen Fortschritt für die Schweinezucht bedeuten. Während also schon ihr Geldwert allein nicht unbeträchtlich ist, ist ihre Bedeutung für die Wissenschaft des Schweinezüchtens fast unschätzbar.«

»Jetzt klingt es allmählich logisch. Versorgte Tante Martha das Schwein?«

»Sie gehörte zu einem, eh, Beraterteam. Professor Stott schätzte ihre Meinung sehr. Ihr Tod ist ein großer Verlust für das College. Und, eh, für Sie ja sicherlich auch.«

»Tja, wissen Sie, ich hab' sie kaum gekannt«, gab der Neffe zu. »Ich sollte wohl nich' so tun, als hätt' ich meinen besten Kumpel verloren, was? Aber wir schienen doch gut miteinander auszukommen. Je mehr ich darüber nachdenke, desto schlimmer fühl' ich mich, wenn Sie's wirklich wissen wollen. Ich hab' damit gerechnet, ach, wissen Sie, vielleicht das Erntedankfest und Weihnachten mit ihr zu verbringen, wo ich hier sozusagen doch so 'n bißchen zu Hause war. Wird bestimmt kein Zuckerschlecken, wenn ich hier allein bleibe.«

Corbin sah an ihm vorbei auf den Wald, der direkt hinter dem hübschen alten Haus begann. »Im Winter muß es hier einsam wie nur was gewesen sein. Ich frage mich schon die ganze Zeit, wie sie es ausgehalten hat.«

»Das hab' ich sie selber auch gefragt«, sagte Flackley. »Sie meinte, ihr hätt' das Alleinsein nie was ausgemacht, sie würde immer was zu tun finden. An so 'nem alten Schuppen is' 'ne Menge Arbeit. Ich werd' ihn bestimmt nich' so in Schuß halten können, wenn ich nich' 'ne Frau finde. Wissen Sie nich' zufällig 'n paar hübsche Damen, die kochen und putzen können und nix dagegen hätten, sich mit 'nem einsamen Schmied einzulassen?«

»Man weiß ja nie«, sagte Shandy. Die Kutschpeitschenerbin kam ihm in den Sinn. Flackley schien ihm anständig zu sein. Aber dann wäre Tim immer noch mit Lorene McSpee geschlagen. Wenn es Flackley nach Saubermachen verlangte, wäre er vielleicht mit diesem Dämon von einer Haushälterin besser beraten. Allerdings wäre es schändlich, wenn diese Frau Miss Flackleys Domizil mit Soda überfluten würde. Wie der Neffe spürte Shandy immer stärker, etwas verloren zu haben. Es war eine Sünde und Schande, daß so ein nützliches Leben so willkürlich ausgelöscht worden war, daß eine Frau, die soviel auf sich hielt, am Ende mit so wenig Rücksicht auf die Würde behandelt werden konnte, die sie immer bewahrt hatte.

Da hatte Corbin etwas Richtiges gesagt – er wisse nicht, ob sie dort getötet worden sei, wo man sie gefunden habe. Nachdem er nun bei ihrem Haus gewesen war und gesehen hatte, wie penibel sie alles in Schuß gehalten hatte, fand er es immer unwahrscheinlicher, daß sie den Lieferwagen aus freien Stücken zum Bereich Haustierhaltung hinübergefahren hatte. Im Abendkleid und mit einer Mohairstola zu völlig ungewohnter Stunde die Stallungen zu besichtigen, hätte absolut nicht zu ihrem Charakter gepaßt. Folglich hatte sie es wahrscheinlich auch nicht getan.

Es sei denn, Stott log. Immerhin war Miss Flackley eine Frau gewesen, und zwar eine überraschend charmante, wenn sie erst einmal ihre Arbeitskluft und ihr professionelles Gehabe abgelegt hatte. Stott war keineswegs ein unattraktiver Mann. Helen und Iduna hatten sich des längeren über genau dieses Thema ausgelassen, als sie gestern abend nach der Party aufräumten.

Stott war in seinem Fachgebiet berühmt, von ansehnlichem Äußeren und mit einem gutgepolsterten Portemonnaie. Er war gegenüber der einsamen Hufschmiedin als Mann aufgetreten, der sich für ihre Weiblichkeit ebenso empfänglich zeigte wie für ihre berufliche Fachkenntnis. Wenn er ganz zufällig Miss Flackley gebeten hatte, mit ihm zu den Schweinekoben zu eilen, um Belinda im Mondschein zu betrachten – hätte sie nein gesagt? Hätte sie nicht, bildlich gesprochen, ihre Mohairstola der Verlokkung des Augenblicks geopfert und wäre mitgegangen?

Stott hatte gesagt, er habe Miss Flackley am Parkplatz verlassen und sei allein nach Hause gegangen, aber hatte er das? Bestand die entfernte Möglichkeit, daß der Mann sie alle getäuscht haben konnte? Shandy dachte an die Dinnerparty zurück. Stott war die Krönung des Abends gewesen, ganz ohne Zweifel, wie er sich mit Helens gutem Essen vollstopfte, in der Bewunderung der anderen Damen badete und für seine Verhältnisse fast ausgelassen benahm. Nie hatte er offenherziger, freundlicher, liebenswürdiger gewirkt. Shandy konnte einfach nicht glauben, daß Stott die ganze Zeit geplant haben konnte, Miss Flackley zu ermorden, sie in den Maischespender zu stopfen und im Lieferwagen der Hufschmiedin seine eigene Sau zu entführen. Aber wenn alle anderen Möglichkeiten ausgeschlossen waren, wurde das Aberwitzige zum Wahrscheinlichen.

Zur Hölle damit. Es waren noch keine anderen Möglichkeiten ausgeschlossen. Dutzende davon mußten vorhanden sein. Es kam bloß darauf an herauszufinden, worin sie bestanden. Corbin schien ein intelligenter Mann zu sein; er würde sich nicht vom irreführenden Augenschein blenden lassen. Oder?

Kapitel 6

Shandy hatte die Intelligenz des Staatspolizisten nicht überschätzt. Als Lieutenant Corbin scheinbar im Begriff war abzufahren, hielt er inne und bemerkte ganz beiläufig: »Würde es Ihnen was ausmachen, wenn wir uns mal schnell im Haus umsehen, Flackley? Ich habe keinen Durchsuchungsbefehl mitgebracht, Sie können sich also weigern, wenn Sie wollen.«

Der ehemalige Rodeohelfer zuckte mit den Schultern. »Schätze, das würd' Sie nich' lange aufhalten, was? Sicher, kommen Sie rein, und machen Sie es sich gemütlich.«

»Einen Moment noch eben. Ich will nur nachhören, ob was über den Lieferwagen bekannt ist.«

Corbin ging zu seinem Streifenwagen zurück und nahm das Funkgerät zur Hand. »Schicken Sie Madigan mit einem Funkwagen zum Haus der Flackley in Forgery Point.«

Er gab bewunderswert präzise Anweisungen. »Nein, bislang noch nichts . . . Über den Lieferwagen auch noch nichts, was? . . . Wir haben hier einen Neffen der Verstorbenen. Mr. Flackley hat kein Telefon zur Verfügung und möchte gern auf dem laufenden gehalten werden.«

Er unterbrach die Verbindung. »Okay, Flackley, Sie sind im Geschäft. Sobald sich was ergibt, teilen wir es Ihnen über Funk mit. Inzwischen leistet Ihnen Officer Madigan Gesellschaft.«

»Hören Sie, das ist echt nett von Ihnen«, sagte Flackley, »aber könnte ich nich' genausogut mit Ihnen zurückfahren und mit den Suchtrupps losziehen? Kommt mir nich' richtig vor, daß die anderen die ganze Arbeit haben und ich hier rumsitze und Däumchen drehe.«

»Versuchen Sie, es anders zu betrachten, Mr. Flackley. Einer muß zu Hause den Herd in Gang halten, wissen Sie. Wie steht es übrigens mit Lebensmitteln? Soll Officer Madigan Ihnen von unterwegs was mitbringen?«

»Nein danke, ich komme im Moment zurecht. Tante Martha hat sich eingedeckt, als sie wußte, daß ich kam.«

Das hatte sie, dachte Shandy, und nicht nur das. Die Regale der altmodischen Speisekammer bogen sich unter einem seltsamen Sammelsurium: Büchsen mit Chilis und Brechbohnen neben Bostoner Baked Beans, Tüten voller Kartoffelchips und Salzbrezeln, die dicht neben Haferflocken und hausgemachtem Eingelegten standen. Der Kühlschrank – ob Haussuchungsbefehl oder nicht, Lieutenant Corbin scheute nicht vor einer gründlichen Durchsuchung zurück – enthielt das Übliche wie Eier, Milch und Käse neben plastikverpackten Rippchen, gegrillten Hähnchen und vier Sechserpackungen Bier, wovon eine halb leer war. Offenbar hatte sich Miss Flackley rührend bemüht, die Art Speisen zu kaufen und einzulagern, die ihr Neffe wohl bevorzugen würde.

Sein Besuch mußte einen echten Meilenstein in ihrem isolierten Leben dargestellt haben. Warum um alles in der Welt hatte sie nicht erwähnt, daß der Bursche bei ihr wohnte? Helen hätte ihr gesagt, sie solle ihn mitbringen, dann hätte sie eine Leibwache gehabt und die Tragödie wäre vielleicht nie passiert. Shandy sprach den Gedanken aus.

»Das hätte Tante Martha nie getan«, erwiderte Flackley. »So 'n Rauhbein wie mich hätte sie nich' mit rumschleppen wollen, wenn sie in bessere Gesellschaft ging.«

»Wir sind keine ›bessere Gesellschaft‹.«

»Für sie waren Sie das, die Collegeprofessoren und so. Als gebildete Frau konnte sie sich behaupten, aber verflixt, ich wüßte nich' mal, was für 'ne Gabel man nimmt.«

Das Wort ›Gabel‹ versetzte Shandy einen kleinen Stich. Um fast dieselbe Zeit hatte er gestern bei der Karolingischen Manufaktur geschwitzt. Genau dieselben Gabeln, mit denen Miss Flackley ihre letzte Mahlzeit auf dieser Erde verzehrt hatte, waren im Kofferraum seines Autos eingeschlossen gewesen.

»Apropos Gabeln«, meinte er zu Corbin, »ich hoffe inständig, daß Sie diese beiden Ratten gekriegt haben, die gestern die Karolingische Manufaktur ausgeplündert haben.«

Der Beamte schaute ihn neugierig an. »Haben Sie Aktien von der Firma oder so?«

»Nein, aber ich habe geholfen, die Beute rauszuschleppen. Es war meine Frau, die sie als Geisel genommen hatten.«

»Heiliger Bimbam! Aber sicher, Professor Shandy vom Balaclava College. Komisch, daß mir die Verbindung nicht eingefallen ist. Über dieser anderen Sache habe ich den Raub völlig vergessen. Es ist ganz schön was los bei euch, was?«

»Das kann man wohl sagen«, erwiderte Shandy grimmig. »Das Phantastischste an der ganzen Geschichte ist, daß wir das Silber zum Teil deswegen gekauft haben, weil Miss Flackley zum Dinner kam. Meine Frau« – er wählte seine Worte sorgsam, um den Neffen nicht zu kränken – »wollte den Tisch ansprechend decken.«

»Aus 'nem besonderen Grund?«

»Weil wir sie zum ersten Mal eingeladen hatten, nehme ich an. Ehrlich gesagt, sind mir die Motive meiner Frau zuweilen etwas rätselhaft.«

Corbin grinste. »Das Gefühl kenne ich. Tja, Professor, ich wünschte, ich könnte Ihnen sagen, daß wir die Gauner sicher im Bunker hätten, aber das kann ich nicht. Wir waren sicher, mit den guten Beschreibungen und bei dem Gewicht von dem Zeug, mit dem sie abhauen wollten, schnappen wir sie direkt, aber sie sind anscheinend völlig von der Bildfläche verschwunden.«

»Hören Sie mal«, warf Flackley ein, »ich hab' gestern abend in den Nachrichten diese Geschichte von dem Raub gesehen. Meinen Sie nich', die haben vielleicht Tante Martha umgebracht, so daß sie ihren Wagen klauen konnten, um das Gold und Silber wegzuschaffen?«

»Und dabei haben sie ein Schwein von 1000 Pfund mitgenommen, falls sie unterwegs ein Schinkenbrot wollen?« sagte Corbin nachsichtig.

Der Neffe errötete. »Okay, war wohl ein blöder Einfall. Mittlerweile müssen die Kerle sowieso schon über die Grenze sein. So hätten sie es drüben im Westen gemacht, 'n Flugzeug oder 'n Hubschrauber warten lassen, die Beute umgeladen, während sie die Geisel festhielten, und sie wären schon halb in Mexiko gewesen, wenn Sie erst mal daran gedacht hätten, die Straßen zu sperren. Ich wünschte bloß, der Lieferwagen taucht auf. Sind Sie sicher, daß ich nich' mitkommen und den Wagen suchen helfen soll?«

»Ich glaube, hier sind Sie mehr von Nutzen«, antwortete Corbin mit beachtlicher Geduld. »Officer Madigan muß bald da sein. Gehen Sie besser mal mit ihr die Papiere Ihrer Tante durch.

Schauen Sie, ob Sie rausfinden, ob einer was gegen sie hatte, ihr Geld schuldete und nicht zahlen konnte oder irgendwas in der Art.«

Shandy sah deutlich, daß Corbin nur einen höflichen Vorwand vorschob, um Flackley glauben zu lassen, er würde nicht unter Beobachtung gehalten, und er war sicher, daß das dem Neffen ebenfalls klar war. Flackley schien es aber gelassen hinzunehmen.

»Sicher, gern. He, hab' ich richtig gehört – ist dieser Madigan eine sie? Kann sie kochen?«

»Das weiß ich nicht«, antwortete Corbin, »aber sie ist der beste Schütze der Truppe und hat einen schwarzen Gürtel im Judo. Außerdem ist sie ein bißchen empfindlich, was Vorurteile gegen Frauen angeht. Vielleicht machen Sie besser eine Dose Chilis auf.«

Flackley grinste. »Ja, das tu ich dann wohl besser. Wollen Sie auch welche?«

»Nein danke. Da kommt sie ja. Wir überlassen es Ihnen beiden, die Lunchfrage zu klären.«

Die knappe Uniform und die Miene voll frischem Selbstvertrauen paßten vorzüglich zu Officer Madigans graziler Gestalt und dem feenhaften Gesicht. Mit der Aussicht, in ihrer Obhut gelassen zu werden, sah Frank Flackley gleich viel vergnügter aus. Lieutenant Corbin gab Madigan ein paar kurze Anweisungen, dann machten er und Shandy sich aus dem Staub.

Sie hielten an den paar Häusern in Forgery Point, um sich umzuhören, fanden aber nichts Wesentliches heraus. Keiner wußte, daß Martha Flackleys Neffe bei ihr wohnte, aber es war auch keiner sonderlich überrascht, daß er eingetroffen war. Seit über 200 Jahren kamen und gingen die Flackleys. Sie waren immer sehr dafür gewesen, daß man sich um seinen eigenen Kram kümmerte, und sie hatten anscheinend immer Kram genug, um den sie sich kümmern mußten.

Martha Flackley war eine feine, ehrliche, hart arbeitende Frau gewesen, nicht gerade beliebt, aber bestimmt wohlgeachtet. Niemand konnte sich einen Grund vorstellen, warum sie jemand hätte töten wollen. Niemand schien zu glauben, sie wäre dumm genug gewesen, Wertsachen im Haus zu haben. Und wenn doch, warum hätte man so einen komplizierten Weg wählen sollen, um daran zu kommen, wo es doch einfach genug gewesen wäre, tagsüber einzubrechen, während sie ihre Runde machte?

Shandy war erleichtert, als Corbin endlich aufgab und sich auf den Rückweg nach Balaclava Junction machte. Der Staatspolizist lehnte sein Angebot ab, zum Essen in dem kleinen Backsteinbau zu bleiben, was nicht das Schlechteste war, da sich herausstellte, daß Helen und Iduna knietief in Schmalzkringeln wateten.

»Gütiger Gott!« rief Shandy. »Was ist denn hier los – ein Lager von der Heilsarmee? Wieviel Leute wollt ihr denn abfüttern?«

Helen fischte einen knusprigen Kringel aus dem brodelnden Topf und legte ihn vorsichtig auf das Abtropfgestell. »Bislang waren es 37.«

»37 was?«

»Leute, die wissen wollten, ob jemand was über Belinda rausgefunden hat. Wir verteilen Kaffee und Kringel, um ihnen den Mund zu stopfen, und schicken sie wieder auf die Jagd. Willst du einen?«

»Ich hätte lieber ein Brot, wenn es dir nichts ausmacht. Alles außer Schinken.«

»Oh, Peter, hast du noch nichts gegessen?«

»Seit dem Frühstück nichts mehr, wann auch immer das war. Nein, brutzelt ihr weiter. Ich werde schon was finden.« Er schenkte sich einen Becher Kaffee aus der 30 Tassen fassenden Kanne ein, die sie auf den Küchentisch gestellt hatten, und wühlte im Kühlschrank nach Brot und Käse.

»Das reicht völlig. War Stott da?«

»Bislang zweimal. Der Mann ist außer sich, Peter. Er ist draußen und klappert mit seinem alten Buick die Nebenstraßen ab, spricht mit den Suchtrupps und rast dann zurück, um zu sehen, ob wir was von dir gehört haben. Wenn Idunas Kringel nicht wären, wäre er mittlerweile reif für die Klapsmühle.«

Ihr anmutiger Gast nahm einen neuen Teigklumpen aus der Rührschüssel und fing an, ihn mit geschickten Hieben mit der Nudelrolle auf dem mehlbestäubten Backbrett auszubreiten. »Ich kann den armen Mann gut verstehen, daß er sich Sorgen macht. Ich bin selber besorgt, und ich habe sie nicht mal kennengelernt.«

»Belinda wird dir gefallen«, versicherte ihr Helen. »Sie ist ein reizendes Schwein.«

»Mir gefallen die meisten Schweine.«

Iduna hatte den Teig auf die richtige Dicke ausgerollt und stach mit der Plätzchenform so schnell Kringel aus, daß es sich anhörte wie ein Steptanz.

»Das einzige Schwein, an das ich mich nie gewöhnen konnte, war ein alter grauer Eber von Tante Astrid und Onkel Olaf, als ich noch klein war. Der Schweinestall war direkt neben dem Häuschen draußen gebaut, und sobald dieser Eber hörte, daß man die Tür aufmachte, fing er an, gegen die Wand zu springen, so daß es sich anhörte, als würde er einem direkt hinterherkommen. Tante Astrid mußte immer mitgehen und mir den Sears-Roebuck-Katalog vorlesen, damit ich nicht zu bange war, zu tun, wofür ich gekommen war. Soll ich dich eine Weile an der Kaffeekanne ablösen, Helen?«

»Nein, ich glaube, wir machen diese Ladung noch fertig, und dann ist Schluß. Warum setzt du dich nicht und trinkst mit Peter eine Tasse Kaffee? Du arbeitest dich krumm und dumm, seit du aufgestanden bist.«

»Das nennst du Arbeit?« meinte Iduna. »Ich koch' für mein Leben gern. Außerdem haben wir einen netten Ausflug runter zum Supermarkt gemacht.«

»Und haben nett mit Lorene McSpee geplaudert, während wir da waren«, sagte ihre Gastgeberin naserümpfend. »Ehrlich, Peter, diese Frau ist ein Fall für die Heilanstalt.«

»In meinem ganzen Leben habe ich noch nie jemanden so viel Putzmittel kaufen sehen«, ergänzte Iduna.

»Und sie hatte zwei große Flaschen von diesem Kiefernzeug, womit man die Böden schrubbt«, fuhr Helen fort, »und einen Kanister Ammoniak. Es war einfach nicht möglich, es zu übersehen. Sie stellte uns ihren Einkaufswagen direkt in den Weg und fing an, uns mit Fragen zu bombardieren. Also mußte ich ihr Iduna vorstellen, und dann wollte sie wissen, woher Iduna kommt und was sie hier macht und wie lange sie bleibt und eine Menge anderer Sachen, die sie nichts angehen. Und dann fing sie natürlich von Miss Flackley an.«

»Und dann«, kicherte Iduna, »fragte ich Mrs. McSpee, ob sie mit dem Frühjahrsputz anfangen würde. Das half auch nicht viel.«

»Das war eine ganz naheliegende Frage«, sagte Helen, und ihre blauen Augen blitzten vor Ärger über Lorene McSpee. »Peter, du würdest nicht glauben, was sie uns alles erzählt hat – sie müßte noch einen Monat feste putzen, um das Haus bewohnbar zu machen. Du weißt so gut wie ich, daß Mrs. Lomax und ich wie die Berserker in Tims Haus gewütet haben, und wir haben jede

Woche vorbeigeschaut, um das Geschirr und ich weiß nicht was alles zu spülen. Entweder wollte mir diese McSpee an den Karren fahren, was ihr bestimmt gelungen ist, oder sie ist einfach verrückt.«

»Vielleicht beides ein bißchen«, meinte Iduna. »Es ist doch wirklich eine Schande, daß ein netter Mann wie Professor Ames sich mit so einer Landplage abquälen muß. Aber an ihrem roten Haar liegt es nicht, was auch immer die Leute sagen mögen. Meine Tante Astrid war so rothaarig wie ein Fuchsschwanz, und sie war die entzückendste Frau, die man sich vorstellen kann. Sie hatte für jeden ein freundliches Wort auf den Lippen und für jeden armen Landstreicher, der vorbeikam, eine milde Gabe.«

»Apropos Landstreicher«, sagte Shandy, »ich vermute, Tim ist hiergewesen?«

»Aber ja«, antwortete Helen, »er spazierte herein und wunderte sich, was der Aufruhr zu bedeuten hat. Er hatte vergessen, sich einzuschalten, wie üblich.«

Professor Ames' Tochter hatte ihn dazu gezwungen, sich ein passendes Hörgerät zu beschaffen, aber er dachte nur selten daran, es anzustellen.

»Na, das ist ein Mann, der etwas Aufmunterung gebrauchen kann«, sagte Iduna. »Ich bin überrascht, daß Mrs. McSpee nicht einen Bruchteil ihrer Energie darauf verwendet, seine Jacke zu flicken. Aber er ist nett, nicht? Er hat mir eine ganze Tasche voll Photos von seinem neuen Enkelkind gezeigt. Ich liebe Babys.«

»Dann mußt du Tim besser kennenlernen«, sagte Shandy und warf Helen einen triumphierenden Blick zu. »Timothy Ames ist ein viel zu feiner Mann, um mit dieser Furie von einer Haushälterin geschlagen zu sein. Was er braucht –«

Er wollte sich gerade zu einem kräftigen Wink mit dem Zaunpfahl hinreißen lassen, als der Türklopfer ertönte. Helen seufzte.

»Das ist der achtunddreißigste. Peter, würdest du bitte aufmachen. Ich bin überall fettig.«

Shandy gehorchte. Auf der Schwelle stand Professor Stott. Seine Augen waren rot und geschwollen, seine Kleidung derangiert. Obwohl der Mann in so kurzer Zeit kaum bemerkenswert an Gewicht verloren haben konnte, sah er irgendwie hager und hohlwangig aus.

»Shandy«, platzte er heraus, »sie haben den Lieferwagen gefunden.«

»Und Belinda?«

Stott stöhnte und schüttelte den Kopf. »Auf dem Sitz lag ein Brot mit Wurstsalat. Und es hatte jemand abgebissen!«

Er sank in den nächsten Stuhl und vergrub sein Gesicht in den Händen.

»Shandy, was soll ich nur tun?«

Shandy fiel lediglich ein, ihm auf die Schulter zu klopfen. »Kommen Sie, alter Freund, die Schlacht ist noch nicht vorbei. Wie wäre es mit einem Drink?«

Die einzige Antwort war ein Klagelaut. Shandy ging ein Glas holen.

»Es ist Stott«, berichtete er den Frauen. »Sie haben den Lieferwagen gefunden.«

»War Belinda drin?« fragte Helen.

»Nein. Nur ein Brot mit Wurstsalat.«

Iduna wischte sich die Hände an der Schürze ab. »Wo ist der Brandy, Helen?«

»Hier. Frag ihn, ob er einen Kringel will.«

»Mach eine Suppe warm, schnell!«

Iduna ergriff die Flasche und ein Glas und eilte in die Diele. Helen fing an, eine Dose Nudelsuppe mit Hühnchen zu öffnen. Ihr Gatte schüttelte den Kopf.

»Helen, kannst du mir sagen, wie diese Frau es geschafft hat, all diese Jahre dem Ehestand zu entgehen?«

»Reine Glückssache, schätze ich.«

Seine Frau goß die Suppe in einen Topf, stellte den aufs Feuer und ließ ihm eine ziemlich klebrige Umarmung zuteil werden. »Peter, glaubst du, daß die Sau noch lebt?«

Er streichelte ihr den Rücken. »Ich neige dazu, ja zu sagen. Den Entführern muß bestimmt klar sein, daß Belinda als Zuchtsau viel mehr wert ist denn als Braten. Ich erwarte, daß ein Erpresserbrief eintrifft, sobald ihnen die schlechten Witze ausgehen.«

»Aber warum machen sie weiter mit diesem widerlichen Hokuspokus mit Eisbein und Wurstbroten? Jetzt, wo man Miss Flackleys Leiche gefunden hat, können sie wohl kaum so tun, als wäre das Ganze ein lustiger Streich.«

»Es sei denn, derjenige, der das Schwein in Pflege hat, weiß nichts von dem Mord«, überlegte Shandy. »Gott weiß, wie viele Leute daran beteiligt waren. Es ist möglich, daß der letzte, der draußen war, sie getötet hat, ohne den anderen was davon zu sagen, und daß sie ihren Plan aus reiner Unkenntnis weiter verfolgt haben.«

»Das erinnert mich an die Geschichte von ›Tischlein deck dich‹«, sagte Helen. »Ich hab' mir immer gedacht, daß der Vater die Ziege bestochen hat, um die Söhne loszuwerden. Ich wette, derjenige, der Miss Flackley umgebracht hat, wird heuchlerisch versuchen, einem anderen die Schuld in die Schuhe zu schieben.«

»Sehr wahrscheinlich«, meinte Shandy. »Warum sollten Schweinediebe Ehre im Leib haben? Was macht die Suppe?«

»Ich glaube, sie ist fertig. Tasse oder Teller?«

»Auf jeden Fall Tasse. Ich glaube nicht, daß er fähig ist, einen Löffel zu heben. Dieser Mann ist in übler Verfassung, Helen. Hältst du es wirklich für natürlich, daß er diese Sache so furchtbar schwer nimmt?«

»Du kennst ihn besser als ich, Peter. Die naheliegendste Erklärung für sein Verhalten ist eine, die du sicher nicht gerne hören würdest.«

»Wenn du meinst, daß Stott Miss Flackley umgebracht und dann diese Szene mit Belinda gestellt hat, um es zu vertuschen, möchte ich sie bestimmt nicht hören«, sagte ihr Mann verdrossen. »Gib mir die Suppe.«

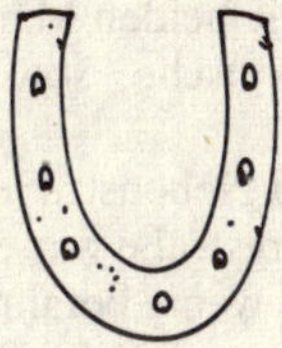

Kapitel 7

Nachdem er etwas Brandy und heiße Suppe zu sich genommen hatte, lebte Stott ein bißchen auf.

»Vielen Dank. Ihr seid wahrhaft Freunde. Ich muß zurück.«

»Ich komme mit«, sagte Shandy. »Ich würde diesen Lieferwagen gerne selbst sehen. Sind Sie sicher, daß die Sau darin gewesen ist?«

»Es gab Anhaltspunkte«, erwiderte Stott taktvoll. »Belinda muß unter unerträglichem Stress gestanden haben. In der Regel hat Belinda peinlich saubere Manieren.«

»Helen sagt, sie sei ein wunderbares Schwein«, sagte Iduna. »Ich freue mich darauf, sie kennenzulernen.«

»Miss Bjorklund, Sie machen mir Mut.«

Stott schüttelte die Grübchenhand, die sie ihm entgegenstreckte, nachdem sie sie noch einmal sorgfältig an der Schürze abgewischt hatte, denn auch Iduna hatte peinlich saubere Manieren. Dann gingen die beiden Männer zu dem Buick hinaus, der Stottschen Familienkutsche, soweit Shandy zurückdenken konnte.

Sie fuhren langsam über Nebenstraßen zu den Hügeln am Fuße des Old Bareface. Die Bergstraße war einsam und wurde außer in der Zeit des Herbstlaubes wenig befahren, wenn Bewunderer der Laubfärbung sich Stoßstange an Stoßstange drängten, um das Werk ihres Schöpfers zu betrachten und die anderen Fahrer zu verfluchen. An den schattigeren Stellen war noch stellenweise Eis, aber Stott fuhr ohne Rücksicht auf Verluste, überschritt oft die Tempobegrenzung von 30 Meilen und ignorierte die Schilder, die vor Steinschlag und Wildwechsel warnten. Shandy versuchte, nicht mit den Zähnen zu knirschen, und fragte sich, warum jemand eine schwangere Sau hier heraufbringen sollte.

Um einen nicht mehr gebrauchten Lieferwagen loszuwerden, war die Gegend natürlich ideal. Ein wertvolles Tier von Belindas

Größe dort zu verstecken und zu pflegen, schien völlig unsinnig. In beide Richtungen gab es auf Meilen hinaus keine Nebenstraßen. Von nun an bis zum Abschluß des Falles würde die Polizei beide Seiten sperren, jeden Fahrer verhören, der des Weges kam, und über Funk überprüfen, ob er nach einer angemessenen Zeit am anderen Ende wieder herausgekommen war. Jeder, der die Sau an diesen gottverdammten Platz gebracht hatte, war entweder bemerkenswert dumm, oder ihr Überleben war ihm völlig gleichgültig. Aber was hatte es für einen Sinn, sie zum Sterben hier heraufzubringen?

Was hatte es für einen Sinn, sich darüber den Kopf zu zerbrechen, was es für einen Sinn haben könnte, bevor er etwas erfahren hatte, was zumindest eine flüchtige Ähnlichkeit mit einem Indiz hatte? Nach einem Tag, wie er nie wieder einen zu erleben hoffte, hatte Shandy schätzungsweise vier Stunden geschlafen, und jetzt steckte er mitten in einer neuen Bredouille. Er lehnte den Kopf an den abgewetzten Sitzbezug und versuchte zu dösen.

Schleudernd hielt der Wagen an. Mit einem Satz saß Shandy aufrecht. »Wo sind wir?«

»Das war mal ein Holzweg«, erklärte ihm Stott. »Ein paar Studenten waren so hellsichtig, hier zu suchen. Ich glaube, die Stelle ist ihnen nicht unbekannt.«

»Ich glaube, ich weiß, warum«, knurrte Shandy. »Wo ist der Lieferwagen?«

»Direkt hinter diesem umgekippten Holzstoß.« Stott kletterte hinter dem Lenkrad hervor und ging voraus.

Da stand der Lieferwagen tatsächlich, umgeben von einem Schwarm Polizeiexperten und ein paar Presseleuten, die von Fred Ottermole und seinem Deputy Sheriff in Schach gehalten wurden. Ottermole begrüßte Shandy mit der Lässigkeit eines alten Bekannten.

»Oh Jesus, Professor, schon wieder Sie? Ich hätte es wissen müssen. Was zum Teufel haben Sie bei diesem Abendessen aufgetischt?«

»Erinnern Sie mich mal daran, daß ich Sie einlade, Ottermole«, versetzte Shandy. »Was haben Sie in dem Wagen gefunden?«

»Nichts, was ihr da unten im Gaswerk nicht gebrauchen könntet. Habt ihr sie mit Rüben oder so gefüttert?«

Ottermole meinte das Methangaswerk, das den Strom für das Balaclava College lieferte und ausschließlich mit den Nebenprodukten der Verdauung von Odin, Thor, Loki, Freya, Balder, Tyr, Heimdall, Hoenir und der Menge anderen Viehs betrieben wurde, das den College-Viehbestand ausmachte. Die so obenhin erwähnte Rübe war natürlich nicht *Brassica rapa,* sondern *Brassica napobrassica balaclaviensis,* gemeinhin Balaclava-Protz genannt, die Rübe, deren überragende Größe, Geschmack und Beschaffenheit von Mensch und Tier gleichermaßen geschätzt wurde und die in nicht geringem Maße zu der Erzeugung des Gases beitrug, das die Turbinen trieb, die die Häuser erleuchteten, das Wasser heiß machten und die elektrischen Zahnbürsten, Lockenwickler, Rasierwasserwärmer, Joghurtapparate, Würstchenkocher und andere Gebrauchsgegenstände der modernen Zivilisation für die Leute von Balaclava laufen ließen.

Weil er so eifrig in kalten Klimata gedieh, spielte der Protz keine unwichtige Rolle in der Landwirtschaft von Kanada, England, den baltischen Ländern, Schweden, Norwegen und sogar Teilen der hinteren Mongolei, was seinen Erfindern, Shandy und Ames, und seinem Sponsor, dem Balaclava College, beträchtliche Lizenzgebühren einbrachte. Man sagt, der Prophet und der Rübenzüchter gelten nichts im eigenen Lande. Der Name Shandy wurde in Riga geschätzt und in Oslo geehrt; auf dem Campus nannten die Studenten ihn Rübezahl.

Allerdings nur hinter seinem Rücken. Obwohl Professor Shandy weder in seiner Jugend Maienblüte noch in ehrwürdigem Alter war, weder atemberaubend attraktiv noch außergewöhnlich häßlich, weder schneller als ein rasender Güterzug noch fähig, mit einem Satz über Hochhäuser zu springen, war er dennoch ein Mann, dem nur Tollkühne auf die Füße zu treten wagten. Niemand wußte genau, warum. Es war einfach ein anerkanntes Faktum, daß Shandy ein Fakultätsmitglied war, mit dem man nicht aneinanderzugeraten versuchte. Ottermole mochte sich zwar einen Scherz erlauben, aber als Shandy auf den Lieferwagen zutrat, versuchte der Polizeichef nicht, ihn wegzuscheuchen.

»Keine Anhaltspunkte, was?« bemerkte er zu einem der Spurensicherer, die das Gefährt durchkämmten.

»Nein, nur ein paar Samenkörner. Ich dachte, sie haben sie mitgenommen, um das Schwein zu füttern.«

»Darf ich mal sehen?«

Der Mann hielt ihm ein zusammengefaltetes Blatt Papier hin.

»Das sind aber Sonnenblumenkerne«, wandte Shandy ein.

»Na und?«

»Man füttert Schweine nicht mit Sonnenblumenkernen. Erstens sind sie teuer. Außerdem haben sie Schalen, die man knacken muß, bevor man ans Innere kommt, wie Pistazien.«

»Kann das Schwein nicht die Kerne aufknacken und die Schalen ausspucken?«

»Das kann es ohne Zweifel«, sagte Shandy gereizt, »aber warum sollte es? Es gibt eine Menge billigere und geeignetere Dinge, mit denen man ein Schwein füttern kann. Wo haben Sie diese Sonnenblumenkerne gefunden?«

»Ich sagte doch: im Lieferwagen.«

»Aber wo im Lieferwagen – vorne oder hinten?«

»Vorne«, sagte der Mann ziemlich mürrisch. »Ein paar auf dem Fahrersitz und ein paar auf dem Boden in der Nähe der Kupplung.«

»Und wie viele sind es?«

»Woher zum Teufel soll ich das wissen?«

Shandy war schon dabei zu zählen. »23, 24, 25, 26. Sind das alle, die Sie gefunden haben?«

»Ja.«

»Sind Sie sicher? Keine auf dem Rücksitz?«

»Nein, da waren keine.«

»Auf dem Boden?«

»He, daran hab' ich nicht gedacht.«

»Dann schlage ich vor, Sie schauen jetzt nach.«

Stott, dem ein Reporter vom *All-Woechentlichen Gemeinde- & Sprengel-Anzeyger für Balaclava* aufgelauert hatte, schaffte es, sich loszureißen, und kam zu Shandy.

Der zeigte ihm die Papiertüte und fragte ihn: »Können Sie sich irgendeinen Grund auf der Welt vorstellen, warum jemand Belinda mit Sonnenblumenkernen füttern sollte?«

Der Schweineexperte dachte nach, dann schüttelte er seinen großen Kopf. »Keinen. Ich glaube nicht, daß Belinda Sonnenblumenkerne schätzen würde. Ich neige zu der Ansicht, daß Belinda Sonnenblumenkerne rundweg ablehnen würde.«

»Wie erklären Sie sich dann das Vorhandensein von Sonnenblumenkernen im Lieferwagen?«

»Ich würde vermuten, daß Miss Flackley die Angewohnheit hatte, Vögel zu füttern. *Helianthus*-Samen sind sehr geschätzt, vor allem von *Paridae* und *Fringillidae*.«

»Ich bin selber ein Piepmatzfan«, meinte der Beamte listig. »Das ist also Ihre Antwort, was?«

»Nein, Sir«, sagte Stott, »das ist lediglich meine ganz persönliche Meinung. Es gibt viele alternative Erklärungen, die ebenso möglich sind. Zum Beispiel könnte Miss Flackley begonnen haben, Sonnenblumenkerne in einem Frühbeet oder Treibhaus zu ziehen, um sie später auszusetzen. Professor Shandy ist sicherlich in der Lage, sich über diese Vermutung mit mehr Autorität zu äußern als ich.«

Professor Shandy konnte, aber er wollte nicht. Die Vorstellung, daß Miss Flackley aus irgendeinem Grund im Fahrerhaus ihres Lieferwagens Vogelfutter verstreute, konnte man eigentlich von vornherein ausschließen. Tim Ames würde Vogelfutter verstreuen. Er selbst könnte ebenfalls die Tasche voll Körner haben, wie es häufiger der Fall war, und möglicherweise ein paar fallen lassen, während er mit wichtigeren Dingen beschäftigt war. Aber Miss Flackley doch nicht! Wenn sie aus irgendeinem Grund Sonnenblumenkerne mitgehabt hätte, hätte sie sie in ein sicher verschlossenes Sonnenblumenkern-Behältnis getan. Wenn sie zufällig einen einzelnen Kern hätte fallen lassen, hätte sie ihn aufgehoben. Folglich waren, wie Stott zweifellos früher oder später bemerken würde, diese 26 Sonnenblumenkerne nicht von Miss Flackley verstreut worden.

Noch hätte Frank Flackley sie im Wagen lassen können – vorausgesetzt, ein ehemaliger Rodeoarbeiter hatte die Gewohnheit, dergleichen mit sich herumzutragen –, denn wenn er sie unbekümmert und gedankenlos herumgeschnippst hatte, als sie ihn zum Haus zurückfuhr, hätte sie sich sicherlich die Zeit genommen, sie wegzufegen, nachdem sie ihn mit seinem Fernseher und der Sechserpackung Bier zu Hause gelassen hatte. Die fast unausweichliche Folgerung war, daß einer der Schweinediebe sie verstreut hatte, und da es überaus zweifelhaft war, daß jemand, der in eine so schändliche Tat verwickelt war, sich um Meisen, Kardinale und Finken kümmerte, sah es so aus, als hätte der Fahrer selbst sie auf dem Weg zum Old Bareface geknabbert.

Er oder sie. Da lag der Hase im Pfeffer. Unter den Studenten gab es tatsächlich eine kleine Gruppe, die durchaus fähig waren, Sonnenblumenkerne dabeizuhaben und die Schalen aus Propagandagründen auf dem Campus herumzuspucken. Das waren die Wachsamen Vegetarier.

Das Balaclava Agricultural College war von jeher eine Bastion einer ernsthaft gefährdeten Spezies gewesen: des freien Landwirtes. Was Grausamkeit gegenüber Haustieren anging, vertrat es einen besonders militanten Standpunkt, seit sein Gründer, Balaclava Buggins, zum ersten Mal gegen das Überladen von Zugpferden gewettert hatte, bis hin zu den jüngeren Protesten von Professoren und Studenten gegen Legebatterien und andere üble Machenschaften gewisser moderner Züchter.

Kein Ehemaliger des 73er Jahrgangs würde je den spannungsgeladenen Moment vergessen, als Thorkjeld Svenson bei seiner Rede auf der Abschlußfeier ein massives Eichenpodium von oben bis unten säuberlich entzwei spaltete, um mit der Faust seinen unsterblichen Worten Nachdruck zu verleihen: »Agri ist kein Geschäft, sondern eine Kultur!«

So wie es die Berufung eines Bauern war, der Erde zu dienen und trotz all seiner Mühe fröhlich zu bleiben, hatte auch ein Eber das Recht, in gutem, weichem Schlamm zu wühlen, und eine Kuh, unter einem schattigen Baum süßes, frisches Gras wiederzukäuen, bevor sie ihrer Endbestimmung zugeführt wurde. Keine Henne wanderte vom Brutkasten über den Käfig in den Kochtopf, ohne je die Krallen in echten Dreck zu schlagen, um ihre eigenen Würmer herauszukratzen.

Kein Student konnte die Fürsorge übersehen, die man dem Vieh angedeihen ließ, aber manche regten sich darüber auf, was passierte, wenn die Zeit der Fürsorge vorüber war.

Es gab mehrere Gründe für die Studenten von Balaclava, Vegetarier zu werden. Zum einen war der Vegetarismus zur Zeit so etwas wie eine landesweite Mode. Zum anderen gab es frische Milch, Eier und Käse in jeder gewünschten Menge und verschiedenstes frisches Gemüse von guter Qualität, soviel man wollte. Zum dritten mögen viele junge Leute ohnehin nicht gerne Fleisch, und wenn sie erst einmal die eigenen Kühe, Schafe und Schweine des College persönlich kennengelernt hatten, mißfiel ihnen die Vorstellung besonders, ihnen zuletzt in Form von Filets oder Koteletts zu begegnen. Für manch einen war der Vegetarismus eine heilige Kuh, und einer von diesen war Birgit Svenson.

Präsident Svenson und seine Frau Sieglinde hatten sieben Töchter, von denen jede, wie ein Dubliner Gastprofessor einmal bemerkt hatte, schöner war als all die anderen. Die älteren vier waren seinerzeit Musterstudenten von Balaclava gewesen. Eine machte gerade in Cornell ihren Doktor, drei waren verheiratet (die erste mit dem Dubliner Gastprofessor), die beiden jüngsten waren noch in der High School. Sechs hatten von ihrer Mutter ihre Schönheit, aber auch ihre Gemütsruhe geerbt. Birgit, die einzige, die derzeit eingeschriebene Studentin war, hatte das Aussehen von ihrer Mutter, aber das Temperament von ihrem Vater übernommen.

Birgits Hingabe an den Vegetarismus war von Anfang an stürmisch verlaufen. Ihre erfolgreiche Kampagne dafür, daß in der Mensa Sojabohnen-Koteletts auf den Speiseplan kamen, war nur ein Vorgeplänkel zu ihrer Schlacht dafür, daß Roastbeef und ähnliches Fleischernes gestrichen wurde. Sie und ihre Hilfstruppen bewaffneten sich mit Statistiken darüber, wie viele Tonnen Getreide man brauchte, um eine Tonne Fleisch zu erzeugen, und veranstalteten Demonstrationen auf Viehmärkten, wo andere Studenten von Balaclava ihre preisgekrönten Holsteiner und Guernseys zur Schau stellten.

Bislang war es den Veggies, wie man sie getauft hatte, gelungen, beträchtliche Heiterkeit zu erregen und ein gewisses Maß an gesunder Gewissenserforschung und ein paar Redeschlachten in Gang zu setzen. Shandy argwöhnte, daß Thorkjeld Svenson sich insgeheim über seine temperamentvolle Tochter amüsierte und sie eher in Schutz nahm als umgekehrt.

Das Dumme an den studentischen Aktivitäten ist aber, daß sie manchmal überaktiv betrieben werden. Während der letzten paar Wochen war Professor Stott zur Zielscheibe einer gezielten Aufmerksamkeit geworden. Daß er große Subventionen für seine Arbeiten über die Zucht von Fleischproduzenten erhielt, hatten ein paar der militanteren Veggies als persönliche Beleidigung aufgefaßt. Während der Rest der Studentenschaft – wie Moira Haskins erklärt hatte – auf Belindas Nachkommenschaft Wetten abschloß, hatte Shandy aus der Anti-Schweine-Fraktion ein paar bedenkliche Gerüchte mitgekriegt.

Ein paar Veggies dachten anscheinend, daß Shandy als offizieller Botschafter des Pflanzenreiches auf ihrer Seite stehe. Er hatte versteckte Versicherungen erhalten, wenn der Kuchen neu verteilt werde, bliebe seine Portion unberührt. Das wäre vielleicht ein Trost gewesen, wenn er geneigt gewesen wäre, der Sache überhaupt irgendeine Bedeutung beizumessen, aber das war bislang noch nicht der Fall gewesen, und er vermutete, auch keiner der Studenten hatte sich Gedanken gemacht, da so viele andere Dinge bevorstanden – insbesondere der alljährliche Wettstreit.

Sogar Birgit Svenson interessierte sich zur Zeit mehr für Pferde als für Hafer. Ihr eigener Galan, ein gewisser Hjalmar Olafssen, war der aussichtsreiche Favorit für das Junioren-Wettpflügen, dem sogar ein bißchen Privattraining von Thorkjeld persönlich zuteil geworden war. Doch Svenson würde Hjalmar ohne mit der Wimper zu zucken rausschmeißen, wenn er ihn bei irgendeiner Schweinerei erwischte, ganz zu schweigen von einem richtigen Attentat. Würde der Student seine Chancen beim Wettstreit gefährden, indem er sich an so einem dummen Ulk beteiligte, wie Belinda von Balaclava zu kidnappen?

Das würde er, wenn Birgit es ihm sagte. Wenn es außerdem einen Weg gäbe, die Sache zu verpfuschen, würde Hjalmar ihn aller Wahrscheinlichkeit nach finden. Obschon ein Meister am Pflug, ein Titan im Rübenfeld und bemerkenswert auf einigen anderen Gebieten, hatte Hjalmar seine schwachen Momente. Entweder war er unglaublich brillant oder aufsehenerregend ungeschickt bei allem, was er anpackte, und niemand wußte im voraus, was passieren würde, bis es unwiderruflich passiert war.

In einigen Fächern hatte er immer die beste Note, in anderen immer die schlechteste. Letztes Jahr hatte er höchste Auszeichnungen gewonnen, doch als er sie entgegennehmen wollte, war er beim Herunterklettern gestolpert und hatte beinahe die Tribüne ruiniert. Er hatte beim Wetthüten seine Herde unangefochten als erster ins Ziel gebracht und war dann über Bruce of Bannockburn von Balaclava gestolpert, den Collie, mit dem er gearbeitet hatte. Bruce, ein vernünftiges und selbstbewußtes Tier, hatte sich auf ein weiteres blaues Band und wogenden Applaus für seine gute Arbeit gefreut. Als der Collie Hjalmar biß, wußten alle, daß er es eher aus Kummer denn aus Ärger tat, aber die Schiedsrichter mußten sie trotzdem beide disqualifizieren.

Hjalmar wäre fähig, mit Belinda fertigzuwerden, da war Shandy ziemlich sicher. Er war groß genug und stark genug und konnte mit Tieren umgehen. Selbst Bruce of Bannockburn trug ihm nichts nach. Bekanntlich war selbst Balthazar von Balaclava aus seinem Schlummer erwacht und mit dem ausdrücklichen Wunsch, sich von Hjalmar den Rücken kraulen zu lassen, an den Rand seines Kobens gewatschelt. Jede Sau wäre Wachs in den Händen dieses Studenten.

Vielleicht Wachs, aber keinesfalls Wurst. Wenn Hjalmar tatsächlich die unglaubliche Narrheit besessen hatte, bei einer Schweineentführung mitzutun, würde er dafür sorgen, daß dem Schwein nichts passierte. Zudem würde er niemals absichtlich Miss Martha Flackley auch nur ein Haar ihrer ordentlichen Frisur gekrümmt haben. Das Dumme war, daß Hjalmar so sehr, sehr groß und manchmal so tolpatschig war. Miss Flackleys Mohairstola war genau so ein Ding, dem er sich nicht nähern konnte, ohne darüber zu stolpern. Angenommen, er wäre gegen sie gefallen und hätte sie der Länge nach gegen den Maischespender geschleudert? Was hätte er dann getan? Wie konnte man überhaupt wissen, was Hjalmar in einer bestimmten Situation tun würde?

Shandy versuchte, daran zu denken, daß Birgit und Hjalmar keineswegs die einzigen waren, die bei der Veggie-Bewegung mitmachten. Mindestens ein Dutzend andere körnerknabbernde Heißsporne waren letzte Woche an ihn herangetreten, um herauszufinden, ob er ihre Kampagne unterstützen würde, Professor Stotts Projekten die Forschungsgelder zu streichen.

Birgit war nicht darunter gewesen. Sie hatte wenigstens genug Verstand, um sich darüber klar zu sein, daß Professor Shandy nicht derjenige war, der einem geschätzten Kollegen in den Rücken fiel.

Hjalmar auch nicht. Der junge Mann hatte nichts dagegen, daß Stott das Geld kriegte; er wollte lediglich, daß die Forschung in neue Bahnen geleitet würde, daß beispielsweise Schweine als Kartoffelsammler, Wachmänner, Blindenführer und für ähnliche Dinge ausgebildet würden, Tätigkeiten, bei denen eher ihre natürlichen Talente und ihr Scharfsinn zum Tragen kamen, als daß man nur für ein einziges Mal von ihrem Wohlgeschmack profitierte. Er hatte eine brillante und überzeugende Arbeit darüber geschrieben. Angeblich schenkte Professor Stott seinen Argumenten sorgfältige Beachtung.

Da er allerdings die Geschwindigkeit kannte, mit der Professor Stotts Denkprozesse funktionierten, könnte Hjalmar vielleicht überlegt haben, daß eine kleine Beschleunigung nichts schaden könne. Möglicherweise hatte er vorgehabt, Belinda bis zur Entbindung an einen geheimen Ort zu verbringen, die Ferkel gemäß seinen eigenen aufgeklärten Methoden auszubilden und dann mit ihnen über den Campus zu stolzieren und Plakate mit der Aufschrift zu tragen: INTEGRATION STATT ASSIMILATION.

Shandy war einen Moment fasziniert von dieser Vorstellung, dann ließ er sie fallen. Zum einen hatte Olafssen einfach nicht die Zeit dazu. Er arbeitete nach einem strengen akademischen Stundenplan, führte ein kompliziertes und möglicherweise bedeutsames eigenes Forschungsprojekt über eine Gurkenkrankheit durch und beteiligte sich an praktisch allen außerlehrplanmäßigen Aktivitäten auf dem Campus, vom Schach bis zum Hufeisenwerfen, ganz zu schweigen davon, daß er die Mitbewerber um Birgit Svensons Gunst abschmetterte, was an sich schon eine Vollbeschäftigung für den Durchschnittsmann war.

Aber Hjalmar hätte sich nicht allein daran gewagt; das war der springende Punkt der Sache. Und wenn er tatsächlich Miss Flackley angerempelt und gedacht hatte, er hätte sie nur k. o. geschlagen? Hätte nicht ein anderes Mitglied der Gruppe sagen können: »Geh du vor und bring das Schwein weg. Ich kümmere mich um sie«, oder so was ähnliches? Und wenn der andere Student dann erkannt hätte, daß Miss Flackley tot war, und zu dem irrigen Schluß gekommen wäre, es sei eine edle Tat, Hjalmars Verbrechen zu vertuschen? Der attraktive Student im letzten Semester war in Balaclava eine Art Held, und außerdem war er jemand, auf den viele ihre Hoffnungen auf den Sieg bei dem Wettstreit gründeten. Es war nicht unsinnig anzunehmen, daß ein anderer Student solch ein wahnsinniges Risiko auf sich nähme, um Hjalmar vor den Konsequenzen seines Tuns zu schützen.

Insbesondere wenn dieser Student eine Frau war, die nicht Birgit Svenson hieß. Es war wohlbekannt, daß viele Frauen sich nach Hjalmar verzehrten, genauso wie die männlichen Exemplare sich vergeblich nach Birgit sehnten. Aber da war noch das Problem, daß Miss Flackley die Kehle aufgeschlitzt worden war. Die Weibchen der Spezies können tödlicher sein als die Männchen, wie Kipling behauptete, aber ob eine der Studentinnen so weit gehen würde?

Es mußte eine andere Erklärung für die Sonnenblumenkerne geben. Leider fiel Shandy eine ein. Professor Stotts leidenschaftliches Interesse für *Paridae* und *Fringillidae* war wohlbekannt, und Professor Stott war ein zerstreuter Mann. Wenn einer zufällig eine Tasche voll Vogelfutter und ein Taschentuch mit sich herumträgt und wenn er dann in die Tasche nach dem Taschentuch greift, um sich bei einem besonders aufreibenden Abenteuer die Stirn zu trocknen, wird er aller Wahrscheinlichkeit nach eine ganze Menge, beispielsweise 26 Körner, über Sitz und Boden des Lieferwagens verstreuen, ohne zu merken, was er da tut.

Wenn jemand keine bessere Erklärung als diese findet, bricht er am besten jeden Versuch zu denken ab. Shandy machte sich daran, die Umgebung des Lieferwagens abzusuchen. Nirgendwo stießen er oder sonst jemand anders auf weitere Sonnenblumenkerne, noch fanden sie Belindas Pfotenabdrücke, geschweige denn Spuren, daß sie im Boden gewühlt hatte, wahrscheinlich Belindas erste Tat nach der Befreiung aus dem Lieferwagen. Die Folgerung lautete: Wo auch immer man sie herausgeholt hatte, jedenfalls nicht hier auf dem Old Bareface; und da Shandy bereits zu dem Schluß gekommen war, das sei ein äußerst unpassender Ort zum Schweinehüten, war er nicht weiter als zuvor.

Als man den Lieferwagen gründlich durchsucht, photographiert, die Fingerabdrücke sichergestellt und sonst noch allerlei damit getrieben hatte, erhob sich die Frage, ob man ihn als Beweisstück beschlagnahmen oder dem außer Gefecht gesetzten Hufschmied in Forgery Point zurückgeben solle. Im Wagen hing tatsächlich ein Terminplan. Demzufolge sollte Flackley gerade drüben in Hoddersville sein und mehrere Zugtiere versorgen, die verschiedenen Mitgliedern der Kopflosen Reiter gehörten. Sie alle waren letztes Jahr von der Balaclava-Brigade um eine Nasenlänge geschlagen worden und prahlten damit, diesmal würden sie den Pokal mit Sicherheit gewinnen.

Shandy spürte eine gemeine Befriedigung darüber, daß ihnen was in die Quere kam, aber sein besseres Ich gewann die Oberhand, und er setzte sich energisch dafür ein, daß Flackley den Lieferwagen zurückbekam oder ihm zumindest die für seinen Beruf unerläßlichen Werkzeuge zur Verfügung gestellt wurden. Da man – vermutlich die Schweinediebe – den größten Teil des Wageninhalts hinten an den Schweineställen ausgeräumt und auf einen Haufen geworfen hatte und alles danach erfolglos auf Fingerabdrücke und Blutspuren untersucht worden war, somit die Sachen als Beweisstücke unbrauchbar waren, stimmte die Staatspolizei einem Kompromiß zu. Wenn das College Flackley einen Lieferwagen leihen würde, würden sie die Geräte freigeben.

Shandy nahm das auf seine Kappe und überredete Stott, ihn zurückzufahren, um die Sache zu arrangieren. Unterwegs gelang es ihm, das Thema auf die Sonnenblumenkerne zu bringen, und er stülpte halb im Scherz seine Taschen um, um zu sehen, ob er sie vielleicht selbst verstreut hatte, obschon er durchaus wußte, daß das nicht der Fall war, und brachte Stott so dazu, den Wagen anzuhalten und dasselbe zu tun.

Stott machte ohne Zögern mit, betrachtete mit mildem Erstaunen das Sammelsurium, das er mit sich herumtrug, fand jedoch keine Sonnenblumenkerne. Das schloß die Möglichkeit aus, daß er sie unabsichtlich verstreut hatte, als er den aufgefundenen Lieferwagen besichtigte, nachdem man ihn gefunden hatte.

Es ließ aber die Möglichkeit unberührt, daß Stott sie gestern abend verstreut haben könnte, denn da hatte er andere Kleidung getragen. Warum um alles in der Welt wollte Shandy kein Verdächtiger einfallen, den er nicht leiden konnte?

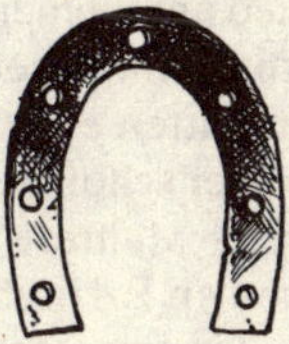

Kapitel 8

Als Shandy endlich den Leiter der Liegenschaftsabteilung dazu überredet hatte, einen Lieferwagen zu verleihen, Flackleys Werkzeuge und Geräte darin hatte verstauen lassen und das Gefährt nach Forgery Point gefahren hatte, wobei ihm Helen in ihrem eigenen Wagen gefolgt war, damit er wieder nach Hause käme, hatte der Hufschmied anscheinend seinen vormaligen Eifer verloren, die Familientraditon fortzusetzen.

Er und Officer Madigan hatten es sich vor dem offenen Kamin an einem Kartentisch bei einer schon weit fortgeschrittenen Partie Rommé gemütlich gemacht. Mehrere Becher, Teller und leere Gläser zeigten, daß es ihnen an Erfrischungen nicht gefehlt hatte. Officer Madigan hatte ihre Uniformjacke abgelegt und sah erhitzt und rosig aus – zweifellos wegen der Wärme des Feuers –, doch auch ein wenig verärgert, weil sie in ihrer Pflichterfüllung unterbrochen wurde.

Es war Shandy bis jetzt noch nicht aufgefallen, aber Frank Flackley war das, was manche Frauen als einen recht gutaussehenden Mann bezeichneten. Er mußte Helen danach fragen, wenn sie wieder draußen im Auto wären. Jedenfalls nahm Flackley die Schlüssel des College-Lieferwagens mit mäßiger Begeisterung entgegen und schien nicht überwältigt vor Kummer, als er auf den Terminkalender schaute und sah, wie viele Pferde er an diesem Tag schon versetzt hatte. Er bemerkte bloß, daß er wohl von irgendwo anrufen und sich entschuldigen sollte, aber wahrscheinlich hätte man schon in den Nachrichten von Tante Martha gehört. Dann warf Flackley einen nachdenklichen Blick zurück auf den Kartentisch und Officer Madigan.

Als er wieder in seinem eigenen bequemen Auto saß, wurde Shandy klar, daß der Tag schon weiter vorgerückt war, als er gedacht hatte. Es war ein gutes Gefühl, mit Helen allein zu sein. Sie fuhr, wie sie alles andere tat: mit einer Art amüsierter

Verwunderung, als ob sie sich zum ersten Mal an eine faszinierende Erfahrung gewagt und festgestellt hätte, daß sie überraschend gut zurechtkam. Nachdem er in Stotts antikem Leviathan herumgeschaukelt und in dem Lieferwagen durchgeschüttelt worden war, war Shandy völlig zufrieden, untätig dazusitzen und ihr das Fahren zu überlassen. Er mochte es, wie ihre kleinen Hände in den braunen Lederhandschuhen das Lenkrad umfaßten. Es gab nichts an ihr, was er nicht mochte. Nach einer Weile brachten die Handschuhe ihn jedoch auf einige Gedanken, die ihn lieber eine Weile nicht mehr beschäftigt hätten.

»Wenn du ein Veggie wärst, würdest du die nicht tragen.«

»Was nicht tragen?«

»Lederhandschuhe.«

»Oh.« Helen dachte einen Moment darüber nach. »Nein, das würde ich wohl nicht. Wie kommst du darauf?«

»Sonnenblumenkerne.«

»Ich verstehe. Das erklärt alles.«

»Helen, ich bin ein müder Mann.«

»Das weiß ich doch, mein armer Schatz, und du sollst dich ausruhen. Wenn heute abend einer kommt und dir Einmachgläser mit Eisbein in Sülze entgegenhält, muß er sich mit mir zufriedengeben.«

»Tapfere Frau! Aber im Ernst: die Wachsamen Vegetarier – was denkst du über sie?«

»Woher soll ich wissen, was ich von ihnen denke? Ich bin nicht sicher, ob ich überhaupt schon mal an sie gedacht habe. Mein Großvater, Diakon Marsh, behauptete immer, daß der Herr dem Menschen die Vögel in der Luft und die Tiere des Feldes zu seinem Nutzen gegeben habe, und ich nehme an, ich habe diesen Sermon für bare Münze genommen. Ich weiß wirklich nicht, was denn so schlimm daran ist, daß eine ehrlich arbeitende Frau ihre Hände mit einem Paar Handschuhe wärmt, die aus dem Fell eines Tieres gemacht wurden, das seine hochwertigen Proteine bereits zum Nutzen der menschlichen Rasse beigesteuert hat, obwohl ich mir natürlich keinen Pelzmantel kaufen würde und Fangeisen für eine abscheuliche Sache halte. Wie sind wir überhaupt auf die Veggies gekommen?«

»Ich sagte dir doch: die Sonnenblumenkerne. Sie haben im Führerhäuschen von Miss Flackleys Lieferwagen 26 Sonnenblumenkerne gefunden.«

»Jetzt verstehe ich, was du meinst, Peter. Es kann zwar passieren, daß ein oder zwei Körner in den Ärmelaufschlag geraten, wenn man die Vogelhäuschen auffüllt, aber 26 sind eine Menge für eine so ordentliche Person wie Miss Flackley; es müssen also die Schweinediebe gewesen sein. Ich kann mir vorstellen, daß sie Vogelfutter für das Schwein gekauft haben, um die Leute von der Spur abzubringen, aber warum sollten sie Sonnenblumenkerne erstehen, wo doch geschroteter Mais oder Hirse so viel billiger und geeigneter sind? Es läßt jemanden vermuten, der sie zum Knabbern bei sich hat, nicht wahr? Wie Matilda Gables, aber das ist natürlich lächerlich.«

»Matilda wer?«

»Du kennst doch diese süße kleine Zweitsemesterfrau mit der Brille, die etwa doppelt so groß wie ihr Gesicht ist, und die das T-Shirt trägt, auf dem steht: ›Wer vor der Kreatur sich neigt, des Gebet zum Himmel steigt‹. Jedesmal, wenn sie in die Bibliothek kommt, hinterläßt sie eine Spur Sonnenblumenkerne. Ich glaube, sie hat ein Loch in ihrer Bluejeans.«

»Warum näht sie es nicht zu?«

»Peter, Matilda ist ein Kopfmensch. Sie wüßte nicht, an welchem Ende der Nadel man einfädelt. Ich kann mir sowieso nicht vorstellen, was sie in Balaclava macht. Sie sollte in Harvard oder Oberlin sein und ihr Diplom in Altnorwegisch oder elementarer Mathematik machen.«

Shandy nickte. »Ich weiß. Ich fürchte, sie ist hier, weil sie sich berufen fühlt. Sie ist der Typ, der sich selbst als die flammende Speerspitze einer schönen neuen Weltordnung sieht.«

»Aber Peter, sie ist doch so winzig!«

»Das war David auch verglichen mit Goliath, wo wir schon mal bei der Bibel sind. Wenn die kleine Gables so schlau ist, konnte sie bestimmt eine Möglichkeit finden, mit dem Schwein fertigzuwerden, oder Hilfstruppen, die damit fertigwurden. Mit wem ist sie denn so zusammen?«

»Mir fällt auf Anhieb keiner ein. Matilda treibt ihre Studien in der Regel allein. Sie neigt zwar dazu, Hjalmar Olafssen schwärmerische Blicke zuzuwerfen, aber wer täte das nicht? Ich selber tu es auch.«

Shandy stöhnte. »Ich wünschte, du hättest den Burschen nicht erwähnt. Sag mal – hast du Olafssen je dabei erwischt, wie er schwärmerische Blicke zurückwarf?«

»Zu mir? Natürlich nicht.«

»Dumm von ihm. Ich meinte Matilda.«

Helen schüttelte den Kopf. »Nein, schwärmerisch würde ich nicht sagen. Er ist natürlich freundlich zu ihr. Hjalmar ist immer nett zu allem und jedem. Ich vermute, auf diese Weise ist er in diese Sache mit den Wachsamen Vegetariern reingerutscht – und durch Birgit. Peter, du denkst doch nicht etwa –«

Es hatte keinen Sinn zu versuchen, Helen irgend etwas zu verheimlichen. Shandy berichtete ihr, was er gedacht hatte, und eine Weile fuhr sie schweigend weiter.

Endlich sagte sie: »Ich gebe es nur ungern zu, Peter, aber ich glaube, wahrscheinlich hast du mit den Veggies eher recht als mit Professor Stott. Natürlich hat es keiner von ihnen getan, hörst du, aber –«

»Natürlich nicht, aber –«

»Na, ich schaue jedenfalls mal, was ich rauskriegen kann. Manchmal erzählen mir die Studenten etwas, weißt du. Ich nehme an, sie gehen am Montag wieder in die Vorlesungen, wo jetzt der Lieferwagen gefunden ist.«

»Warum? Belinda fehlt noch.«

»Ach ja, natürlich. Ich kann einfach nicht klar denken. Oh Peter, was für eine schreckliche Sache!«

»Ja, ich wage zu behaupten, deine Freundin Iduna wünschte mittlerweile, sie wäre bei ihrem Tornado geblieben.«

»Ehrlich gesagt, glaube ich, daß Iduna sich königlich amüsiert. Als du angerufen hast, um mir zu sagen, ich sollte den Wagen bringen, zeigten Professor Stott und Tim Ames ihr gerade Bilder von ihren Enkelkindern. Tims hatte sie natürlich schon gesehen, aber es machte ihr nichts, sie nochmal zu sehen. Peter, weißt du, daß Professor Stott schon 24 Enkelkinder hat, und zwei sind noch unterwegs?«

»Was insgesamt 26 ergibt. Meine Güte, Helen, du glaubst doch nicht, daß Belinda von der Liga für Familienplanung zu einer Art Ritualopfer gebraucht wird?«

»Ich meine, das ist die wahrscheinlichste Lösung, die dir bislang eingefallen ist«, erwiderte sie. »Peter, versuch doch, dich zu entspannen und eine kleine Weile nicht an diese furchtbare Geschichte zu denken.«

»Wie um Himmels willen kann ich das, wenn mir alle von links und rechts gleichzeitig zusetzen! Ich vermute, wenn wir nach

Hause kommen, wird Svenson vor der Tür herumgrölen und wissen wollen, wieso ich den Fall noch nicht in einem netten Paket mit einer Schleife drum parat habe. Helen, meinst du ehrlich, es bestände die blasseste Andeutung einer Möglichkeit, daß Birgit Svenson darin verwickelt ist?«

»Ich weiß nicht, was ich sagen soll, Peter. Diese Svenson-Mädchen haben es bestimmt schwer, wenn sie versuchen, das Märchen aufrechtzuerhalten, sie wären gewöhnliche Sterbliche wie du und ich. Vielleicht hat Birgit irgendeinen Unsinn angestiftet, um zu beweisen, daß sie wirklich dazugehört oder so, was dann danebengegangen ist. Insbesondere wenn Hjalmar mit von der Partie war, und du kannst darauf wetten: Wenn einer dabei war, waren es auch beide.«

»Wenn sie dabei ist, dann sind hier alle Teufel der Hölle los«, seufzte Shandy. »Helen, ist dir klar, was es für die Svensons bedeuten würde, wenn ihre eigene Tochter in einen Mord verwikkelt wäre? Was es für das College bedeuten würde?«

»Ich möchte nicht einmal daran denken. Peter, es muß eine andere Möglichkeit geben. Was ist zum Beispiel mit diesem Neffen, der genau im richtigen Moment aus dem Nichts auftaucht und sich in ein gemachtes Bett legt? Wer sagt, daß nicht er seine Tante umgebracht hat?«

»Tatsächlich, wer sagt das? Und wer sagt, wie er vom Old Bareface nach Forgery Point zurückgekommen ist, als er den Lieferwagen abgestellt hatte? Ganz zu schweigen von den ganzen lustigen Streichen mit dem Eisbein und den Schweinekoteletts, wo er da draußen weder Auto noch Telefon hat.«

»Das interessiert mich jetzt weniger. Ich wüßte nur gerne, ob er aus dem Greyhound-Bus gestiegen ist, wo und wann er behauptet, und ob er allein gereist ist.«

»Und das sollst du auch erfahren, meine Liebe. Das ist eine verdammt gute Idee. Wenn die Staatspolizei sie nicht schon gehabt hat, was ich zu bezweifeln geneigt bin, werden wir sie darauf ansetzen, diese kleine Frage zu klären, sobald wir zu Hause sind. Officer Madigan hat Flackley heute nachmittag ziemlich gründlich über die Einzelheiten seiner Vergangenheit und so weiter ausgequetscht.«

»Insbesondere über das ›und so weiter‹«, erwiderte Helen. »Ist dir aufgefallen, daß er ein außergewöhnlich attraktiver Mann ist?«

»Es ist mir aufgefallen, daß manche Frauen das meinen könnten«, antwortete ihr Gatte ein bißchen giftig. »Was soll das? Erst kommt heraus, daß du heimlich Hjalmar Olafssen schöne Augen machst, und jetzt fängst du an, mir von den Vorzügen Kurschmied Flackleys vorzuschwärmen.«

»Ich habe nicht gesagt, daß *ich* ihn attraktiv finde. Ich meinte bloß, daß er zufällig dieses temperamentvolle, sexy Auftreten hat, das einige meiner bedauerlich unkritischen Geschlechtsgenossinnen zuweilen irrigerweise edleren Qualitäten vorziehen. Apropos edle Qualität: Ich frage mich, ob sie die Karolingischen Einbrecher schon geschnappt haben.«

»Wenn ja, kommt es in den Sechs-Uhr-Nachrichten. Die, wie mir auffällt, vor einer halben Stunde vorbei waren.«

»Vielleicht kriegen wir im Autoradio einen Sender rein«, sagte Helen, »obschon es jetzt kaum der Mühe wert scheint. Ist es nicht merkwürdig, wie schnell sich die Betrachtungsweisen ändern können?«

»Ach, ich weiß nicht. Ich hätte immer noch nichts dagegen, zuzusehen, wie sie langsam in ein Faß brodelndes Öl getaucht werden. Ist Iduna übrigens noch beim Plätzchenbacken oder glaubst du, daß sie vielleicht ans Abendessen denkt?«

»Stimmt ja, du armer Mann, du hast ja den ganzen Tag kaum was gegessen. Ich bin sicher, daß sie etwas fertig und auf dem Tisch hat. Für Iduna hat die Küche eine natürliche Anziehungskraft.«

»Das habe ich bemerkt. Du sagtest, sie sei mit dem alten Tim warm geworden?«

»Nein, Liebling. Ich sagte, sie hätte sich seine und Professor Stotts Kinderphotos mit gleicher und aufrichtiger Freude angeschaut.«

»Daß muß die Erklärung dafür sein, daß sie noch nicht geheiratet hat. Sie hat ein Herz wie Brownings *Last Duchess*, das zu leicht froh zu machen ist. Jeder Bursche mit einer Handvoll Babybilder kann daher kommen und den vorigen Bewerber von der Bildfläche fegen, bevor er eine Chance hatte, die entscheidende Frage zu stellen.«

»Peter, wenn du noch nicht mit mir verheiratet wärest, würdest du dann Iduna heiraten?«

»Was ist das denn für eine idiotische Frage? Wie könnte ich nicht mit dir verheiratet sein?«

»Danach habe ich nicht gefragt.«

»Na, das ist meine Antwort, und dabei bleibe ich. Was gibt es?«

»Woher soll ich das wissen? Ich koche nicht. Ich habe heute morgen ein Brathühnchen und ein paar Kalbsschnitzel und eine Lammkeule und ein Stück Braten gekauft.«

»Klingt ausreichend. Helen, du glaubst, daß ich Unsinn über die Veggies geredet habe, nicht wahr?«

»Was ich glaube, ist, daß du müde und hungrig bist und wahrscheinlich unausstehlich wirst, wenn du nicht bald etwas zu essen bekommst und schläfst. Mach die Augen zu und stell dir vor, du lägst zu Hause auf dem Sofa und würdest Mozart hören.«

»Warum nicht Brahms?«

»Siehst du, ich wußte, daß du streitsüchtig und zänkisch wirst. Mach dir nichts draus, es ist nicht mehr weit. Wahrscheinlich kommen wir nach Hause und stellen fest, daß Belinda mit unversehrten Koteletts und Schinken aufgetaucht ist und daß Miss Flackleys Liebhaber, einer der Kopflosen Reiter von Hoddersville, ein Verbrechen aus Leidenschaft gestanden hat und daß Iduna Königsberger Klopse gemacht hat.«

»Und die himmlischen Harfen ertönen«, knurrte Shandy. »Nicht, daß ich dieser Horde untermenschlicher Wüstlinge aus Hoddersville nicht alles zutrauen würde. Habe ich dir erzählt, wie sie Präsident Svenson beim Senioren-Wettpflügen einmal Juckpulver in seinen Overall gestreut haben, als er gerade mit seiner Furche anfangen wollte?«

»Nein. Was ist passiert?«

»Was würdest du erwarten? Der alte Thorkjeld gewann die Meisterschaft in einer bis heute unerreichten Zeit und ließ Sieglinde Odins Decke wie ein Zelt halten, während er sich auszog und ein Bad in der Gideon-J.-Higgins-Gedächtnis-Pferdetränke nahm. Dann wickelte er sich die Decke um wie einen Kilt, marschierte zu der Hoddersville-Meute hinüber, packte sie zu je zwei und zwei, rammte ihnen die Köpfe aneinander und wuchtete sie in den Misthaufen hinter den Kuhställen. Es war ein eindrucksvolles Schauspiel.«

»Das kann ich mir vorstellen. Was hat Sieglinde dann gemacht?«

»Sie strahlte vor Gattinnenstolz, während die Menge ihm stehend applaudierte, dann mußte er die Pferdetränke auswischen, damit die Pferde nicht vom Juckpulver krank würden.«

»Wahre Größe hat immer etwas Erschreckendes, nicht?« meinte Helen ehrfürchtig. »Wer außer Sieglinde hätte daran gedacht, den Pferdetrog sauberzumachen?«

»Weibliche Logik hat auch etwas Erschreckendes«, sagte ihr Mann. »Warum tust du dich nicht mit Sieglinde zusammen und heckst eine narrensichere Methode aus, Lorene McSpee loszuwerden, damit Iduna sieht, wie dringend Tim die Liebe einer guten Frau braucht? Du hättest sie doch gern als Nachbarin?«

»Peter, du bist doch nicht etwa ärgerlich, weil ich sie eingeladen habe, ohne dich vorher zu fragen, oder?«

»Nein, meine Liebe, da gibt's andere Dinge, um mich darüber zu ärgern, selbst wenn es mich ärgern würde, daß sie hier ist, was nicht der Fall ist. Was mich am meisten ärgert, ist, daß ich nicht aufhören kann, über diese Studenten nachzudenken. Verflixt, Helen, ich hätte schwören können, daß wir hier so eine feine Truppe haben, wie man sie im ganzen Land nicht findet. Wie konnte Birgit Svenson in so eine Sache hineingeraten?«

»Peter, du hast keinen Grund auf der Welt anzunehmen, daß Birgit überhaupt in etwas hineingeraten ist. Jetzt laß uns um Gottes willen mal von was anderem reden.«

»Was zum Beispiel?«

»Na, die Pferdeschau. Solltest du nicht für den Haferschäl-Wettbewerb oder so trainieren?«

»Es gibt keinen. Hafer kann man nicht schälen. Hafer hat keine Schalen.«

»Was hat er dann? Ach, ich weiß, das kommt immer in Kreuzworträtseln vor. Grannen. Nein, eine Grannerei könnte man wohl kaum veranstalten, oder?«

»Jedenfalls nicht mit Hafer. Obwohl ich schon glaube, sagen zu können, daß man es vielleicht könnte und daß es durchaus möglich ist, daß jemand es schon getan hat, aber es hört sich nach einer ziemlich lächerlichen Betätigung an. Warum schlägst du es nicht nach? Wenn es irgendwelche Statistiken darüber gibt, sollte ich wohl davon wissen.«

»Das werde ich tun, vorausgesetzt, ich komme je wieder zum Arbeiten. Wußtest du, daß Dr. Porble die Bibliothek heute geschlossen hat, zum ersten Mal in der Geschichte außer an Feiertagen und Balaclava Buggins' Geburtstag? Er ist draußen und sucht mit den anderen nach dem Schwein. Oh, tut mir leid! Wir kommen einfach nicht davon los, was?«

»Nein, das kommen wir nicht, und was hat es für einen Zweck, es zu versuchen?« seufzte Shandy. »Na, bei dem letzten Schlamassel, in den ich geriet, bin ich schließlich bei dir gelandet. So ein Glück hat man nicht zweimal, aber ich nehme an, es schadet nichts, das Beste zu hoffen.«

Er fügte nicht hinzu: »Während wir das Schlimmste befürchten.« Es war nicht nötig.

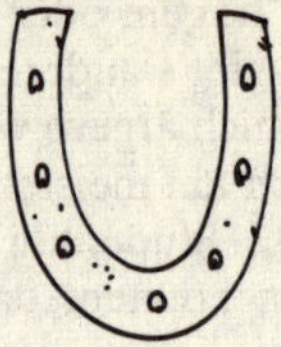

Kapitel 9

Es war fast schon dunkel, als sie ins Backsteinhaus zurückkamen. Helen machte sich Vorwürfe, daß sie Iduna so lang allein gelassen hatte, aber das war nicht nötig. Sie fanden ihre Hausgenossin bequem vor dem Fernseher, wie sie sich an Walter Cronkite ergötzte. Sie hatte sich etwas angezogen, was Shandys Mutter wahrscheinlich einen Morgenrock und Helens ein Freizeitkleid genannt hätte. Was auch immer es war, es stand ihr vorzüglich. In der Hand hielt sie einen Balaclava Bumerang, und auf ihrem Gesicht stand ein zufriedenes Lächeln.

»Ich wußte nicht, wann ihr kommt, deshalb habe ich die Kühltruhe durchstöbert und ein paar Sachen zusammengestellt. Da war eine Dose Schinken, und ich dachte, der paßt gut zu den süßen Kartoffeln, die wir gekauft haben, und dem würde es nicht schaden, wenn er eine Weile warmgehalten wird. Ich dachte, Peter braucht was Kräftiges nach diesem anstrengenden Tag. Es steht alles im Herd warm, und ihr könnt jederzeit essen, wenn ihr wollt. Ich habe mir einen von deinen Bumerangs gemacht, Peter. Ich hätte nie gedacht, daß ich als einsame Säuferin ende.«

»Das wirst du auch nicht«, versicherte Shandy und eilte an die Bar. »Du auch was, Helen?«

»Auf jeden Fall«, sagte seine Frau. »Iduna, ich nehme an, ich sollte jetzt scheinheilig beteuern, daß du dir nicht so viel Mühe hättest machen sollen, aber das werde ich nicht. Wahrscheinlich hast du uns beiden das Leben gerettet. Wann sind Professor Stott und Professor Ames gegangen?«

»Ach, vor einiger Zeit schon. Ich habe inzwischen allerhand Gesellschaft gehabt. Größtenteils junge Leute. Ein junger Mann war da, der mich an Willem, den Sohn meiner Cousine Margit, erinnerte. Ein so hübscher Junge, wie man sich nur wünschen kann, aber er konnte keine zwei Schritte gehen, ohne über seine eigenen Füße zu fallen.«

»Olafssen!« rief Shandy. »Was wollte er?«

»Schmalzkringel. Zumindest hat er die gekriegt. Vor allem wollte er mit dir reden, Peter, aber er hat nicht gesagt, worüber.«

»Verflixt. Ich wünschte, ich hätte ihn nicht verpaßt. Hat er gesagt, wann er wiederkommt?«

»Nein, nur, daß er noch ein bißchen das Schwein suchen geht. Ich fühlte mich richtig schuldig, als ich diesen Schinken zubereitete, obwohl ich glaube, daß das nicht viel Sinn hat. Wenn sie nicht gut zum Essen wären, würde man sie nicht züchten, und man denke an all den Spaß, den sie versäumen würden, bevor sie gegessen werden. Das habe ich Professor Stott gesagt, und er pflichtete mir bei. Er sieht wirklich gut aus, nicht wahr? So edel und majestätisch. Er erinnert mich an diesen prämierten Eber von den Knebels. Erinnerst du dich, Helen? Er hat dieselbe stolze Art, einem direkt in die Augen zu blicken und die Nüstern zu blähen. Oh, danke, Peter, herzlich gern, aber tu diesmal etwas weniger Apfelschnaps in den Bumerang, wenn du heute abend noch was zu essen kriegen willst.«

»Aber Iduna, du bist doch hier als unser Gast«, protestierte Helen. »Du hast schon mehr als genug getan. Wir erwarten nicht, daß du uns bedienst.«

»Unsinn. Da ich nun anfangen muß, mir meinen Lebensunterhalt zu verdienen, kann ein bißchen Übung nicht schaden. Na, jedes Unglück hat immer auch seine guten Seiten, wie ich zu Professor Stott sagte. Wenn dieser Tornado nicht gekommen wäre, würde ich nicht hier sitzen und mich köstlich amüsieren, obwohl ich das wohl nicht sagen sollte, wo die nette Miss Flackley tot und hinüber und Belinda noch verschwunden ist. Aber man weiß ja nie, hab' ich ihm gesagt. Vor Tagesanbruch ist es am dunkelsten.«

»Du und Stott, ihr scheint ja eine ziemlich philosophische Diskussion geführt zu haben«, grunzte Shandy leicht säuerlich. »Wie bist du mit Tim ausgekommen?«

»Professor Ames? Oh, wir sind gut zurechtgekommen, nachdem er sich erinnert hatte, daß er diesen kleinen Schalter anmachen sollte. Aber ich würde meine Kopfhörer auch abgeschaltet lassen, wenn ich dieser Mrs. McSpee zuhören müßte, wie sie mir jedesmal, wenn ich einen Schritt tue, zusetzt, ich soll mir die Schuhe abputzen. Sie kam um kurz vor sechs herüber, um nach Professor Ames zu schauen, weil sie behauptete, das Abendessen sei fast fertig, aber unter uns gesagt glaube ich, das war nur ein Vorwand, um herauszufinden, was hier vor sich ging. Jedenfalls saß sie an die zehn Minuten hier und redete, und ich sage offen, wenn sie noch viel länger geblieben wäre, hätte ich was gesagt, was mir hinterher leid getan hätte. Nörgeln, jammern, wichtigtuen, klagen, und so eine Duftwolke Reinigungsmittel um sie, daß man denken könnte, sie hätte es sich als Parfum hinter die Ohren getupft. Ich verstehe einfach nicht, wie der Mann sie erträgt.«

»Worüber hat sie sich denn diesmal ausgelassen?« fragte Helen.

»Ach, über alles mögliche, aber vor allem über den Mord. Sie hat die fixe Idee, daß ein Wahnsinniger umgeht, der einsame Frauen umbringt. Ich sagte: ›Aber Mrs. McSpee, Sie sind doch nicht allein. Professor Ames ist doch gleich bei Ihnen im Haus‹, und sie schaute ihn an, als wollte sie sagen: ›Was würde der schon nützen?‹ Ich war nahe daran, ihr zu widersprechen und zu sagen, sie wäre sicher, weil nicht einmal ein Mörder es aushalten würde, nah genug zu kommen, um sie umzubringen, aber ich habe es geschafft, den Mund zu halten. Ich finde wirklich, das ist eine garstige Sache, einem Mann in seinem eigenen Beisein in den Rücken zu fallen. Meinst du nicht?«

Shandy verschluckte sich an seinem Drink. Helen warf ihm einen Blick zu. Obschon er wahrscheinlich nicht so flammend war, wie der, den Lorene McSpee Timothy Ames zugeworfen hätte, tat er seine Wirkung. Shandy nickte ernst und zustimmend mit dem Kopf.

»Du hast völlig recht, Iduna. Es gibt einfach keine Entschuldigung für so eine Bemerkung. Wenn man in der Klemme sitzt und einen guten Mann braucht, kann man nichts Besseres tun, als auf Timothy Ames zählen. Stimmt das nicht, Helen?«

»Peter, du weißt, ich bin hoffnungslos voreingenommen, wer der beste Mann hier in der Gegend ist«, erwiderte Helen leichthin. »So, jetzt stelle ich das Essen auf den Tisch, und ihr beide bleibt hier sitzen und genießt eure Drinks, bis ich euch rufe. Iduna, erzähl Peter doch von damals, wie du und ich beschlossen, zur Landwirtschaftsausstellung ein Glas eingelegte Wassermelonen beizusteuern.«

Gehorsam begann Miss Bjorklund, einige nette Anekdötchen zu erzählen, und kicherte immer wieder über ihre eigenen Erinnerungen. Auch Shandy kicherte, nicht, weil er ihren Geschichten zugehört hätte, sondern weil er wollte, daß sie weiterredete. Es war, als würde ihm jemand ein Wiegenlied singen. Er schlief schon fast, als Helen sie zum Dinner rief, und aß seine Mahlzeit in einem angenehmen Halbschlaf, während seine Frau und ihre Freundin in Erinnerungen schwelgten. Das war bei weitem die angenehmste Phase dieses langen Tages. Sie währte viel zu kurz. Sie hatten gerade die Reste eines Puddings vertilgt, um den die Unsterblichen sie beneidet hätten, und sich wieder vor dem Kamin niedergelassen, als Mirelle Feldster hereinplatzte. Wie gewöhnlich war sie schon mitten im Satz, bevor Helen die Tür aufmachen konnte. Ohne eine Aufforderung abzuwarten, warf sie ihren Mantel auf einen Stuhl und ließ sich auf das Sofa plumpsen.

»Ich vermute also, es ist nur eine Frage der Zeit, bis sie den Unhold verhaften. Ein hübsches Stückchen Publicity ist das wohl nicht gerade. Scheint mir, als wären wir ein bißchen zu oft in den Nachrichten gewesen, seit Peter beschlossen hat, sich mit seinem Christbaumschmuck beliebt zu machen.«

»Eins muß man dir lassen, Mirelle, du weißt bestimmt, wie man Vergangenes breittritt«, sagte Helen ohne besondere Schärfe. »Wer wird verhaftet und warum?«

Mirelles schwammige Gesichtszüge legten sich in eine Abfolge von Falten, die Bedauern und Mißfallen ausdrücken sollten, aber nur ihren Eifer verrieten, die Neuigkeiten zu verbreiten. »Wieso, Stott natürlich, weil er diese Flackley ermordet hat.«

»Na, das ist das Dümmste, was ich je gehört habe.« Iduna errötete. »Tut mir leid, daß ich so direkt bin. Ich weiß nicht, wer Ihnen diese Albernheit erzählt hat, aber wer immer es war, sollte sich besser mal den Mund mit brauner Schmierseife waschen. Entschuldige, Helen, ich wollte mich nicht so einmischen.«

»Aber das tust du gar nicht, Iduna. Du hast mir die Worte aus dem Mund genommen. Oh, ich bitte um Verzeihung, ich glaube, ihr habt euch noch nicht kennengelernt. Mirelle Feldster, unsere Nachbarin; Iduna Bjorklund, eine alte Freundin von mir.«

Mirelle war kein bißchen verunsichert. »Wir haben uns heute nachmittag miteinander bekannt gemacht. Ich kam auf einen Sprung herein, um zu sehen, ob es was Neues über das Schwein gibt. Jim wollte mir natürlich nichts sagen, und jetzt ist er auf einem seiner Logentreffen.«

Jim Feldster, ein Mitglied des Fachbereichs Haustierhaltung, gehörte zu einer Reihe Bruderschaften. Es schien seltsam, daß er gerade jetzt zu einem ihrer Treffen ging, aber vielleicht hatte er vor, sich der Hilfe seiner Logenbrüder bei der Suche zu versichern. Andererseits konnte er vielleicht einfach den Gedanken nicht ertragen, nach einem anstrengenden Tag einen Abend mit Mirelle zu verbringen. Es war allgemein bekannt, daß Jim die Bruderschaften als Erholung vom Ehejoch aufsuchte, und niemand machte ihm daraus einen Vorwurf, obwohl sein häufiges Außer-Haus-Sein den traurigen Effekt hatte, daß seine Frau zu ihrer Zerstreuung die Nachbarn heimsuchte. Sie war immer die erste, die etwas wußte, und diejenige, die am ehesten die falschen Schlüsse zog.

Nichtsdestotrotz konnte ihr Mundwerk Schaden anrichten. Möglicherweise hatte sie sich selbst diesen Unfug von Stotts Verhaftung ausgedacht. Jetzt kam es darauf an, ihr den Mund zu stopfen, bevor sie ein Gerücht verbreiten konnte.

»Wieso, der ganze Campus weiß davon«, verteidigte sie sich. »Sobald die Leute davon gehört hatten, daß die beiden gestern abend zusammen gegessen haben – «

»Was!« rief Helen. »Wieso hat sich jemand denn dabei was gedacht?«

»Meine liebe Helen«, sagte Mirelle süß, »vielleicht sind wir verglichen mit den schlauen Intelligenzbestien, mit denen du bei all den anderen Jobs zu tun hattest, wo du gefeuert wurdest, nur Bauerntölpel, aber wir sind nicht ganz so geistig minderbemittelt, wie du anscheinend denkst. Wie hast du es nur geschafft, es ihnen aus der Nase zu ziehen, nachdem es ihnen so lange gelungen war, es geheimzuhalten?«

»Was geheimzuhalten? Mirelle, hast du die leiseste Ahnung, wovon du überhaupt sprichst?«

»Na, von Stott und dieser Flackley natürlich. Man stelle sich vor, wie das jahrelang vor unserer Nase passiert ist, und sie tat so etepetete, als könnte sie kein Wässerchen trüben. Soweit ich weiß, redet man davon, Elizabeth Stott zu exhumieren. Ich vermute, nach Elizabeths Tod dachte die Flackley, er würde eine ehrbare Frau aus ihr machen, aber er ließ die Sache auf sich beruhen, weil er Angst hatte, seine Stellung bei Svenson zu gefährden. Als du es dann an die Öffentlichkeit gebracht hast, haben sie sich mächtig gezankt und – «

»Mirelle Feldster, man sollte dich für geisteskrank erklären!« Helen war jetzt außer sich. »Hast du vor, hier in meinem Haus zu sitzen und mir zu erzählen, daß du einen riesigen Skandal angezettelt hast wegen nichts als der Tatsache, daß ich ganz zufällig zwei Leute am selben Abend zum Essen eingeladen habe?«

»Ich würde es kaum nichts nennen, Helen. Immerhin ist die arme Frau tot. Wir sollten doch Mitleid haben.«

»Dann kehr du besser erst mal vor der eigenen Türe! Ich bin vorgestern bei Miss Flackley stehengeblieben, um mit ihr zu plaudern, als ich mich drüben bei den Ställen von der Haustierhaltung umschaute. Ich fand sie faszinierend und lud sie zum Abendessen ein, um sie besser kennenzulernen. Professor Stott kam auf dem Weg zu seinem Schwein vorbei und blieb stehen, um Hallo zu sagen, und da habe ich ihn dazugebeten. Das tun Peter und ich des öfteren, wie dir bestimmt bekannt ist, denn er ist alleinstehend, und ich mag seine Gesellschaft. Mein Mann übrigens auch, falls du dich das fragen solltest.«

»Was das betrifft«, sagte Iduna und warf Mirelle einen kühlen Blick zu, »wer würde das nicht? Ich war selbst sofort begeistert von Professor Stott.«

»Na also«, triumphierte Mirelle, als ob damit ihre Behauptung bewiesen wäre. »Das ist schon in Ordnung, meine liebe Helen. Ich verstehe durchaus, wie ärgerlich das für dich sein muß, wenn dein Mann in eine neue Patsche gerät, wo er sich gerade von der letzten aufgerappelt hat. Ich dachte einfach, ich schaue mal rein und sage herzliches Beileid, falls euch was dran liegt, aber das tut es ja wohl nicht sehr. Ich muß weg.«

Sie nahm ihren Mantel und war verschwunden, bevor jemand das Vergnügen haben konnte, die Tür hinter ihr zuzuknallen. Iduna war die erste, die die Sprache wiederfand.

»Na«, sagte sie gelassen, »hat der Mensch Töne!«

»Ich wünschte, ich hätte sie gehabt«, sagte Helen mit zusammengebissenen Zähnen. »Peter, was ist aus diesen Tauchstühlen für Verleumder und Schwätzer geworden?«

»Eine gute Frage. Ich werde sie bei der nächsten Fakultätssitzung zur Sprache bringen. Meine Güte, Helen, ist dir klar, daß sie mit diesem Gewäsch wahrscheinlich zur Polizei gerannt ist?«

»Natürlich ist sie das, und der Himmel mag wissen, mit was sonst noch. Ich sage es nur ungern, Iduna, aber morgen um diese Zeit wird diese Frau mindestens 30 Leuten erzählt haben, daß

Professor Stott Miss Flackley ermordet hat, um mit dir eine heiße Liebesaffäre anfangen zu können.«

»Das ist wenigstens was, worauf ich mir etwas einbilden kann, nicht? Helen, soll ich nicht die Küche saubermachen und Peter und dich ein bißchen euch selbst überlassen? Dieses Silber von euch ist so wundervoll, daß es eine Ehre ist, es putzen zu dürfen.«

»Apropos Silber«, sagte Helen, um nicht mehr an Mirelle denken zu müssen, »hast du zufällig in den Nachrichten irgendwas über den Raub gehört?«

»Sie brachten ein Interview mit Mr. Birkenhead. Der Reporter fragte ihn, wieviel das Gold und Silber wert sei, und er sagte, was ihn betreffe, läge der Hauptwert nicht in den Anschaffungskosten, sondern im Geschick der Künstler, die es gestaltet hätten. Daher, meinte er, sei seine Firma durch den Raub wohl nicht schlimm betroffen. Jedenfalls wollte er nicht damit rausrücken und sagen, wieviel die Männer gestohlen haben, aber anscheinend war außerordentlich viel Gold da, weil sie gerade ein spezielles Dinnerservice für einen dieser östlichen Potentaten machen; man schätzt also, sie müssen alles in allem Metall für mindestens eine halbe Million Dollar gestohlen haben.«

»Und man denke, daß ich im selben Wagen damit gefahren bin«, sagte Helen ehrfürchtig.

»Und man denke, daß ich geholfen habe, es rauszuschleppen«, sagte Shandy und zog seine Frau näher an sich heran. »Helen, meinst du, ich bin so eine Art Jonas, der seiner Umgebung Unglück bringt?«

»Nein, aber wenn du bei Idunas Kochkünsten nicht aufpaßt, könntest du zu einer Art Wal werden«, erwiderte sie. »Peter, du läßt dich doch nicht davon beeinflussen, was Mirelle Feldster gesagt hat, oder? Du weißt, daß sie Rühreier hat, wo ihr Gehirn sein sollte.«

»Ja, ich weiß. Aber letzten Endes scheint es doch so –. Oh Jesus, was ist denn jetzt schon wieder?«

Wieder wurde der Messingklopfer betätigt, diesmal langsam und nachhallend wie ein Grabgeläut. Shandy entwand sich seiner Frau und stand auf, um die Tür zu öffnen. Zu seiner unverhohlenen Verblüffung war der Besucher Harry Goulson, Balaclava Junctions eigener freundlicher Leichenbestatter.

»Ach du lieber Gott!« lautete Shandys gefaßte und wohlgesetzte Begrüßung.

»Nein, nur der Kerl, der hinterher die Einzelteile aufliest«, erwiderte Goulson vergnügt. Er war eine fröhliche Seele und hatte jederzeit einen Scherz auf den Lippen, außer wenn er gerade im Dienst war. »Ich frage mich, ob ich Sie ein paar Minuten stören könnte, Professor.«

»Warum nicht? Alle anderen tun es. Kommen Sie rein, Goulson, nehmen Sie Platz. Verzeihen Sie meinen schroffen Ton gerade eben. Ich war, eh, überrascht, Sie zu sehen, weil ich dachte, Sie wären mit Jim Feldster bei einem Logentreffen. Mirelle war gerade hier und hat erwähnt, daß er hingegangen ist. Haben Sie übrigens schon meine Frau kennengelernt?«

»'n Abend, Mrs. Shandy. Das Vergnügen ist wohl eher meins als Ihres.«

»Aber keineswegs«, sagte Helen höflich. »Darf ich Ihnen den Hut abnehmen? Möchten Sie eine Tasse Kaffee?«

»Oh, nein danke. Ich wollte nur ein Wort mit dem Professor hier sprechen.«

»Dann gehe ich in die Küche, Iduna helfen, und überlasse Sie beide sich selbst.«

Helen verließ das Zimmer. Goulson setzte sich auf einen Stuhl und beugte sich vor. Er trug immer noch seinen guten schwarzen Mantel und umklammerte seinen gründlich gebürsteten schwarzen Filzhut.

»Die Sache ist die, Professor: Fred Ottermole hat mir erzählt, daß Sie so eine Art Verbindungsmann bei dieser schlimmen Sache sind, die gestern abend hier passiert ist.«

»Präsident Svenson hat mich, eh, sozusagen dazu ernannt, ja.«

»Tja, deswegen habe ich gedacht, ich wende mich an Sie. Um die Wahrheit zu sagen, hatte ich nicht die Nerven, den Präsidenten damit zu behelligen, aber – na, ich dachte, Sie verstehen mich vielleicht.«

»Das würde ich möglicherweise, wenn Sie die Güte hätten, sich zu erklären«, sagte Shandy etwas bissig.

Goulson holte tief Luft. »Kurz und gut, es ist folgendes: Ich würde gerne Martha Flackleys Beerdigung übernehmen.«

»Ich wüßte nicht, warum nicht. Sie haben hier, eh, nicht gerade unter Konkurrenz zu leiden, oder? Ich glaube aber jedenfalls, daß der richtige Ansprechpartner für Sie Frank Flackley ist, der Neffe, der in ihrem Haus wohnt. Er scheint der nächste Angehörige zu sein.«

»Ja, aber wer ist er denn?« sagte Goulson. »Ich meine, ich weiß, daß er ein Flackley ist und alles, aber er hat keine Ahnung, wer ich bin, und ich weiß nicht mal, von welchem Zweig der Familie er stammt. Bei Martha war das anders. Ich kannte ihren Vater, und mein Vater kannte früher dessen Vater, und so ist es all die Jahre gewesen. Ich möchte nicht behaupten, daß die Goulsons und die Flackleys je waren, was man so Logenbrüder oder dergleichen nennen würde, aber wo all die alten Familien aussterben, sind wir die am ältesten ansässigen Familienbetriebe in dieser Gegend, und wir haben einander immer respektiert.

An dem Tag, als mein Vater Will Flackley erzählte, er würde einen motorisierten Leichenwagen anschaffen, stand ich daneben im Schuppen. ›Will‹, sagte er, ›ich kann dir gar nicht sagen, wie schlimm das für mich ist, aber meine Klienten erwarten es von mir, und ich muß mit der Zeit gehen. Aber ich sage dir was, Will: Wenn deine Zeit gekommen ist, werde ich dafür sorgen, daß du einen richtigen Abschied bekommst, mit zwei guten Pferden und dem alten, hohen Leichenwagen, genau wie dein Vater und davor dein Großvater. Und wenn ich vor dir dahingehe, wird mein Sohn hier das Versprechen einlösen. Das tust du doch, Harry?‹. Und ich sagte: ›Ja, Paps‹, und ich meinte es auch so.

Na, langer Rede kurzer Sinn, wir haben Will Flackley so begraben, wie wir zugesagt hatten, und wir haben der Familie auch keinen Cent dafür berechnet. Vater war noch am Leben, wenn seine Kräfte auch schon nachließen, und er saß damals neben mir auf dem Bock, während ich die Zügel führte. Das war das letzte Mal, daß wir den alten Pferdewagen benutzt haben, aber ich habe ihn als Familienerbstuck im Schuppen gelassen. Er ist blitzsauber, und man kann jederzeit damit losziehen.

Bei all dem technischen Fortschritt hatten Martha und ich nie geschäftlich miteinander zu tun. Wir grüßten uns ab und zu, wenn wir uns zufällig begegneten, und sie hat nie vergessen, was wir für ihren Vater getan haben, aber wir mußten uns beide um unsere Firma kümmern, und sie war nie von der besonders geselligen Sorte. Sei dem, wie es sei, jetzt hat sie niemanden mehr außer diesem Fremden von Gott weiß woher, und ich denke, es ist jetzt einfach meine Sache, dafür zu sorgen, daß sie ein anständiges Begräbnis kriegt. Ich erwarte keine Bezahlung und würde sie nicht annehmen, wenn sie mir einer anböte. So der Herr will, werde ich eines Tages auf den Gefilden der Seligen meinen Vater wiedertreffen, und ich möchte auf ihn zugehen können und sagen: ›Paps, ich habe mein Versprechen gehalten‹. Das hört sich wohl verrückt für Sie an, was?«

Shandy befand es für nötig, sich zu schneuzen, bevor er erwiderte: »Keineswegs. Warum sollte es? Ein Mann ist seinem Beruf etwas schuldig.«

»Sie haben den Nagel auf den Kopf getroffen, Professor. Ach, ich weiß, die Leute nennen mich Harry den Ghoul und machen Witze über Vampire und Blutsauger und so weiter. Ich behaupte nicht, daß wir in meinem Beruf alle Heilige sind, nicht mehr als in Ihrem, wenn Sie mir verzeihen, daß ich aufwühle, was besser begraben und vergessen bliebe, wo das Balaclava Agricultural College doch so eine feine alte Institution und eine Zierde des Landes ist seit den Zeiten von Balaclava Buggins, er ruhe in Frieden, wie wir vom Fach sagen. Die Leichenbestatterzunft hat genauso viele Stümper und Schwindler wie die höheren Lehranstalten, so sehr wir auch versuchen, sie draußen zu halten, aber ich sage Ihnen, daß Sie nicht viele Beerdigungsunternehmer finden werden, die nicht zumindest eine anständige Portion Achtung für die Toten und Mitleid für die Hinterbliebenen aufbringen können, wenn sie am dringendsten gebraucht wird.

Vielleicht ist der Körper des Menschen nicht mehr als eine Hülle, wie die Prediger sagen, aber es ist eine Hülle, die einem viele Jahre lang treu gedient hat und Anspruch auf anständige Behandlung hat, wenn sie einem nichts mehr nützt. Ich würde sagen, Martha Flackleys Hülle war so nützlich wie nur was, und ich möchte, daß sie richtig unter die Erde kommt. Na, ich glaube, ich habe mein Sprüchlein aufgesagt, und jetzt mache ich mich aus dem Staub.«

Shandy stand auf, um ihn an die Tür zu bringen. »Ich möchte Ihnen nicht zu nahetreten, Goulson, aber ich möchte sagen, daß ich mich durch Ihre Offenheit geehrt fühle. Ich werde es dem jungen Flackley erklären, der bestimmt ebenso erleichtert wie dankbar sein wird, und ich werde bei der Staatspolizei in Erfahrung bringen, wann Sie, eh, an die Arbeit gehen können. War es das, was Sie wollten?«

Goulson spielte mit seinem schwarzen Hut. »Eigentlich war da noch eine Sache. Wissen Sie, wir haben keine Pferde, um den Wagen zu ziehen. Ich könnte vielleicht ein paar Jungs aus Hoddersville oder Lumpkin Corners überreden – «

»Kommt nicht in Frage«, sagte sein Gastgeber. »Ich werde Präsident Svenson erzählen, daß Sie zwei Balaclava Blacks brauchen, und ich glaube, ich kann Ihnen mit Bestimmtheit versprechen, daß Sie sie bekommen werden, wenn ich es auch für meine Pflicht halte, Sie zu warnen, daß er möglicherweise darauf besteht, selbst zu kutschieren.«

»Er ist herzlich gern dazu eingeladen, und ich bin sicher, Martha würde genauso denken. Vielen Dank, Professor.«

»Keine Ursache. Sie wissen natürlich, daß die Beerdigung an einem Tag stattfinden müßte, an dem sie sich nicht mit dem Wettstreit überschneidet.«

»Selbstverständlich. Es wäre sowieso keiner mehr in der Stadt, der hingehen könnte, was? Meinen Sie, wir kriegen den Pokal dieses Jahr wieder?«

»Wir werden es auf jeden Fall nach Kräften versuchen. Danke, daß Sie vorbeigekommen sind, Goulson. Hier, darf ich Ihnen die Türe aufhalten?«

Unter einigem Händeschütteln und Schulterklopfen trennten sich die beiden Männer. Einen Augenblick später stand Helen neben Peter.

»Wozu war das jetzt gut?«

»Das war eine kräftige Lektion über die Torheit, den Mitmenschen Etiketten anzuhängen«, sagte Shandy. »Helen, wenn du je wieder hörst, daß ich diesen Mann Harry den Ghoul nenne, hoffe ich, du tust mir einen großen Gefallen und stopfst mir energisch das Maul.«

Kapitel 10

Ja natürlich, dein Wunsch ist mir Befehl«, meinte Helen. »Ich mach' das jederzeit. Du brauchst das Wort nur in den Mund zu nehmen, aber würde es dir was ausmachen, mir zu erklären, warum?«

Bevor Shandy das konnte, ertönte schon wieder der Türklopfer. »Verdammt!« explodierte er, »das wird wie eines dieser Lustspiele, in denen die Leute ständig rein und raus flitzen.«

»So ist es schon den ganzen Tag«, seufzte Helen. »Ich gehe.«

Merkwürdigerweise war der Besucher jemand, den Shandy nicht ungern sah, weil das bedeutete, daß er Goulsons Anliegen sofort regeln konnte. Da stand Frank Flackley und sah aus wie ein einfältiger Cowboy, der in die Stadt gekommen ist, um sich unter die feine Gesellschaft zu mischen, und so fühlte er sich vielleicht auch.

»Ich konnte 'n paar Sachen nich' finden, die in Tante Marthas Wagen gewesen sein müssen, und dachte, vielleicht haben sie sie im Schweinestall gelassen«, erklärte er. »Also bin ich rübergekommen, um nachzuschauen, ob ich sie finde. Ich dachte, ich könnte gleich mal vorbeischauen und mich für alles bedanken, was Sie getan haben, Professor, daß Sie mir den Lieferwagen von der Hochschule gebracht und mein Werkzeug besorgt haben. Sieht so aus, als wär' Kurschmied Flackley morgen bestimmt wieder im Dienst.«

Er grinste und streifte die Jacke ab, die Helen bereitstand entgegenzunehmen. »Danke, Ma'am, sehr freundlich von Ihnen. Sie müssen wohl gedacht haben, ich war nich' sehr dankbar vorhin bei mir, wo Sie sich solche Mühe gemacht hatten. Sehen Sie, es war so 'n bißchen, ach, ich weiß nich', entmutigend, könnte man wohl sagen, wie die mir den Flackley-Wagen nicht zurückgeben wollten. Ich hatte mich darauf gespitzt, den Familienbetrieb zu übernehmen, und jetzt is' es, als würd' ich irgendeinen neuen Job anfangen, der mir zufällig über den Weg gelaufen is'. Na, meine Probleme interessieren Sie wohl nich' so besonders.«

»Aber sicher tun sie das«, sagte Helen freundlich. »Setzen Sie sich und lassen Sie mich eine Tasse Kaffee und ein Stück Kuchen holen.«

»Oder einen Drink, wenn Ihnen das lieber ist«, meinte Shandy. »Tatsächlich sind Sie genau im richtigen Moment gekommen. Ich habe etwas mit Ihnen zu besprechen, und das erspart mir die Mühe, Ihnen morgen hinterherzulaufen. Scotch? Bourbon?«

»Danke, Bier, wenn Sie haben. Was haben Sie auf dem Herzen, Professor?«

»Warten Sie einen Moment, ich möchte, daß meine Frau es auch hört. Ich wollte es ihr gerade erzählen, als Sie kamen.«

Helen war bald zurück und brachte ein Tablett mit einer Flasche Bier, einer Flasche Brandy und einigen Gläsern passender Größe. Iduna folgte ihr mit einem Teller Crackers und Käse. Bei ihrem Anblick erhob sich Flackley von dem Stuhl, auf den er sich gerade gesetzt hatte, und lebte sichtlich auf.

»Freut mich, Sie kennenzulernen, Miss Bjorklund«, sagte er, als die allseitige Vorstellung ordnungsgemäß stattgefunden hatte. Niemand zweifelte daran, daß er meinte, was er sagte.

»Sie sind also aus dem weiten, offenen Land wie ich. Wir sind ein paarmal in South Dakota aufgetreten, aber um die Wahrheit zu sagen, habe ich einfach vergessen, wo das war. Nach einer Weile wird man so, da sehen alle Städtchen gleich aus. Schätze, Sie haben wohl kaum mal zufällig unsere Show gesehen – Rudys Rasende Reiter?«

Iduna schüttelte den Kopf, bis die goldenen Locken winzige Sonnenstrählchen auszusenden schienen. »Nein, das habe ich nie. Aber ich bin sicher, Sie haben sich liebevoll um diese armen Tiere gekümmert.«

»Ich hab' mein Teil getan. Bleiben Sie lange hier?«

Mit geschicktem Stellungsspiel war Flackley inzwischen auf dem Sofa neben Iduna gelandet. Galant erhob er sein Bierglas und ließ es gegen den verschwindend winzigen Schluck Brandy klicken, den sie sich zugestanden hatte.

»Auf Ihr Spezielles!«

»Der geht aber ran!« murmelte Helen Peter zu, als sie ihm seinen Brandy reichte. »Ist das genug für dich, Schatz?« fügte sie in normalem Tonfall hinzu.

»Reichlich, danke. Flackley, was ist mit Officer Madigan passiert?« konnte er nicht widerstehen zu fragen.

Der bärtige Mann grinste recht unverfroren. »Ach, sie wurde von ihrem Posten abgezogen. Schätze, die Bullen haben mich überprüft und rausgefunden, daß ich nich' mehr war, als ich gesagt habe, also haben sie die Bluthunde zurückgerufen. Ich mach' ihnen keinen Vorwurf, daß sie mich im Verdacht hatten, ein Rauhbein, das aus dem Nichts gekommen ist, könnte man sagen, gerade wie Tante Martha – « Seine Stimme erstarb.

»Mr. Flackley, ich kann Ihnen gar nicht sagen, wie leid es uns um Ihre Tante tut«, warf Iduna ein. »Man denke nur – gestern abend um diese Zeit saß sie genau da, wo Sie jetzt sitzen.«

Flackley rutschte herum, als sei die Vorstellung ihm unangenehm, aber irgendwie schaffte er es, Iduna am Ende nähergekommen zu sein. »Tja, schätze, ich hab' es noch nich' ganz verkraftet. Ich kannte Tante Martha nich' mal, bevor ich herkam. Schätze, sie und meine Leute haben sich manchmal geschrieben, aber Sie wissen, wie Kinder sind: Ich hab' nie darauf geachtet. Dann hab' ich mich selbständig gemacht, und dann sind meine Leute gestorben, und ich hab' die Familie einfach aus den Augen verloren, bis das Rodeo geplatzt war und ich diese Idee hatte, wieder hier in den Osten zu kommen. Sie müssen zugeben, daß es komisch aussieht, wie ich genau in diesem Moment zurückgekommen bin, und wenn Sie mich fragen, wieso ich das getan habe, könnte ich es Ihnen nich' mal sagen. Es schoß mir einfach so durch den Kopf. Ich mußte zurück, und ich mußte in den Bus klettern und herkommen. Fast, als hätte es so sein sollen oder so. Nich', daß ich auf so 'n Zeug was gäbe«, ergänzte er eilig.

»Aber Sie haben recht, daß Tante Martha 'ne feine Dame war. Ich werd' sie wirklich vermissen. Ich bin zu lang immer auf Achse gewesen.«

Er rückte noch ein paar Zentimeter näher. »Das is' wirklich 'n nettes Haus da draußen in Forgery Point, aber abends mit keinem in der Nähe wird es einsam da. Um die Wahrheit zu sagen, mußte ich eigentlich heute abend nicht wegen dem Werkzeug kommen, sondern ich hab' es nich' ausgehalten, da rumzusitzen und über das nachzudenken, was passiert is'! Was nich' heißen soll, daß ich Ihnen nich' dankbar bin, Professor.«

»Natürlich«, sagte Shandy, »das verstehe ich. Wo wir gerade von Ihrer Tante sprechen, nehme ich an, ich kann jetzt ebensogut einen Auftrag loswerden. Es handelt sich um Miss Flackleys Beerdigung.«

»Ach ja. Ich hab' mich schon gefragt, was ich da unternehmen soll.«

»Das wollte ich Ihnen sagen. Eigentlich müssen Sie überhaupt nichts unternehmen. Unser hiesiger Leichenbestatter, Harry Goulson, war vor noch nicht 15 Minuten hier und hat angeboten, die ganze Sache zu erledigen, ohne Kosten für Sie oder die Erben.«

»Häh? Wie kommt's?«

»Im wesentlichen, weil die Goulsons schon immer die Flackleys beerdigt haben, und er hat seinem Vater versprochen, den alten Brauch fortzusetzen. Goulson möchte den alten Pferde-Leichenwagen benutzen, der zuletzt für die Beerdigung von Miss Flackleys Vater gebraucht wurde. Ich finde, es ist verdammt anständig von dem Mann«, fügte Shandy kriegerisch hinzu.

»Ja«, erwiderte Flackley nachdenklich. »Ja, das is' es bestimmt. Sie meinen, die ganze Sache, Sarg, Blumen und alles?«

»So habe ich ihn verstanden. Wenn ich das sagen darf, meine ich, Sie können nichts Besseres tun, als Goulson beim Wort nehmen und darauf vertrauen, daß er alles so macht, wie Ihre Tante Martha es gern gehabt hätte.«

»Was is' dieser Goulson für ein Typ?«

»Einer der besten.«

»Ich meine, is' er alt, jung, mittel? Gutaussehend? Schicke Klamotten? Glatte Zunge?«

Shandy rieb sich das Kinn. »Was das Alter betrifft, würde ich sagen, war er mehr oder weniger Zeitgenosse Ihrer Tante. Sein Äußeres und sein Wesen sind angenehm. Würdest du nicht auch sagen, Helen?«

»Mr. Goulson ist ein sehr netter Mann. Jeder scheint ihn zu mögen. Schicke Klamotten wären für einen Mann in seinem Beruf nicht genau das Richtige, aber er sieht immer präsentabel aus.«

»Verheiratet, nehme ich an?«

»Ja, und mehrfacher Großvater. Ich kenne seine Frau flüchtig. Sie ist Vorsitzende des Gartenvereins.«

»So was hab' ich mir gedacht. Tja, was weiß man schon?«

Die Frage schien eine rhetorische zu sein. Flackley starrte ein paar Sekunden schweigend ins Feuer. Dann sagte er sanft: »Es muß einen Grund gegeben haben, warum sie ihr ganzes Leben allein geblieben is'. Tante Martha muß echt hübsch gewesen sein, wie sie jung war. Ach, zum Teufel, kein Grund für mich, darüber den Stab zu brechen, was?«

»Ich glaube, ich kann Ihnen nicht ganz folgen, Flackley«, sagte Shandy in dem speziellen Tonfall, den seine Studenten nach Möglichkeit zu hören vermieden.

»Na, Professor, mir scheint es klar genug. Was würden Sie an meiner Stelle denken?«

»Ich würde denken, daß ein anständiger Mann eine anständige Sache tut.«

»Hab' ich nicht genau das sagen wollen? Klar, Professor, Sie können diesem Mr. Goulson sagen, ich bin ihm sehr verpflichtet und er soll mich wissen lassen, was ich zu tun habe, wenn es soweit is'. Schätze, er weiß, wie man den Papierkram und alles erledigt. Die Polizei hat sie jetzt, oder?«

»Ja, das hat sie. Ich werde ihnen die Sache morgen früh erklären, und Goulson soll sie von dort abholen.«

»Das ist riesig nett von Ihnen, Professor, ich weiß es zu schätzen. Hören Sie, ich mach' mich jetzt besser auf den Heimweg. Ich fänd' es abscheulich, mich mitten in der Nacht an den Seven Forks zu verirren. Danke für das Bier, Mrs. Shandy. Und ich hab' mich echt gefreut, Sie kennenzulernen, Miss Bjorklund. Hoffentlich sehen wir uns bald mal wieder.«

»Das würde mich nicht wundern.«

Iduna reichte ihm zum Abschied ihre Grübchenhand, und es war eine offene Frage, ob Flackley vorhatte, sie je zurückzugeben. Endlich aber riß er sich los, knöpfte die schicke Lederjacke zu, die er gegen die nächtliche Kühle trug, und ging hinaus zu dem geborgten Lieferwagen.

»Was hat er da versucht zu unterstellen – Miss Flackley hätte mit Goulson eine Affäre gehabt?« brach es aus Shandy hervor.

»Es ist schon Seltsameres passiert«, meinte seine Frau, »wenngleich ich persönlich mir nicht vorstellen kann, wie ein Liebhaber seinen alten Herzensschatz als Abschiedsgeste einbalsamiert.«

»Irgendwie wäre es nicht richtig«, fügte Iduna hinzu.

»Nein, das wäre es absolut nicht, und ich glaube es auch nicht. Ich hoffe nur, daß Flackley keine Gerüchte verbreitet.«

»Wo sollte er sie verbreiten?« fragte Helen. »Er kennt doch keinen hier in der Gegend.«

»Was glaubst du, wie lange der Kerl braucht, um sich bekannt zu machen?«

»Er scheint wirklich ein freundlicher Mensch zu sein«, stimmte sie zu. »Iduna, ich habe das ungute Gefühl, daß du eben einen neuen Anhänger gewonnen hast. Glaubst du, du könntest einen fahrenden Cowboy seßhaft machen?«

»Seinerzeit habe ich ein paar seßhaft gemacht«, erwiderte der Gast mit einem anzüglichen Schütteln des Lockenkopfes. »Je nun, wenn ihr mich entschuldigen wollt – ich glaube, ich bin jetzt reif für den Feierabend.«

»Ich beantrage, daß wir alle ins Bett gehen, bevor noch jemand beschließt, uns zu besuchen«, sagte Helen. »Gib mir das Tablett, Iduna. Du verdienst als erste das Badezimmer, nach der ganzen Arbeit, die du gemacht hast. Zumindest bin ich froh, daß Flackley keinen Ärger wegen der Beerdigung gemacht hat. Ich persönlich glaube, es ist eine wirklich nette Geste von Mr. Goulson.«

»Das finde ich auch, und ich verstehe nicht, warum Flackley das nicht so sieht. Morgen früh gehe ich zuerst zum Präsidenten und frage ihn nach den Pferden.«

»Miss Flackley hätte wohl gern gehabt, daß eines davon Loki ist«, sagte Helen. »Ich glaube, sie hatte ihn besonders ins Herz geschlossen.«

»Helen, du scheinst der einzige Mensch auf der Welt zu sein, der überhaupt etwas über Miss Flackley weiß, und du hast sie erst vor ein paar Tagen kennengelernt.«

»Ja, und es bricht mir wirklich das Herz, daß ich nie eine Gelegenheit haben werde, sie besser kennenzulernen. Ach, Peter, diese sinnlose Vernichtung eines wirklich wertvollen Lebens! Ehrlich, ich habe mich nie für eine Rächerin gehalten, aber wenn ich den in die Finger kriege, der sie in den Maischespender gesteckt hat, ich würde – na, ich weiß nicht, was ich würde, aber es wäre zweifellos etwas, wofür ich mich bis an mein Lebensende schämen würde, so daß ich hoffe, ich habe nie die Gelegenheit dazu. Gib mir einen Kuß, und laß uns ins Bett gehen. Ich muß zur Abwechslung mal an was Angenehmes denken.«

Kapitel 11

Am nächsten Morgen schlief Shandy erheblich länger, als er vorgehabt hatte. Ein Duft nach frischgebrühtem Kaffee und das Geräusch freundlicher Frauenstimmen von unten vermittelten ihm ein anheimelndes Gefühl, bis er sich erinnerte, daß seine erste Tagespflicht darin bestand, Thorkjeld Svenson wegen des delikaten Themas, ob Goulson die College-Pferde benutzen könne, um den Bart zu gehen, und die zweite würde zweifellos mindestens ebenso abscheulich sein.

Er stand auf und ging zu dem unschuldigen Zweck ans Fenster, um zu sehen, was für ein Wetter draußen war, als sein Blick auf zwei in ein ernsthaftes Gespräch vertiefte Damen draußen auf dem Crescent fiel. Es waren Lorene McSpee und Mirelle Feldster. An diesem Punkt erwog er, ob es nicht weise wäre, wieder ins Bett zu gehen und sich unter der Decke zu verstecken, aber Shandy war kein Hasenfuß. Er rasierte sich, duschte, zog ein dunkles Flanellhemd und Arbeitshosen an und machte sich auf, dem Unvermeidlichen ins Auge zu blicken.

Da er zuerst seiner Frau und dann Idunas strahlendem Lächeln begegnete, lebte er auf. Die beiden führten ihn zum Frühstückstisch und begannen, ihn mit Köstlichkeiten zu überhäufen.

»Wie wäre es mit ein paar Pfannekuchen?« schlug Iduna vor.

»Ach, macht euch meinetwegen keine Mühe.«

»Es ist keine Mühe. Wir haben sie für Professor Stott gerührt, und es ist noch reichlich Teig übrig.«

»Stott war hier und hat was übriggelassen? Meine Güte, der Mann klappt uns noch zusammen!«

»Das tut er, Peter«, sagte Helen. »Es zerreißt einem das Herz. Er ist seit vor Tagesanbruch auf den Beinen und sucht Belinda. Ich weiß nicht, was mit dem Mann passieren soll, wenn sie nicht bald auftaucht.«

»Sind die Studenten wieder unterwegs?«

»Mit voller Kraft. Er hat Fähnlein und Schwadronen und ich weiß nicht was alles organisiert, sie mit Meßtischblättern bewaffnet und ihnen befohlen, keinen Stein unberührt zu lassen. Es scheint einfach nicht möglich, daß sie weit weg ist, in Anbetracht der kurzen Zeitspanne, die die Schweinediebe zur Verfügung hatten. Wir wissen, daß Miss Flackley nicht lange vor Mitternacht getötet wurde, weil sie so lange bei uns war, und nur vier Stunden später erschien Professor Stott und schwenkte dieses eingemachte Eisbein.«

Shandy spießte ein Stück Pfannekuchen auf. »Und da hatte er schon eine gewisse Zeit aufgeregt auf der Türmatte zugebracht und war bei den Schweinekoben und auf dem Rückweg bei den Svensons oben gewesen, obwohl er sich nicht gerade mit Lichtgeschwindigkeit bewegt. Sie müssen die Leiche fast genau um die Zeit gefunden haben, als er hier ankam, und danach war auf dem ganzen Gelände Polizei.«

»Ich habe mich schon gefragt, ob sie möglicherweise in einen anderen Lieferwagen umgeladen und auf diese Weise aus der Stadt geschafft wurde«, sagte Helen, »aber das kommt mir unwahrscheinlich vor, weil sie wegen der Männer, die die Karolingische Manufaktur ausgeraubt haben, diese ganzen Straßensperren aufgestellt haben, und ich kann mir nicht vorstellen, daß sich ein Polizist nicht an einen Lastwagen mit einem riesengroßen Schwein drin erinnert. Ich vermute, sie hätten ihn besonders sorgfältig durchsucht, meinst du nicht? Sonst wäre es ein wirklich guter Trick gewesen, das Gold und Silber bei Belinda zu verstecken.«

»Potz Blitz, das wäre es wirklich, was?« pflichtete ihr Gatte ihr bei. »Abgesehen von solchen Kleinigkeiten, daß man Beute und Schwein irgendwie hätte zusammenbringen müssen, daß beide eine Menge Platz brauchen, so daß man so etwas wie einen Möbelwagen gebraucht hätte, um sie unterzubringen, und daß der Trick so raffiniert ist, daß es auf eine Meile gegen den Wind zu riechen gewesen wäre, daß jemand oberschlau sein wollte, so daß die Polizei hinter ihnen hergewesen wäre wie der Habicht hinter der Henne. Na, jedenfalls hat der Raub etwa 25 Meilen von hier stattgefunden, und wir haben keinen Grund zu der Vermutung, daß das eine mit dem anderen zusammenhängt. Wenn diese beiden Diebe je mit dem College zu tun hatten, hätte ich sie wiedererkannt oder jemand anders, bei den ausführlichen

Beschreibungen, die wir geben konnten. Wenn aber nicht, wie um alles in der Welt hätten sie dann wissen können, wie man Belinda das Halsband anlegt?«

»Vielleicht haben sie sich verkleidet.«

»Mit was? Mit falschen Bärten? Apropos Bärte: Was ist mit dieser Gesichtsmatratze von Frank Flackley? Ja oder nein? Iduna, gestern abend hat er enger an dir geklebt als ein Kaugummi an einer Schuhsohle – was meinst du?«

»Er ist echt«, sagte der Gast. »Frag mich nicht, warum er ihn trägt, es sei denn vielleicht, um die Kosten für eine Schönheitsoperation zu sparen wie mein Onkel Elmer, der eitel wie ein Pfau, geizig wie ein Schotte und darunter so ansehnlich wie ein Matschhaufen war – das hat man zumindest behauptet. Ich selbst habe ihn nie ohne Bart gesehen. Sein Leben lang hat er jeden Abend Lockenwickler aus Ziegenleder eingedreht. Jedenfalls würde ich mein Sonntagskorsett darauf verwetten, daß Mr. Flackley sich diesen Busch nicht über Nacht hat wachsen lassen.«

»Zu schade«, seufzte Helen. »Ich hatte die schöne Vorstellung, ihm den vom Gesicht zu reißen und zu schreien: ›Du bist der Schurke!‹, wie die Heldin eines viktorianischen Romans. Peter, hattest du vor, heute morgen mit Thorkjeld zu reden?«

»Wenn ich ihn finden kann«, antwortete Shandy. »Wahrscheinlich kratzt er mir die Augen aus, weil ich kein Wunder fabriziert und dieses Durcheinander geordnet habe.«

»Bevor er das tut«, erinnerte ihn seine Frau sanft, »glaubst du, daß du eine Gelegenheit hast, etwas wegen Birgit zu unternehmen?«

Shandy stöhnte. »Was zum Beispiel?«

»Liebster, woher soll ich das wissen? Vielleicht könntest du mit Sieglinde reden. Sie aushorchen.«

»Ich dachte, du würdest das tun.«

»Na gut, Liebling, wenn du dich dem nicht gewachsen fühlst. Soll ich mitkommen?«

»Nein, das wäre vielleicht zu auffällig. Du weißt, wie es ist, wenn man versucht, die beiden hinters Licht zu führen. Ich füge mich in mein Schicksal. Du bleibst zu Hause und hütest das Herdfeuer.«

Shandy zog seinen altgedienten Regenmantel an und machte sich in Richtung Walhalla auf, wo der Präsident in einem hübschen weißen Haus im griechisch-klassizistischen Stil residierte, wie es einem College-Präsidenten in Neuengland wohl anstand. Er hoffte, Birgit selbst würde ihm die Tür öffnen, so daß er die Quelle der Probleme ein bißchen aushorchen könne, aber es war Sieglinde, die Herzensdame des Präsidenten, die die Tür weit aufriß.

»Treten Sie ein, Peter«, sagte sie. »Bringen Sie gute Nachrichten?«

»Das kommt darauf an, was Sie unter guten Nachrichten verstehen«, wich er aus.

»Jede Nachricht wäre eine bessere Nachricht als die, die wir zuletzt bekommen haben«, seufzte sie.

Seit Shandy aufgehört hatte, sich wider allem öffentlichen Anstand empörend aufzuführen, und in den Hafen der Ehe mit einer Frau eingelaufen war, die sie völlig akzeptierte, war Sieglinde ihm gegenüber ein Gutteil umgänglicher geworden. Tatsächlich waren die Shandys und die Svensons so nahe befreundet, wie es das empfindliche diplomatische Gleichgewicht einer engverbundenen akademischen Gemeinschaft erlaubte.

»Also«, begann er, »die gute Nachricht ist, daß Harry Goulson Miss Flackley eine Beerdigung mit Pauken und Musik spendieren will – wegen der alten Zeiten.«

»Das freut mich zu hören. Ich hatte schon überlegt, wie die Trauerfeierlichkeiten ablaufen sollen. Allerdings muß alles mit Anstand und Würde vor sich gehen.«

»Ich glaube, in diesem Punkt können Sie ganz beruhigt sein. Goulson hat vor, für sie die gleiche Beerdigung zu veranstalten wie einst für ihren Vater. Er möchte sogar den alten Leichenwagen, der von Pferden gezogen werden muß, benutzen, in dem die Goulsons die Flackleys seit urdenklichen Zeiten zu ihrem Familiengrab kutschiert haben.«

»Wie einfühlsam und verständnisvoll von ihm! Genauso hätte sie es bestimmt selbst gewollt. Miss Flackley muß großen Respekt vor der Familientradition gehabt haben, denn hätte sie sonst den Betrieb ihres Vaters so fortgeführt? Das trifft auch auf Harry Goulson zu. Ich habe immer den Eindruck gehabt, daß man ihn in der Stadt nicht genug schätzt. Bitte sagen Sie ihm, daß ihm die Kapelle des College zur Verfügung steht, wenn er möchte, obgleich er durchaus vorhaben kann, den Gottesdienst in der Dorfkirche abzuhalten, wo die Trauerfeiern sonst stattgefunden haben.«

»Ja, eh, ich vermute, für diesen Teil sorgt Goulson bereits«, sagte Shandy, »aber was er stattdessen vom College möchte, ist, daß man ihm zwei Pferde leiht, um den Wagen zu ziehen.«

»Zwei Pferde? Zwei von unseren Balaclava Blacks?«

Für einen Sekundenbruchteil wirkte Sieglindes eindrucksvolle Miene nicht mehr so ruhig wie sonst. »Ich weiß nicht, was Thorkjeld dazu sagen wird. Ich vermute, etwas Lautes und Deutliches.«

»Goulson sagte etwas davon, daß er sich ein Paar von irgend jemandem aus Hoddersville oder Lumpkin Corners borgen wolle, wenn das dem Präsidenten lieber sei«, warf Shandy listig ein.

»Unmöglich! Ach, jetzt weiß ich, was Thorkjeld sagen wird.«

Sieglindes Gesichtsausdruck war wieder gelassen. »Sie müssen ihm genau das sagen, und alles wird geschehen, wie Mr. Goulson es wünscht. Nur müssen Sie sich hüten, um Odin oder Thor zu bitten.«

»Helen hat Loki erwähnt. Aus irgendeinem Grund hat sie sich in den Kopf gesetzt, daß Miss Flackley Loki besonders gern mochte.«

»Wenn Helen das meint, hat sie recht. Helen ist eine sehr kluge Frau. Außerdem paßt eine Beerdigung genau zu Lokis melancholischem Temperament. Bitten Sie um Loki und Tyr. Tyr kommt ihm von der Größe her am nächsten. Außerdem ist Tyr faul, und es wird ihm guttun, ein bißchen mehr zu arbeiten. Er ist nicht zum Wettpflügen gemeldet.«

Hier war die Gelegenheit, für die Shandy gebeten hatte. »Stimmt ja, der junge Olafssen arbeitet mit Hoenir und Heimdall, nicht wahr? Wie kommt er zurecht? Füttert Birgit ihn tonnenweise mit Weizenkeimen und Möhrensaft?«

Zum zweiten Mal innerhalb von zwei Minuten, und das war höchst ungewöhnlich, ließ Sieglinde Anzeichen von Verstörung erkennen.

»Ich weiß nicht, was Birgit mit Hjalmar tut. Peter, Thorkjeld und ich machen uns Sorgen.«

Sie zog einen Stuhl heran und forderte ihn auf, sich zu setzen. »Das erzähle ich Ihnen, weil Sie unser Freund sind, weil Sie ein Mann mit Urteilskraft sind und weil es mich umbringt, wenn ich es nicht jemandem erzähle.«

Mit einem Kloß im Hals stellte er die unvermeidliche Frage: »Was ist los?«

»Das ist unser Problem, Peter: Wir wissen es nicht! Wir haben darüber diskutiert und sind übereingekommen, daß wir Hjalmar gern als Schwiegersohn hätten. Als Birgit anfing, den Jungen zum Abendessen mitzubringen, hat es mich nicht mal gestört, Sojabohnenschnitzel zu machen. Hjalmar ist nicht nur gutaussehend und brillant, wenn er nicht gerade ungeschickt ist, sondern er ist fähig, Peter! Er ist so fähig wie Thorkjeld, wenn auch natürlich nicht so gutaussehend oder intelligent, und manchmal ein bißchen langweilig verglichen mit meinem Mann.«

»Sie finden Olafssen langweilig?« fragte Shandy etwas fassungslos.

»Verglichen mit meinem Mann finde ich jeden langweilig«, antwortete sie liebevoll. »Das würde aber nichts machen, weil Birgit genug Temperament für zwei hat. Für noch mehr. Sie wird eine gute Bauersfrau werden, weil sie so viel zu tun haben wird, daß sie sich nicht mehr an Propagandaaktionen beteiligen kann, und ihr nie die Zeit lang werden wird, und er wird ein großartiger Bauer, weil er die Berufung dazu hat. Hjalmar ist arm, aber wir sind es nicht, und dann gibt es ja noch den Existenzgründungsfonds.«

Eins der vielen Dinge, die das Balaclava Agricultural College einmalig machten, war seine Politik hinsichtlich der finanziellen Unterstützung der Studenten. Während ihrer Jahre an der Schule wurde den Studenten nichts geschenkt. Darlehen und Stipendien wurden ihnen nicht auf dem Silbertablett serviert. Andererseits gab es reichlich Jobs. Jeder Student, der sich seine Ausbildung verdienen mußte, hatte die Möglichkeit dazu; jeder, der die Möglichkeit hatte und nicht das Beste daraus machte, wurde fallengelassen.

Die Begründung war einfach: Bauern müssen ihr ganzes Leben lang hart arbeiten. Wenn sie das nicht schaffen, solange sie jung und stark sind, warum soll man in ihnen die Hoffnung wecken, sie würden es später schaffen?

Wenn ein Student allerdings sein Diplom hatte, änderte sich die Lage. Denjenigen, die Bedürftigkeit, Verdienste und konkrete Pläne, aus den Zuwendungen das Beste zu machen, nachweisen konnten, floß das Geld großzügig zu. Durch diese Beihilfen waren viele Farmen und kleine Familienbetriebe vor Baulanderschließern und Genossenschaften gerettet worden. Die Studenten von Balaclava konnten der Zukunft zuversichtlich entgegensehen, weil sie wußten, daß die Schule dafür sorgte, daß sie eine Zukunft hatten.

Das Geld war immer ein bedingungsloses Geschenk. Man ging allerdings davon aus, daß wohlhabende und erfolgreiche Ex-Studenten zurückerstatten würden, was sie vom Existenzgründungsfonds erhalten hatten. Kaum einer hatte das je versäumt, und viele hatten dreimal so viel und mehr zurückgegeben. Es stand reichlich Bargeld zur Verfügung, es gab keinen Grund auf der Welt, warum ein Kerl wie Hjalmar nicht eine Beihilfe erhalten sollte, und keiner würde irrigerweise von Vetternwirtschaft reden – als ob die Svensons ihm und Birgit nicht ohnedies einen finanziellen Start ermöglichen könnten. Shandy war immer noch unklar, warum Sieglinde so aufgeregt war.

»Was ist also das Problem?« wiederholte er.

»Peter, Sie sind heute schwer von Begriff. Ich habe Ihnen doch schon gesagt: Ich weiß es nicht. Birgit sagt es nicht, sondern schließt sich bloß in ihrem Zimmer ein und weint. Das ist nicht meine Birgit. Schreien, mit den Füßen aufstampfen, mit Sachen werfen, Leute organisieren und einen Aufstand anzetteln – das alles ist normal, und ich weiß, wie man damit umgeht. Aber kreidebleich und mit roten Augen wie der Osterhase Trübsal zu blasen und kaum ein Tangplätzchen zu essen – was soll ich da tun?«

»Meinen Sie nicht, sie könnte zufällig, eh –«

»Eine Dummheit gemacht haben und schwanger sein?« beendete Sieglinde den Satz für ihn. »Natürlich habe ich daran gedacht. Das ist das erste, woran eine Mutter denkt. Aber selbst wenn, das wäre keine große Tragödie. Sie weiß, daß ich es nicht schätzen würde, wenn sie ein schlechtes Beispiel für die anderen jungen Frauen im College abgäbe, aber sie weiß auch, daß ihr Vater und ich ihr und Hjalmar in Notzeiten beistehen würden. Wir würden eine kleine Hochzeit veranstalten, ohne Pauken und Trompeten, aber mit netten Blümchen, hier in unserer Halle mit der Familie und vielleicht Ihnen und Helen und ein paar alten Freunden und hinterher einem Smörgåsbord. Dann würden sie und Hjalmar ihren Abschluß machen, und wir würden tun, was wir ohnehin tun wollten, nur früher als erwartet. Das ist es nicht. Glauben Sie mir, Peter, ich muß es wissen. Ich hatte selbst sieben Stück. Außerdem sagt Birgit nein, und Birgit lügt nicht. Wenn sie nicht die Wahrheit sagen kann, sagt sie gar nichts. Sie hat nur selten gar nichts gesagt, außer um ihre Schwestern nicht zu verpetzen. Die Schwestern lieben einander sehr, aber nicht einmal ihnen sagt sie es.«

»Haben Sie Hjalmar gefragt? Vielleicht haben sie sich nur gestritten oder so.«

»Es hat keinen Streit gegeben. Ich habe Hjalmar gefragt, und er sagt, er weiß es nicht. Er sagt, er liebt Birgit und will sich nicht mit ihr streiten. Dann wollte ich gerne wissen, ob Birgit ihre Meinung über Hjalmar vielleicht geändert hat, aber sie weint nur noch lauter und sagt nein, sie liebt ihn noch, und ich, Peter, ich glaube beiden.«

»Wirkt der junge Olafssen wegen der Situation, eh, betroffen?«

»Betroffen ist nicht das richtige Wort. Er ist außer sich. Er sagt zu mir: ›Mrs. Svenson, was zum Kuckuck ist los mit ihr? Warum redet sie nicht mit mir?‹ Und ich kann ihm nur erwidern, warum redet sie nicht mit ihrem Vater, warum redet sie nicht mit ihren Schwestern, warum redet sie nicht einmal mit ihrer eigenen Mutter? Ich sage Ihnen ganz offen, Peter, Hjalmar ist heute nicht in der Verfassung, auch nur einen Meter gerade Furche zu pflügen, geschweige denn, die Juniorenmeisterschaft zu gewinnen. Und Thorkjeld hat so hart mit ihm gearbeitet! Er war so gut in Form. Letzte Woche haben wir alle darüber gescherzt, daß wir bei Birgits Hochzeit die Toasts mit den Pokalen ausbringen, die unsere edlen Pflüger gewinnen werden – und jetzt das!«

Unglaublicherweise brach Sieglinde Svenson, die Wunderbare Eisfee, zusammen. »Und Miss Flackley wurde im College-Schweinestall umgebracht, und unsere angebetete Belinda von Balaclava ist verschwunden, und unser lieber Professor Stott steht vor den Scherben von 30 Jahren Arbeit, und bis zum Wettstreit sind es nur noch ein paar Tage, und es ist nicht mal mehr einer da, um die Pferde zu beschlagen.«

»Kommen Sie«, sagte Shandy, »ganz so schlimm ist es nicht. Die Pferde sind schon beschlagen, und überdies haben wir einen neuen Kurschmied. Hat Ihr Mann Ihnen nicht erzählt, daß ein anderer Flackley die Sache übernommen hat? Er heißt Frank und ist ein Neffe der früheren, eh, Amtsinhaberin.«

»Birgit würde sagen ›supergut‹, wenn sie überhaupt etwas sagen würde«, schniefte Mrs. Svenson. »Na großartig! Woher wissen wir denn, ob er überhaupt weiß, wo oben und unten ist an einem Hufeisen? Peter, ist Ihnen klar, daß all diese schrecklichen

Dinge passiert sind, seit die Hufeisen an den Stalltüren umgedreht wurden? Ihre liebe Helen wurde von diesen gräßlichen Banditen entführt, Belinda ist weg, Miss Flackley dahin, meine Birgit hat sich von einer stolzen jungen Löwin in eine piepsende kleine Mäusin verwandelt. Ach, wohin soll das noch führen?«

»Es soll dazu führen, daß wir Belinda zurückkriegen und Olafssen den Juniorencup gewinnt und wir uns bei Birgits Hochzeit bis zur Halskrause mit Hering vollstopfen«, sagte Shandy wesentlich überzeugter, als er war. »Kopf hoch, Sieglinde. Helen hat die Entführung unbehelligt überstanden, und ich kann wohl sagen, daß ich mir verdammt viel mehr Sorgen um sie machte als Sie um Birgit. Nächste Woche um diese Zeit werden wir uns alle fragen, worüber wir uns so aufgeregt haben.«

»Nächste Woche um diese Zeit werden wir gerade Miss Flackley beerdigt haben«, erinnerte ihn die Frau des Präsidenten. »Schöne Reden bringen uns nicht weiter, Peter Shandy. Nur finden Sie bitte, bitte heraus, warum meine Birgit nicht mit mir reden will!«

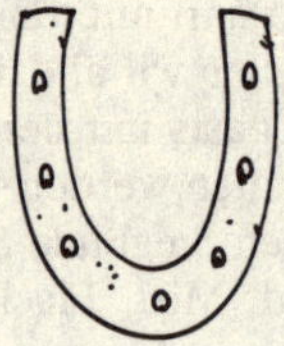

Kapitel 12

Während Shandy noch dastand und sich fragte, ob er gehen oder versuchen sollte, die Frau zu trösten, kam Präsident Svenson persönlich die Treppe herab. Sofort trocknete Sieglinde sich die Augen.

»Na, Thorkjeld?«

»Mit mir will sie auch nicht sprechen«, grollte er. »Was zum Teufel wollen Sie, Shandy?«

»Loki und Tyr.«

Es war nicht das, was er eigentlich sagen wollte, aber an diesem Punkt war es wahrscheinlich so gut wie alles andere. Zumindest rüttelte es Svenson aus seiner Niedergeschlagenheit auf.

»Hah?«

»Harry Goulson möchte Loki und Tyr ausleihen, damit sie bei Miss Flackleys Beerdigung den Leichenwagen ziehen«, erklärte Shandy. »Er veranstaltet einen traditionellen Abschied für sie, wie einst für ihren Vater.«

»Warum zum Teufel?«

»Weil sie es verdient hat.«

»Ungh.«

»Heißt das ja?«

»Ach, was zum Teufel kümmert das mich? Nehmen Sie das ganze verdammte Gespann«, röhrte Svenson. »Shandy, was würden Sie tun, wenn Ihre Tochter die ganze Zeit heult und Ihnen nicht sagt, warum?«

»Meines Wissens habe ich keine Tochter.«

»Also Jessas, Mann, Sie haben Phantasie, oder? Tun Sie so, als hätten Sie eine.«

»Das ist ein bißchen schwierig«, begann Shandy vorsichtig, »doch ich glaube – und bedenken Sie, daß dies nur eine Ansicht ist, die nicht auf Erfahrungswerte zurückgreift –, ich würde so tun, als wäre nichts. Vielleicht macht Birgit nur, eh, eine Phase der Rebellion durch. Völlig normal für junge Leute in diesem Alter.«

»Sie rebelliert seit dem Tag, an dem sie geboren wurde. Sie kam mit dem Kopf zuerst raus, hat den Doktor angebrüllt und seitdem nicht mehr aufgehört.«

»Dann ist vielleicht die einzige Möglichkeit, wie Birgit rebellieren kann, eh, es nicht zu tun.«

»Das ist alles, was Ihnen einfällt?«

Das war beileibe nicht alles, aber das wagte er den unglücklichen Eltern nicht zu sagen. Birgits merkwürdiges Verhalten war kaum als Beweis dafür anzusehen, daß sie etwas mit den 26 Sonnenblumenkernen in Miss Flackleys Lieferwagen zu tun hatte, aber wenn sie weder krank noch schwanger war noch sich mit ihrem Freund überworfen hatte, was konnte es dann bedeuten?

»Eh, ich frage mich, ob es nicht vielleicht das beste wäre, noch abzuwarten und zu sehen, was sich ergibt«, wich er aus. »Wie lange ist sie schon so?«

»Seit gestern morgen«, sagte Sieglinde.

Shandy stöhnte innerlich. Äußerlich tat er erleichtert.

»Ach, das erklärt es doch, finden Sie nicht?«

»Nein«, sagte Svenson.

»Aber es, eh, liegt doch auf der Hand, oder? Birgit hat sich militant gegen Professor Stotts Schweinezuchtprojekt gewandt. Jetzt ist Stott in ernsthaften Schwierigkeiten, und sie, eh, ist von der Reue über ihr, eh, feindseliges Verhalten überwältigt.«

Sieglinde wischte sich ein letztes Mal die Augen, und ihre Miene hellte sich ein bißchen auf. »Jetzt, Peter, fangen Sie an, vernünftig zu reden. Es stimmt, daß Birgit unserem lieben Professor Stott das Leben schwergemacht hat. Es stimmt auch, daß sie ihn liebt, seit sie ein Baby ist – wer würde das nicht? Ich kann mir nicht vorstellen, daß Birgit selbst sich an Belindas Entführung beteiligen würde. Aber möglicherweise glaubt sie, daß ihre Worte andere dazu getrieben haben, diese Tat zu begehen, und daß sie als geistige Mittäterin schuldig ist. Wenn dem so ist, ist das eine schreckliche Lektion für sie, aber damit muß sie allein fertigwerden. Peter sagt: Wartet ab. Ich glaube, wir warten ab. Geh jetzt, Thorkjeld, und ruf Mr. Goulson wegen der Pferde an.«

»Was für Pferde?«

»Loki und Tyr, die bei Miss Flackleys Beerdigung den Leichenwagen ziehen sollen.«

»Den Teufel habe ich versprochen! Ist er verrückt geworden, daß er während des Wettstreits unsere Pferde will?«

»Ich habe ihm gesagt, während des Wettkampfs könne er die Beerdigung nicht abhalten, und er sagte, daran habe er auch nie gedacht«, sagte Shandy. »Er hat erwähnt, wenn es dem College nicht recht wäre, ihm ein Paar Blacks zu leihen, könne er die Jungs aus Hoddersville oder Lumpkin Corners fragen.«

»Nie und nimmer! Wie ist die Nummer, Sieglinde? Dem werde ich die Meinung geigen! Mach dir keine Mühe, ich fahre persönlich runter. Hoddersviller Schindmähren! Urgh!«

Donnernd machte Svenson sich auf. Seine Frau nickte Shandy befriedigt zu.

»Das ist gut. Ihn wird es erleichtern, wenn er jemanden anbrüllen kann, und Mr. Goulson wird sich nichts draus machen, weil er die Pferde kriegt. Vielen Dank, Peter. Jetzt gehen Sie bitte und finden Sie heraus, warum Birgit weint.«

»Meinen Sie, ich soll hinaufgehen und mit ihr reden?«

»Natürlich nicht. Sie würde Sie nicht mal reinlassen. Finden Sie heraus, wer Miss Flackley umgebracht und unsere Belinda gestohlen hat, dann weiß sie zumindest, daß sie einen Grund zum Weinen hat. Es ist durchaus möglich, ich glaube sogar, mehr als wahrscheinlich, daß sie keinen hat. Aber es ist Birgit noch nie in den Sinn gekommen, daß sie sich irren könnte – Sie werden also Beweise bringen müssen.«

»Was für Beweise?«

»Das werden Sie wissen, wenn Sie sie finden. Gehen Sie, Peter. Ich bitte Sie als Freundin und Mutter.«

Shandy ging. Sein Verstand sagte ihm, daß er die Lösung wahrscheinlich hinter sich ließ, als er Walhalla den Rücken kehrte, aber es war ein kleiner Trost, daß Sieglinde so sehr betont hatte, daß Birgit persönlich nichts mit Belindas Verschwinden und den entsetzlichen Folgen zu tun hatte. Sie war vielleicht eine Mutter, die ihre Kinder abgöttisch liebte, aber sie war auch eine vernünftige Frau von rascher Auffassungsgabe. Mittlerweile mußte sie eine beträchtliche Menge über junge Leute im allgemeinen und Töchter im besonderen wissen.

Aber sie wußte nichts von den 26 Sonnenblumenkernen im Lieferwagen. Shandy stieß einen gewaltigen Seufzer aus und fragte sich, wie er diese widerwärtige Aufgabe anpacken sollte. Vielleicht sollte er sich auf die Suche nach dem jungen Olafssen machen, was auch immer das bringen würde, obwohl es schon ein Problem darstellen konnte, ihn zu finden. Da Olafssen nun einmal war, wie er war, standen die Chancen etwa gleich, daß der Examenskandidat auf dem höchsten Gipfel des Old Bareface eine herausragende Heldentat vollbrachte oder in dem ein oder anderen Sumpf in das schmierigste Schlammloch fiel.

Vielleicht könnte Stott helfen. Shandy erinnerte sich, was Helen über Fähnlein und Meßtischblätter gesagt hatte, und lebte ein kleines bißchen auf. Wenn jemand wußte, wo dieser Blitz in Menschengestalt gerade einschlug, war es Stott. Nun bestand das Problem darin, Stott zu finden, und die Lösung dafür könnte durchaus in seiner eigenen Küche liegen. Er wurde noch etwas vergnügter und wandte sich beschwingten Schrittes heimwärts.

Er kam nicht bis zur Küche. Auf dem Crescent stand ein Streifenwagen, und als Helen an die Tür kam, war ein junger Polizeibeamter direkt hinter ihr.

»Ach, Peter, ich bin so froh, daß du zurück bist. Gerade habe ich die Svensons angerufen, weil ich hoffte, dich da zu erwischen. Sergeant Lubbock hier möchte, daß wir ihn begleiten.«

»Wozu?« wollte Shandy wissen. »Doch nicht noch ein –«

»Nein, Professor, nichts dergleichen«, versicherte ihm der junge Mann. »Die Sache ist die: Wir sind auf einen Lieferwagen gestoßen, der möglicherweise bei dem Raub in der Karolingischen Manufaktur benutzt wurde. Wir hoffen, daß Sie ihn identifizieren können.«

»Das habe ich schon. Als ich darauf wartete, daß meine Frau auftaucht, habe ich Ihren Leuten eine komplette Beschreibung dieses teuflischen Dings gegeben, bis hin zur kleinsten Falte in dem abscheulichen Bodenbelag. Ich habe genug von dem verflixten Fahrzeug gesehen, während ich es mit Gold und Silber vollstopfte.«

»Ja, Sir, aber sehen Sie, der Wagen wurde abgefackelt.«

»Wenn Sie meinen: in Brand gesteckt, warum sagen Sie es nicht?« fragte Shandy gereizt. »Na gut, ich nehme an, wir müssen einen Blick auf das Ding werfen. Hast du deinen Mantel, Helen? Wie lang wird das dauern, Sergeant? Zufällig sind wir hier gerade selbst ziemlich beschäftigt.«

»Ich weiß, Sir. Es war sogar einer von Ihren Suchtrupps, der den Wagen gefunden hat. Es ist schätzungsweise zwölf Meilen von hier, in einem Waldstück nicht weit von der Hauptstraße, die zu der Karolingischen Manufaktur führt. Ihr Student war mit einem Walkie-talkie – ich meine: mit einem tragbaren Funkgerät – ausgerüstet und hat es benutzt, um polizeiliche Hilfe anzufordern. Zufällig fuhr ich in der Gegend Streife und fing den Funkspruch auf.«

In die Miene des attraktiven jungen Polizisten schlich sich der Ausdruck einer angenehmen Erinnerung. »Miss Gables ging vor mir her in die Senke, wo sie das zerstörte Fahrzeug entdeckt hatte. Verdammt schöner Anblick – ich meine, den Wagen da zu sehen. Nachdem ich ihn in Augenschein genommen hatte, bin ich zu meinem Streifenwagen zurück und habe über Funk Kontakt mit der Wache aufgenommen. Ich wurde angewiesen, Sie zur Identifizierung um Hilfe zu bitten. Miss Gables versprach, Wache zu halten, und ich würde sie wirklich gern – ich meine, es ist meine Pflicht, sie so schnell wie möglich abzulösen. Eh, Sie wissen nicht zufällig ihren Vornamen, oder? Ich meine, für meinen Bericht.«

»Matilda«, teilte ihm Helen mit, während sie sich Handschuhe anzog und ihre Handtasche nahm.

»Matilda also.«

Der Sergeant rollte die Silben auf der Zunge und weidete sich an ihrem Geschmack. »Das klingt nett. Irgendwie anders, könnte man sagen. Ich wette, ihr Freund nennt sie Tilly.«

Helen hörte den sehnsüchtig fragenden Unterton in seiner Stimme und antwortete freundlich: »Ich glaube nicht, daß sie derzeit einen hat. Unsere netten Bauernjungs sind nicht ganz ihr Stil. Fertig, Peter, wir dürfen Miss Gables nicht zu lange dort allein lassen.«

»Verflixt, nee«, sagte Sergeant Lubbock.

»Vermutlich besteht die Chance, daß sie von feindseligen Eichhörnchen attackiert wird«, sagte Shandy ziemlich gehässig. »Also kommen Sie, bringen wir es hinter uns.«

Natürlich stand Mirelle Feldster hinter der Wohnzimmergardine und starrte ihnen nach, als sie in das Polizeiauto stiegen. Shandy hatte irrsinnige Lust, Lubbock zu bitten, ihnen Handschellen anzulegen, aber er besann sich eines Besseren. Mirelle konnte auch ohne optische Hilfestellung genug dramatische Einzelheiten erfinden.

Lorene McSpee war draußen und schrubbte die Schwelle ihres Arbeitgebers, sah aber kaum auf, um festzustellen, was auf der anderen Straßenseite vor sich ging. Sie winkte bloß eine Art Rückhand-Salut mit dem Schrubber, dann machte sie sich wieder an ihr aussichtsloses Unterfangen.

»Diese Frau muß völlig verrückt sein«, bemerkte Shandy. »Weiß sie denn immer noch nicht, daß Tim in rund zehn Minuten vom Bodenproben-Nehmen zurückkommt, schlammbedeckt bis an die Augenbrauen?«

»Sie läßt ihn nach hinten gehen und die Stiefel ausziehen, bevor er ins Haus kommt«, sagte Helen. »Mary Enderble hat es mir erzählt.«

»Allmächtiger! Ist ihre Bösartigkeit denn grenzenlos? Wir rufen besser Jemmy an und sagen ihr, sie soll schnell noch einen Stapel Babyphotos schicken.«

»Lieber Peter, ich wünschte wirklich, du würdest dir nicht allzuviel Hoffnungen machen. Es ist meine traurige Pflicht, dir mitzuteilen, daß Frank Flackley heute morgen auf dem Weg nach Hoddersville zufällig vorbeigekommen ist.«

»Aber Hoddersville liegt in die andere Richtung.«

»Eben«, antwortete seine Frau. »Bitte starr mich nicht so an. Es ist nicht meine Schuld. Idunas auch nicht. Sie zieht sie einfach an wie die Kerze die Motten.«

»Reden Sie zufällig von der hübschen blonden Dame, die mir einen Schmalzkringel angeboten hat?« fragte Sergeant Lubbock.

Shandy stöhnte. »Sie etwa auch?«

»Ich nicht, Professor. Bei meinem Gehalt könnte ich so 'ne große Frau nicht mal ernähren. Ich dachte, ich suche mir eine süße kleine und arbeite mich langsam rauf.«

»Wohin rauf?«

»Zum Heiraten, vermutlich. Ich halte nicht viel von dem Gewäsch vom Ungebunden-Sein. Ich sehe zu oft, was passiert, wenn die Leute versuchen, sich um ihre Verantwortung zu drücken.«

Shandy nickte. »Gut gesagt, junger Mann. Sie hätten sich in Balaclava gut gemacht. Haben Sie je daran gedacht, Bauer zu werden?«

»Nein, Sir. Ich wollte nie was anderes werden als Polizist. Sogar als ich das Stipendium bekam –«

»Was war das für ein Stipendium?« fragte Helen sanft nach.

Der Sergeant errötete. »Für Dartmouth. Ich war noch zu jung für die Polizeiakademie und dachte, da könne ich es ruhig annehmen. Als ich mein Bakkalaureat in Naturwissenschaften gemacht hatte, bin ich der Polizeiakademie ein bißchen auf die Nerven gefallen, und am Ende haben sie mich reingelassen, weil ich die Aufnahme ins Phi Beta Kappa und was nicht sonst noch alles geschafft hatte.«

»Und jetzt fahren Sie einen Streifenwagen der Staatspolizei.«

»Ja, Ma'am«, sagte Sergeant Lubbock und grinste von einem Ohr bis zum anderen. »Endlich hab' ich es geschafft. Und jetzt fürchte ich, wir sind so nahe an dem Lieferwagen, wie wir mit dem Streifenwagen rankommen. Meinen Sie, Sie trauen sich eine kleine Klettertour zu?«

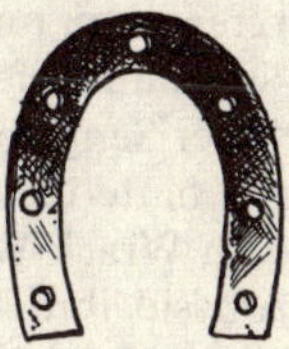

Kapitel 13

Helen hatte vernünftigerweise Stiefel und eine dicke Hose angezogen; Peter war bereits darauf eingerichtet, waldige Abhänge hinunterzuklettern. Sie konnten Sergeant Lubbock – zumindest zu ihrer eigenen Befriedigung – zeigen, daß er es nicht mit einem Paar von Tattergreisen zu tun hatte.

Es war nicht so einfach, in dem Haufen schwärzlichen, verbeulten Metalls auf dem Boden der Senke einen Lieferwagen wiederzuerkennen. Matilda Gables hatte die in sie gesetzten Hoffnungen erfüllt. Sie stand bei dem Wrack Wache und sah angegriffen und jämmerlich aus, als ob sie ihre Kräfte überschätzt hätte. Immerhin gelang ihr ein blasses Lächeln, als sie die anderen auf sich zukommen sah.

»Was ist denn? Dachten Sie, wir würden nicht zurückkommen?«

Sergeant Lubbocks Lächeln war von geradezu strahlender Herzlichkeit. Mit seiner rätselhafterweise immer noch blitzsauberen Uniform und ohne einen Dreckspritzer auf den Stiefeln stellte er wirklich ein dekoratives Element in der Landschaft dar.

»Hier, Miss Gables«, sagte er, nahm die kleine Studentin am Arm und geleitete sie vorsichtig zu einem bemoosten Felsen. »Sie setzen sich besser hin und ruhen ein Minütchen aus. Lassen Sie mich das Walkie-talkie für Sie halten. Miss Gables hat sich hier glänzend bewährt, Professor Shandy. Ich schätze, Sie kennen sich alle.«

»Oh ja.« Helen ging hinüber und ergriff Matildas kleine, klamme Hand. »Matilda ist einer meiner Lieblingsbenutzer in der College-Bibliothek. Sie leckt sich nie die Fingerspitzen an vor dem Umblättern.«

»Schlechte Angewohnheit, das Fingerspitzen-Lecken«, sagte der Staatspolizist freundlich. »So hinterläßt man deutliche Fingerabdrücke.«

Helen war überrascht, daß die Hand der jungen Frau krampfhaft in der ihren zuckte.

»Matilda«, sagte sie, »ich glaube, diese Sucherei war zu anstrengend für Sie. Sie fahren besser mit uns zurück und ruhen sich etwas aus. Aber ich schlage vor, daß wir erst mal das machen, wozu wir gekommen sind. Himmel, das Ding ist ja ganz schön hin, was? Peter, kannst du irgend etwas entdecken, was auch nur die leiseste Ähnlichkeit mit dem Lieferwagen hat, mit dem wir es zu tun hatten?«

»Bis auf die Tatsache, daß es wahrscheinlich die richtige Größe hat, wenn wir es geradebiegen könnten, und daß es anscheinend ein Chevy gewesen ist wie der andere auch, finde ich nicht viele Anhaltspunkte«, sagte ihr Mann. »Ist irgendwo noch etwas Lack sichtbar?«

Matilda Gables schüttelte den Kopf. »Während ich auf Sie wartete, habe ich das Wrack Zoll für Zoll abgesucht. Ich habe nirgendwo auch nur einen Klecks Farbe gefunden.«

»Das war eine gute Idee, Miss Gables«, meinte Lubbock. »Sind Sie überhaupt auf irgendwas gestoßen, was interessant aussah?«

»Nur auf das hier.«

Sie zeigte auf einen Fetzen Metall, der einst ein Türblech gewesen sein konnte. »Sehen Sie diese komischen Kratzer? Ich denke, jemand muß sie absichtlich gemacht haben. Meinen Sie nicht, sie sehen wie ein M aus?«

Helen schnappte nach Luft. »Peter, das ist er! Ich muß es selbst gemacht haben, als sie mich gefesselt und mir die Augen verbunden hatten. Ich saß direkt an der hinteren Tür und betete darum, daß die Ladung nicht verrutscht und mich zerquetscht, und ich konnte das nackte Metall hinter mir fühlen. Da kam mir die Idee, mit meinem Diamantring meine Initialen einzukratzen; ich vermute, nur damit ich mich etwas weniger hilflos fühlte. Meinen Sie nicht, daß mit viel Phantasie diese Kratzer ein bißchen wie H. M. S. aussehen? Mein Mädchenname war Helen Marsh«, erläuterte sie Lubbock.

»Oh ja«, sagte Matilda Gables aufgeregt, »sehen Sie, wo sie versucht hat, den Querstrich vom H zu machen, und dieser zittrige Kratzer am Ende könnte ohne weiteres ein S sein. Außerdem sind die Kratzer ziemlich frisch. Ich habe hier an dieser kleinen Ecke Ruß abgewischt, und darunter ist kein bißchen Rost.«

»Hören Sie, was tut ein Mädchen wie Sie in einem College für Kühe?« Mittlerweile platzte Sergeant Lubbock fast vor Bewunderung. »Haben Sie je an die Polizeiakademie gedacht?«

Miss Gables errötete. »Sie wollten mich nicht. Ich bin zu klein.«

»Nein, das sind Sie nicht. Sie haben eine ideale Größe. Ich meine, na ja, bei den Uniformierten haben sie natürlich gewisse Vorschriften, weil man diese ganzen harten Sachen können muß – alte Damen aufsammeln, die irgendwer zusammengeschlagen und ausgeraubt hat, sich von Fixern auf 'm Trip über den Haufen fahren lassen, während man sie abzuhalten versucht, sich selbst mit ihren Feuerstühlen umzubringen. Aber es gibt Laborarbeit, Lügendetektoren, Fingerabdruckanalyse, Photographie, Toxikologie, eine Menge echt prima Jobs. Sie wären ein Genie!«

»Ich glaube nicht, daß ich jemals begriffen habe, wie groß das Spektrum der Polizeiarbeit ist«, antwortete Miss Gables, während ihre Miene etwas von dem Ausdruck eines verlorenen Kätzchens verlor. »Ich habe mir euch immer als repressive Werkzeuge einer besitzorientierten Gesellschaft vorgestellt.«

»Na ja, hin und wieder sind wir auch ein bißchen repressiv. Aber bedenken Sie eins, Miss Gables: Die Macht ist immer auf unserer Seite.«

Sie kicherte. Shandy räusperte sich.

»Sergeant Lubbock, Sie haben die, eh, öffentliche Pflicht, Miss Gables weiterführende Aufklärung über dieses interessante Thema zu geben. Ich frage mich allerdings, ob das, eh, zum Beispiel bei einer Tasse Kaffee in den studentischen Gemeinschaftsräumen passieren könnte. Mrs. Shandy und ich haben ziemlich dringend zu Hause zu tun. Miss Gables, schaffen Sie es, Professor Stott mit dem Dingsda zu erreichen und ihm zu erklären, daß Sie den Suchtrupp verlassen, um mit Sergeant Lubbock, eh, zusammenzuarbeiten?«

»Professor Stott ist nicht mein Fähnleinführer«, sagte Miss Gables steif.

»Wer dann?«

Von der Spitze des winzigen Kinns begann sich ein Erröten bis zu den Wurzeln des weichen hellbraunen Haares auszubreiten. Mit andächtiger Ehrfurcht sprach sie einen Namen aus.

»Hjalmar Olafssen.«

Sergeant Lubbock machte ein Geräusch, das am besten als Schnauben zu beschreiben war.

»Ach du meine Güte, dieser Trampel! 'tschuldigung, Professor Shandy, das ist mir so rausgerutscht, und wenn Sie wollen, beschweren Sie sich. Aber ich wette meinen letzten Groschen, daß wir einen Notruf nach einem Bulldozer kriegen, der ihn aus dem einzigen Flecken Treibsand in ganz Balaclava County rausziehen soll. Waren Sie zufällig vor zwei Jahren bei dem Wetthüten, wo er über den Collie gefallen ist? Ich habe so gelacht, daß ich nach Hause gehen und mir von meiner Mutter die Uniformnähte flicken lassen mußte.«

»Ich finde das kein bißchen amüsant«, sagte Miss Gables.

»Waren Sie da?«

»Nein«, gab sie zu, »ich war damals nicht auf dem College.«

»Oh. Zu schade. Wir hätten eine wunderschöne gemeinsame Erinnerung gehabt. Natürlich dachte ich ein paar Sekunden, Ihre gesamte Studentenschaft würde ihn in der Luft zerreißen und skalpieren. Ich versuchte mich zu erinnern, was in dem Polizeihandbuch über Maßnahmen bei Aufruhr steht, als er sich mit diesem dummen Grinsen im Gesicht aufsetzte und anfing, sich bei dem Hund zu entschuldigen. Ich schätze, Olafssen ist der geborene Clown, was? Okay, Miss Gables, sehen wir zu, daß wir ihn erreichen können, und erklären wir ihm langsam und mit leichtverständlichen Worten, daß Sie das Gebiet verlassen.«

Da Shandy sah, daß die junge Frau wirklich bekümmert war, wie ihr Idol heruntergeputzt wurde, bemerkte er: »Ich sähe nicht gern, wenn Sie einen falschen Eindruck vom, eh, geistigen Kaliber der Studenten von Balaclava bekämen, Sergeant Lubbock. Olafssen kann einen hohen Grad von Intelligenz an den Tag legen und tut es auch manchmal. Dies, eh, scheint keines dieser Male gewesen zu sein.«

Das war auch jetzt anscheinend wieder nicht der Fall. Sie erreichten ihn zwar ohne weiteres, aber sie konnten dem Fähnleinführer wohl nicht klarmachen, wer Matilda Gables war. Endlich überredeten sie Olafssen dazu, die Liste, die Professor Stott ihm gegeben hatte, zu Rate zu ziehen, ihren Namen zu finden und ihn auszustreichen. Der Sergeant schüttelte den Kopf.

»Sie wollen mir erzählen, daß dieser Knabe alle Tassen im Schrank hat, und er erinnert sich nicht an eine Biene – ich meine, eine junge Dame wie Miss Gables?«

»Wir, eh, haben eine recht große Studentenschaft«, gab Shandy zur Antwort. »Als Letztsemester hat Olafssen nicht allzuviel

Kontakt zu, eh, Personen aus den unteren Jahrgängen. Er, eh, kennt sie zweifellos vom Sehen, wenn schon nicht dem Namen nach.«

»Wenn nicht, muß er genauso blind wie dumm sein«, sagte Lubbock, während er die zierliche Jungstudentin den Hang hinaufgeleitete, wobei er sich, wie Shandy leicht amüsiert bemerkte, hinter ihr hielt, um die Aussicht zu genießen.

Und das war gut so. Von vorne bot Miss Gables ein nicht so bezauberndes Bild. Ihr Gesicht war puterrot, und in ihren haselnußbraunen Augen hinter der albernen Eulenbrille standen Tränen. Shandy tat die Kleine ein bißchen leid, aber er begnügte sich damit, sie von Lubbock aufheitern zu lassen. Der junge Sergeant würde sich den Tag im Kalender rot anstreichen – von Helens Identifizierung des Lieferwagens bis hin zu Miss Gables hautengen Jeans. Lubbocks Jubel begann Shandy auf die Nerven zu gehen.

»Ich muß zugeben«, sagte er mürrisch, »daß ich nicht einsehe, wie dieser ausgebrannte Wagen viel dazu beitragen wird, die Verbrecher zu stellen.«

»Wir kriegen sie«, sagte Lubbock. »Wir haben diese Phantombildskizzen nach Ihren Beschreibungen an alle Reviere geschickt. Wir lassen die Straßensperren stehen, und es gibt einfach keinen Weg, wie diese Kerle mit so einer Ladung wie der, die sie mit sich rumschleppen, durchkommen könnten.«

»Aber Sie haben noch keinen handfesten Hinweis, wo sie sein könnten?«

»Nein, Sir«, gab Lubbock zu. »Sie scheinen wie in der Versenkung verschwunden zu sein. Aber zumindest wissen wir, daß sie die Beute in ein Versteck oder ein anderes Fahrzeug umgeladen haben. Das ist ein Schritt in die richtige Richtung, nicht?«

»Das nehme ich an.«

Der Professor war überrascht, als ihm klar wurde, wie deprimiert er war. Diese unbeholfen eingekratzten Initialen waren eine zu schmerzliche Erinnerung an die Gefahr, in der Helen geschwebt hatte, an die Höllenqualen, die er durchgemacht hatte, bis sie unbehelligt wieder aufgetaucht war, und an die nette Frau, die so kurz nach dem einzigen Mal, als sie das ihr zu Ehren gekaufte Silber benutzt hatte, ermordet worden war.

Er erinnerte sich noch deutlich, wie er Miss Flackley in diese braune Mohairstola geholfen hatte. Sie hatte sich in seinen Händen dick und leicht angefühlt, und er war froh gewesen, daß die zerbrechlich wirkende Frau so etwas Warmes zum Anziehen gegen die nächtliche Kühle hatte.

Mohair erinnerte ihn an Ziegen, die wiederum an Schafe und seine Absicht, den jungen Olafssen zu Birgit Svensons Weinkrämpfen ins Gebet zu nehmen. Warum hatte er nicht das Walkie-talkie der Kleinen benutzt, um ihn zu finden und es noch mitten im Wald mit ihm abzumachen?

Vielleicht, weil ein Teil seines Gehirns noch funktionierte. Er hätte die anderen nicht mitkommen lassen können, und wenn sie ohne ihn gefahren wären, hätte er vielleicht stundenlang hier festgesessen, ohne Chance, nach Hause zu kommen. Im Grunde machte es keinen Unterschied. Er konnte sich Olafssen später noch vorknöpfen, vorausgesetzt, es gab wirklich keinen Treibsand in Balaclava County. Wenn doch, würde Hjalmar ihn mit Sicherheit finden. Im großen und ganzen war ›Trampel‹ keine so schlechte Beschreibung.

Dachte Matilda Gables allmählich auch so? Die kleine Zweitsemesterstudentin schien positiv, wenn auch zaghaft, auf Sergeant Lubbocks Werbekampagne über den Bedarf an brillanten jungen Frauen bei der Polizei zu reagieren. Ab und zu blickte sie ihn mit einem Anflug neuerwachten Interesses an. Ein- oder zweimal lächelte sie so reizend, wie ein junger Mann es sich nur wünschen konnte. Helen saß da und betrachtete das Bild mit einem wohlwollenden Lächeln um die Lippen, und Shandy wurde ein wenig vergnügter, als er seine Frau dergestalt unterhalten sah.

Doch als sie sich dem College näherten, sah Helen zunächst leicht besorgt, dann schließlich bestürzt aus. Auf dem Vordersitz lief nicht alles nach Plan; Matilda begann sogar zu weinen. Als sie sich ihrem Studentenheim näherten, bat sie, abgesetzt zu werden, und flitzte davon, bevor Sergeant Lubbock sie auch nur aus dienstlichen Gründen um ihre Telefonnummer bitten konnte.

Beamter bis in die Knochen, bemühte sich Lubbock, seine Enttäuschung zu verbergen, aber Helen konnte er nichts vormachen. Sie beugte sich vor und bemerkte ganz beiläufig: »Ich fürchte, Sie haben bei Matilda Gables eine offene Wunde berührt, Sergeant. Sie haben völlig recht, daß sie nicht nach Balaclava gehört, aber es wird furchtbar hart für sie zuzugeben, daß sie so einen riesigen Fehler gemacht hat. Matilda wird eine Menge Verständnis und moralische Unterstützung brauchen. Ich fürchte, sie könnte Schwierigkeiten haben, das hier auf dem Campus zu finden. Meinst du nicht auch, Peter?«

Ein gut gezielter Tritt gegen seinen Knöchel veranlaßte Peter, das auch zu meinen, obwohl jede Faser seines loyalen Wesens gegen die Unterstellung protestierte, daß Verständnis und moralische Unterstützung in Balaclava Mangelware seien. Selbst dem Dümmsten sollte klar sein, dachte er, daß seine Frau nur versuchte, diesen verliebten jungen Laffen zu trösten, aber Lubbock schluckte Mrs. Shandys bestechende Erklärung mit Köder, Schnur und Schwimmer.

»Mensch, tut mit leid! Ich wollte sie nicht verärgern. Meinen Sie, ich sollte mal bei ihr anläuten und mich entschuldigen?«

»Warum warten Sie nicht einen Tag und rufen Sie dann an – hier, ich schreibe Ihnen auf, wie das Heim heißt –, und vielleicht schlagen Sie ihr unter Freunden vor, Sie irgendwo auf einen Plausch zu treffen und vielleicht eine Kleinigkeit zu essen? Ich sollte Sie allerdings warnen, daß Matilda Vegetarierin ist – Sie gehen also besser in eine Salatbar als in einen Hamburger-Imbiß.«

»Vegetarier, was?« Als er vor dem Backsteinhaus anhielt und Mrs. Shandy aus dem Wagen half, verzog sich Lubbocks Gesicht zu einem Grinsen. »Das also erklärt es. Ich wunderte mich schon, wie diese Dinger in den Streifenwagen gekommen sind.«

Er nickte zu dem Platz hin, wo Matilda gesessen hatte. Um den Sitz und auf dem Boden verstreut lagen einige Sonnenblumenkerne, etwa zwölf bis fünfzehn. In der Regel hätte entweder einer oder beide Shandys sie aufgehoben und gezählt. Jetzt im Moment hätten weder Peter noch Helen sie mit der Feuerzange angefaßt.

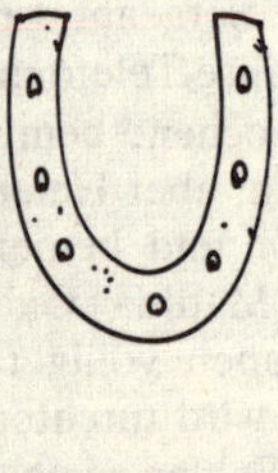

Kapitel 14

Nicht einmal Idunas warmer Empfang konnte das Frösteln vertreiben, das die beiden überfiel, als sie ihr Haus betraten.

»Peter, das ist einfach nicht möglich«, protestierte Helen. »Dieses Kind kann doch nicht – «

»Aber das ganze Geheule und Getue – «

»Meinst du nicht, das war nur, weil Olafssen sie nicht – «

»Wo Lubbock ihr Hinterteil beäugte?«

Iduna ließ ein damenhaftes Räuspern vernehmen und sagte: »Ich unterbreche nur ungern ein interessantes Gespräch, aber Präsident Svenson wartet im Wohnzimmer.«

»Das fehlte noch«, sagte Shandy. »Wie lang ist er schon da?«

»Etwa eine Stunde. Wir haben uns reizend unterhalten. Er sagt, ich erinnere ihn an eine Base seiner Frau, Ortrud.«

»Gut, daß du ihn nicht an seine Frau erinnerst. Wir haben hier schon genug Durcheinander.«

Er ging, um dem Unvermeidlichen ins Auge zu sehen. »Hallo, Präsident, wem verdanken wir die Ehre?«

»Urgh«, sagte Svenson. »Wo waren Sie?«

»Den Lieferwagen identifizieren, in dem Helen gekidnappt wurde. Eine Studentin hat ihn gefunden. Matilda Gables – kennen Sie sie?«

Das war eine dumme Frage. Präsident Svenson wußte eine Menge über jeden einzelnen seiner Studenten.

»Zweitsemester. Kleiner Schlaukopf mit großer Brille. Eine von Birgits Veggies. Gehört nicht hierher. Vassar, Bryn Mawr, irgend so 'ne hochgestochene Anstalt. In Olafssen schwer verliebt, wie alle anderen auch. Wünschte, das wären sie nicht. Reichlich nette andere Burschen vorhanden. Welcher Teufel hat sie geritten, den Lieferwagen zu finden? Sie soll eine schwangere Sau finden, verdammt! Zu verflucht intellektuell, um den Unterschied zu kennen?«

»Nein. Miss Gables schien die, eh, Erfordernisse der Lage durchaus begriffen zu haben. Nur war der Lieferwagen, eh, zufällig gerade da.«

»Urgh«, sagte der Präsident noch einmal, und damit waren die Studentin, der Lieferwagen, das ganze Thema überhaupt abgehandelt. »Ich bin bei Goulson gewesen. Wir haben es geregelt. Morgen früh. Neun Uhr. In der Baptistenkirche. Seien Sie da.«

»Natürlich«, sagte Shandy. »Helen und ich würden es uns nicht im Traum einfallen lassen, nicht dabeizusein. Wir mochten Miss Flackley sehr. Warum so früh?«

»Warum nicht?« erwiderte Svenson vernünftig. »Bringen wir es hinter uns, bevor sich die Gerüchte verbreiten und die Geier versammeln. Goulson ruft ihre alten Kunden, Nachbarn, Stadtväter und die Leute an, die ihr seiner Meinung nach die letzte Ehre erweisen sollten.«

Shandy machte sich zur Tür auf. »Ich sage es besser sofort Helen. Sie wird Blumen bestellen wollen.«

»Setzen. Alles bestellt. Einer von meiner Frau und mir, einer vom Fachbereich Haustierhaltung, einer von Ihnen, einer von Stott. Goulson holt sie ab und schickt Ihnen die Rechnung.«

»Das ist nett«, knurrte Shandy. »Haben Sie Frank Flackley schon benachrichtigt?«

»Ungh. Er kam vor einer Weile auf dem Weg von Hoddersville nach Lumpkin Corners aus irgendeinem albernen Grund her. Zwölf Meilen Umweg. Der Mann muß verrückt sein.«

»Eh – nicht unbedingt. Zur Zeit scheinen alle Wege zu Miss Bjorklund zu führen.«

»Jesus, hat Sie's auch erwischt? Verstehe. Nette Frau. Freundlich. Guter Kuchen. Guter Kaffee. Gute Schmalzkringel. Halten Sie sie hier.«

»Wir bemühen uns«, sagte Shandy. »Ich dachte, vielleicht werden sie und Tim Ames –«

Svenson brach in Gelächter aus. »Der Berg und das Eichhörnchen!«

»Jemima war eine große Frau«, sagte Shandy verteidigend.

»Nicht *so* groß. Vergessen Sie es, Shandy. Da sind Sie schief gewickelt.«

»Aber verflixt, Präsident –«

Svenson war nicht an Shandys Protesten interessiert. Da er seine Mission erfüllt hatte, hievte er seine gewaltige Masse aus dem besonderen Sessel, den Helen für Gäste von seinem und Professor Stotts Format angeschafft hatte, und stapfte zur Tür.

»Was sollte das Ganze?« fragte Helen, als Shandy auf der Suche nach ihr in die Küche kam.

»Miss Flackleys Beerdigung. Sie ist auf neun Uhr morgen früh angesetzt. Der Präsident hat freundlicherweise angeordnet, daß in unserem und Stotts Namen Blumen geschickt werden. Wir kriegen natürlich die Rechnungen.«

»Wie aufmerksam von ihm!« brauste Helen auf. »Hätte dem Herrn nicht einfallen können, daß wir es möglicherweise vorziehen könnten, unsere selbst auszusuchen?«

»Natürlich nicht. Ich würde mich nicht allzusehr aufregen, meine Liebe. Goulson ist damit beauftragt, sie auszusuchen, ich nehme also an, daß sie mehr oder weniger passend sein werden. Ruf ihn an, wenn du möchtest.«

»Nein, ich glaube, es macht eigentlich nichts aus. Es ist nicht, als ob sie Schwestern und Basen und Tanten hätte, die darauf achten und die es kümmern würde. Ich finde es wirklich seltsam, daß eine so nette Frau ein so einsames Leben geführt hat.«

»Falls wir Frank Flackleys Theorie glauben schenken dürfen – «

»Verdammter Frank Flackley!«

Helen fluchte fast nie, daher kam ihr der Kraftausdruck mit besonderem Nachdruck über die Lippen. »Peter, du glaubst doch wohl keine Sekunde lang, daß sie mit Harry Goulson zwischen den Särgen rumgeknutscht hat?«

»Nicht mit Goulson, nein. Aber sie könnte irgendwo jemanden gehabt haben. Ich hoffe, sie hatte.«

»Das hoffe ich auch.«

»Eh – apropos geheime Wünsche: Du hast nicht zufällig ein einsames Stückchen Pudding vom Abendessen gestern übrig?«

»Fürchte nein«, sagte Iduna, die an der Spüle Kartoffeln putzte. »Dieser nette Mr. Svenson hat ihn restlos weggeputzt. Einen Augenblick dachte ich, er würde den Teller ablecken. Er sah so niedergeschlagen aus, als ich mich entschuldigen mußte, daß ich ihm nichts mehr anzubieten hatte. Ich dachte, ich sage besser nichts von der Schokoladencremetorte, die ich heute gemacht habe, sonst wäre nichts für unser Essen übriggeblieben. Könnte dich ein Stückchen davon reizen?«

»Ich glaube, die Möglichkeit könnte bestehen«, sagte Shandy. »Machen die Damen mit?«

»Mir ist es zu kurz vor dem Dinner«, meinte Helen. »Aber ich trinke eine Tasse Tee, um dir Gesellschaft zu leisten. Nein, bitte, Iduna, ich mache ihn. Hier, setz dich und tu zur Abwechslung mal so, als wärst du zu Gast.«

Wenn auch widerwillig, zog Iduna sich einen Stuhl heran. »Keinen Kuchen für mich, danke. Ich möchte nur ein paar von diesen Haferplätzchen aus der Dose. Wie seit ihr mit dem netten jungen Polizisten zurechtgekommen?«

»Wir glauben, es ist derselbe Lieferwagen. Sie haben ihn über eine Böschung gefahren und das Wrack in Brand gesetzt, so daß nicht mehr viel zu sehen war, aber ich hatte versucht, mit meinem Diamantring meine Initialen in das Blech zu kratzen, und wir haben ein paar Hieroglyphen gefunden, die so aussahen.«

»Na also«, sagte Iduna bewundernd, »wer außer dir hätte an so was Schlaues gedacht? Ich hoffe, du hast den hübschen Ring nicht beschädigt.«

»Soweit ich sehen kann, nein. Peter kauft immer nur beste Ware.«

Helen beugte sich herüber und küßte ihren Gatten auf die Backe. »Nicht wahr, Schatz?«

»Auf lange Sicht lohnt es sich.«

Mit dem Mund voller Kuchen und dem Herz voller Dankbarkeit, daß Helen hier bei ihm war statt im Laderaum des ausgebrannten Lieferwagens, fühlte Shandy sich allmählich besser. Er griff nach der Hand, die seinen Ring trug, und hielt sie an sich gedrückt, während er seinen Imbiß beendete.

»Dieser Kuchen ist ein reines Gedicht, Iduna. Was steht heute sonst noch auf der Speisekarte?«

»Ich dachte, ich brate heute besser das Huhn, das wir gestern gekauft haben, bevor es anfängt zu verderben. Bei Huhn muß man ein bißchen vorsichtig sein, weißt du.«

»Und ob ich das weiß«, sagte Shandy.

Er dachte an die bösartigen Hennen, die er damals als Kind zu Hause auf der Farm füttern mußte. Dann dachte er an diese beiden weinerlichen Hühnchen Birgit Svenson und Matilda Gables. Matilda war eine von Birgits Wachsamen Vegetariern – und da existierte die abscheuliche, nicht bestreitbare Tatsache, daß in Sergeant Lubbocks Streifenwagen Sonnenblumenkerne herumgelegen hatten, genauso wie in Martha Flackleys Kurschmiedewagen.

Das wiederum ließ ihn an Hjalmar Olafssen denken. Er mußte nach dem Dinner zu Olafssens Wohnheim hinübermarschieren. Vielleicht sollte er erst die Svensons anrufen und sich vergewissern, daß der liebeskranke Galan nicht gerade vor Birgits Schlafzimmerfenster schmachtete. Vielleicht sollte er auch eine Weile ruhig hier sitzen und die Abendzeitung durchblättern.

Als er eine halbe Stunde später einen Balaclava Bumerang als Aperitif genoß, Helens und Idunas anscheinend unerschöpflichem Erinnerungsstrom über South Dakota lauschte und sich darüber klar wurde, wie müde er war, löste sich das Problem Olafssen von selbst. Der gutaussehende Juniorenpflüger, bedeckt mit modrigem Laub, den Kletten vom letzten Jahr und anderen Indizien, die darauf hinwiesen, daß er einen Tag in der Wildnis zugebracht hatte, zeigte sich aus freien Stücken.

»Tut mir leid, daß ich so hereinplatze, Professor.«

»Keine Ursache«, sagte Shandy. »Ich fragte mich sogar gerade, wie ich Sie erreichen kann. Ich habe gehört, daß Sie gestern hergekommen sind, um mich zu sprechen, als ich unterwegs war.«

»Ja, richtig.«

Olafssen stolperte über ein Fußbänkchen, brachte eine Stehlampe ins Schaukeln wie die Kerosinlaterne eines Schnapsbrenners, der sein eigenes Produkt getestet hat, verfing sich mit den Füßen in einem Knüpfteppich, der eine Szene aus dem *Peacable Kingdom* von Edward Hicks darstellte und den Helens Großtante Marguerite gewebt hatte, schaffte es aber irgendwie, noch im Sessel zu landen. In ihm hatte vor kurzem der Mann gesessen, der vielleicht oder, wie die Sache jetzt stand, vielleicht auch nicht sein Schwiegervater werden würde.

»Ach, dieser fürchterliche Teppich«, sagte Helen, während sie taktvoll das geschätzte Familienerbstück rettete. »Immer kommt er einem in die Quere. Können wir Ihnen einen Bumerang anbieten, Olafssen?«

Ihr Vorschlag paßte zu der Hochschuletikette. Studienanfängern wurden je nach Jahreszeit Getränke wie Apfelmost, heiße Schokolade mit Marshmallows oder eisgekühlte Limonade angeboten. Zweitsemester wurden ernst gefragt, ob sie lieber Tee oder Kaffee hätten. Im dritten Jahr konnten die Studenten eingeladen werden, ein Bier oder einen leichten Wein mitzutrinken. Examenskandidaten durften kriegen, was auch immer der Gastgeber zu servieren beliebte.

So war dem ganzen College ein Verhaltensmuster vorgegeben. Da die Mitglieder der höheren Semester eifersüchtig auf ihre Vorrechte achteten, wurde jeder Ansatz zur Trunksucht in den unteren Rängen schnell erstickt. Niemand wurde durch Gruppendruck gezwungen, sich etwas einzuverleiben, womit er noch nicht umgehen konnte, und was in anderen Instituten ein ernstes Problem gewesen wäre, existierte in Balaclava einfach nicht.

»Ein Bumerang wäre prima«, sagte Olafssen. »Ich könnte wirklich was zur Aufmunterung gebrauchen.«

Ein gramgebeugter Riese war es, der da torfmoostropfend auf dem *Peacable Kingdom* saß. Der Student sah aus, als hätte er nicht geschlafen. Sein Gesicht, das nach zwei Tagen Kletterei in den Hügeln des Old Bareface so gesund wie nur etwas aussehen sollte, zeigte eine Erschöpfung, die nicht bloß körperlich sein konnte. Olafssen hatte unverkennbar etwas auf dem Herzen.

Shandy wartete, bis der Gast ein halbes Glas Apfelschnaps und Kirschlikör mit einem gewaltigen Schluck heruntergestürzt, seine Augen wieder in die Höhlen gezwungen und seinen Atem wieder unter Kontrolle hatte. Dann fragte er ruhig: »Was ist los, Olafssen?«

»Meine Güte, ich – ach, verdammt! Da ich hergekommen bin, um es Ihnen zu erzählen, sollte ich es wohl auch. Es ist wegen Miss Flackleys Lieferwagen.«

Der junge Mann starrte trübselig auf die verbliebene Hälfte seines Balaclava Bumerang, und Shandy mußte ihm wieder auf die Sprünge helfen.

»Was ist mit Miss Flackleys Lieferwagen?«

»Tja, sehen Sie – ich war drin.«

»Oh mein Gott! Wann?«

»An dem Abend, bevor sie umgebracht wurde, als sie hier bei Ihnen zum Dinner war. Wissen Sie, da war doch dieser Vortrag im Auditorium.«

»Da sind oft Vorträge.«

»Na, dieser handelte vom Hausieren in alten Zeiten, also beschlossen Birgit und ich, ihn uns reinzuziehen. Wir haben die *Yankee Peddlers** gelesen.«

* Man nimmt an, daß Olafssen das Buch *The Yankee Peddlers of Early America* von J. R. Dolan meinte. Dr. Porble teilt mit, daß das Exemplar der Bibliothek beim Binden ist.

Abermals verfiel Olafssen in trübsinniges Schweigen. Abermals mußte Shandy ihn ermuntern.

»Bislang noch nichts Belastendes. Ich habe die *Yankee Peddlers* ebenfalls gelesen. Mrs. Shandy desgleichen.«

»Na klar, das hat doch jeder. Ich meine, man muß doch vernagelt sein, wenn man es nicht tut, was?«

»Man würde bestimmt eine lohnende Erfahrung versäumen, ja.«

»Na sehen Sie, das war das Problem. Das Buch hat Tempo, ist interessant, aber dieser Vortragende nicht. Er hat eine Masse Dias gezeigt, die ausreichten, einen einzuschläfern, deswegen beschlossen Birgit und ich, uns rauszuschleichen und – na, wir dachten, wir könnten genausogut was finden, wo wir –«

»Wo Sie sich hinsetzen und die Vortragsnotizen vergleichen könnten?«

»Ja, genau. Na sehen Sie, auf dem Parkplatz stand kaum ein Auto. Ich schätze, die meisten Leute waren zu Fuß runtergegangen. Aber der Wagen vom Kurschmied Flackley stand da –«

»Unverschlossen?«

»Na klar. Keiner hier macht sich die Mühe abzuschließen, außer während der Lichterwoche. Das wissen Sie doch. Jedenfalls dachten wir, sie hat nichts dagegen, wenn wir uns eine Weile reinsetzen. Also, wir – na, wir haben uns eine Weile in den Wagen gesetzt.«

»Und dann?«

Olafssen zuckte mit den Schultern. »Als wir dann dachten, jetzt ist es Zeit für den Kerl, das Licht wieder anzumachen, haben wir uns in den Saal zurückgeschlichen.«

»Und das war alles?«

»Das war alles. Nur spricht Birgit seitdem nicht mehr mit mir.«

»Würde es Ihnen was ausmachen, mir zu erzählen, was in dem Lieferwagen vor sich gegangen ist?«

»Na, zum Teufel, nichts Außergewöhnliches.«

»Und das Gewöhnliche wäre was?«

Der junge Mann errötete. »Na, zum Teufel, ich meine, waren Sie noch nie in einem parkenden Auto mit einem Mädchen, nach dem Sie verrückt sind?«

»Ob er das wohl jemals war?« murmelte Helen.

Shandy ignorierte sie. »Sie haben, eh, sich keine unbotmäßigen Freiheiten erlaubt?«

»Machen Sie Witze? Auf dem Kunstgewerbe-Parkplatz? Mit der Präsidententocher? Meinen Sie, ich will mich zu Brei stampfen lassen? Außerdem respektiere ich Birgit.«

»Sie haben sich also, eh, respektvoll voneinander getrennt?«

Olafssen grinste unter Erröten. »So könnte man es wohl nennen. Jedenfalls war ich drauf und dran, sie nach Hause zu bringen, aber der Redner bat mich, ihm zu helfen, das Zeug raus zu seinem Wagen zu tragen, und ich kam mir wie ein Stinktier vor, weil ich mich gedrückt hatte, und deshalb wollte ich nicht gern nein sagen. Ich fragte Birgit, ob sie vielleicht ein paar Minuten warten würde, aber Miss Wrenne und Miss Waggoner und ein paar andere gingen zurück nach Walhalla rauf, so daß sie sagte, sie könnte ebensogut mit denen gehen. Aber da war sie noch völlig in Ordnung. Ich meine, sie hat mir vor Miss Wrennes Augen einen kleinen Schmatz auf die Backe gedrückt und gesagt, ich soll mir auf dem Rückweg zum Heim nicht das Bein brechen.«

»Amor hätte kaum mehr von Psyche erwarten können«, meinte Shandy. »Und dann?«

»Dann – Pustekuchen! Das ist es ja, Professor, nicht das Geringste! Ich versuche sie anzurufen, und sie geht nicht ans Telefon. Ich gehe rauf, und sie versteckt sich in ihrem Zimmer und schließt die Tür ab. Ich brülle durch das Schlüsselloch, und sie brüllt nicht mal zurück.«

»Das alles seit vorgestern abend?«

»Ja. Ich habe sie zwar gestern morgen bei der Vollversammlung gesehen, aber ich steckte hinten mit einer Horde von den Jungs zusammen, und sie war unten am anderen Ende der Tribüne vorne. Einmal sah ich, wie sie sich umschaute, und habe gewinkt und ›Hey, Birgit, hier oben‹ geschrien, Sie wissen schon wie, aber ich weiß nicht, ob sie mich gehört hat oder nicht. Sie hat nicht mehr in meine Richtung geschaut, und als wir aufbrachen, habe ich sie in der Menge verloren. Ich habe in der Cafeteria und überall nach Birgie gesucht, aber sie war nirgends zu sehen, daher dachte ich, sie wäre sich umziehen gegangen oder so.«

»Aber das hätte sie nicht nötig gehabt«, brachte Helen vor. »Da sie zu Hause wohnt, hat sie eine besondere Benachrichtigung über die Versammlung bekommen, sonst wäre sie gar nicht aufgekreuzt. Birgit hatte sich bestimmt Stiefel und eine warme Jacke angezogen, um von Walhalla herunterzukommen. Erinnern Sie sich nicht, was sie getragen hat?«

»Ich erinnere mich«, sagte Shandy plötzlich. »Mir fällt ein, daß sie unter den letzten Ankömmlingen den Pfad runterrannte und sich bis zur Vordertribüne durchdrängelte, wie Olafssen sagt. Sie hatte eine hellrote Jacke mit Kapuze auf, und ich glaube, entsprechende Hosen. Zumindest hatte ich den allgemeinen Eindruck eines, eh, Körpers ganz in Rot. Sie erinnerte mich an den prächtigen Purpur-Portulak, weswegen mir das Bild wohl auch im Gedächtnis geblieben ist.«

»Das war wohl ihr Langlauf-Skianzug«, sagte Helen, »warm, winddicht, leicht und bequem zum Rumlaufen. Eine sehr vernünftige Wahl zum Schweinesuchen. Wir können also folgern, daß sie angezogen und bereit für die Suche kam, aber nicht losgezogen ist. Ich frage mich, was passiert ist, daß sie ihre Meinung geändert hat.«

»Ich frage mich, warum weder sie noch Olafssen erwähnt haben, wo sie waren, als Präsident Svenson fragte, ob jemand ein Licht auf die Ereignisse der vorigen Nacht werfen könne«, sagte Shandy.

Olafssen sah unglücklich drein. »Na, man wußte ja schon, daß der Lieferwagen auf dem Kunstgewerbe-Platz stand. Wir haben bloß von vielleicht halb neun bis kurz vor neun drinnen gesessen. Miss Flackley war da noch bei Ihnen, oder?«

Er blickte sich halb ängstlich um, als ob er denke, der Schatten der seligen Kurschmiedin lauere in einer Wohnzimmerecke.

»Und, zum Teufel, Sie kennen die Svensons. Sie sind die besten Leute der Welt, aber sie sind – na, ein bißchen engstirnig, was richtiges Benehmen angeht. Birgit soll ein Beispiel setzen und so 'n Quatsch.«

»Und sich bei einem Gastvortrag rauszuschleichen, um im Kurschmiedwagen zu knutschen, würde nicht die richtige Art von Beispiel darstellen – wollen Sie darauf hinaus?«

»Na, ich hatte das Gefühl, das würde ihre Familie denken. Jedenfalls wollte ich ihrem Vater nichts sagen, bevor ich es nicht mit Birgit abgeklärt hatte, nur hatte ich noch keine Gelegenheit. Aber es schien mir nicht recht, es keinem zu erzählen, und Sie schienen mir der Sicherste zu sein. Ich meine, Sie haben irgendwie offiziell damit zu tun, aber ich dachte, ich kann darauf vertrauen, daß Sie Birgit nicht anschwärzen bei ihren Leuten.«

»Olafssen, sind Sie sicher, daß das alles ist, was Sie mir sagen wollten?«

»Das ist alles, Professor. Danke fürs Zuhören. Und danke für den Bumerang, Mrs. Shandy.«

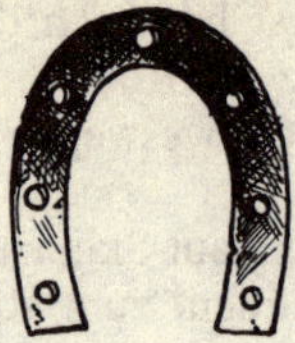

Kapitel 15

Peter, glaubst du, er hat die Wahrheit gesagt?« fragte Helen, als sie sich zu gefülltem Brathuhn und gebackenem Kürbis an den Tisch setzten.

»Ich bin bereit zu glauben, daß das, was er gesagt hat, die Wahrheit war«, antwortete Shandy. »Ich frage mich nur, ob er auch die ganze Wahrheit gesagt hat. Es war vernünftig, mit dieser Information über seine kleine Knutschparty mit Birgit herauszurücken, weil zweifellos noch mindestens ein Paar dieselbe Idee hatte und reingeschaut hat, um zu sehen, wer ihnen den Lieferwagen weggeschnappt hatte. Ich vermute, er ist zur angegebenen Zeit wirklich zu seinem Wohnheim zurückgekehrt, und Birgit ist wohl mit Shirley Wrenne und Pam Waggoner nach Walhalla hinaufgegangen, weil es albern wäre, bei einer Sache zu lügen, die so leicht nachzuprüfen ist. Die Frage ist, ob sie nach ihrer Ankunft beide blieben, wohin sie gegangen waren.«

»Tja, wenn ihr meine Meinung hören wollt, was auch immer die wert ist, würde ich sagen, er hat die nackte, ungeschminkte Wahrheit gesagt«, warf Iduna ein. »Er errötete wie ein Mädchen beim ersten Rendezvous, und er hat nicht versucht, dir direkt in die Augen zu schauen. Es ist meine Erfahrung, und Gott weiß, daß ich genug davon hatte, als ich noch daheim an Studenten vermietet habe, daß ein guter Lügner einem direkt in die Augen schaut und nicht mit der Wimper zuckt, und ein schlechter Lügner versucht zumindest, einem in die Augen zu schauen, und wird vielleicht ein bißchen rot im Gesicht, aber das hat Olafssen nicht versucht oder beziehungsweise doch, wenn ihr versteht, worauf ich hinauswill.«

»Mhm, ja«, meinte Shandy. »Das ist ein gutes Argument, Iduna. Aber es ist sowieso schwer zu glauben, daß ein Bursche, der eine gerade Furche pflügen kann und sich auf die nur den Eingeweihten zugänglichen Feinheiten einer Gurkenkrankheit versteht, sich zu Unredlichkeiten verführen lassen würde. Das läßt uns eine ziemlich garstige Alternative, nicht wahr?«

»Meinst du Birgit und die kleine Gables?« rief Helen. »Peter, das ist nicht möglich!«

»Nein, die beiden allein hätten es nicht durchziehen können, und Sieglinde behauptet, Birgit würde so etwas nie tun; betrachten wir also eine andere Hypothese. Wir wissen, daß die kleine Gables intelligent, unglücklich und in Balaclava nicht besonders beliebt ist. Aus diesen Ingredienzen sind potentielle Unruhestifter gemacht, stimmt's?«

»Ich glaube schon«, seufzte Helen, »aber –«

»Kein Aber. Nehmen wir mal an, inspiriert von der Entführungsepisode, in die wir so bedauerlicherweise verwickelt waren, brütet Miss Gables den schlauen Plan aus, Belinda als Protestobjekt der Veggies zu stibitzen. Natürlich geht sie mit ihrer Idee zu Birgit, aber Birgit weigert sich, so etwas zu unterstützen. Sie möchte Professor Stott nicht schaden, und sie möchte nicht, daß Hjalmar in etwas reingezogen wird, was ihn aus dem Wettbewerb werfen und ihn zwei Monate vor dem Diplom vom College fliegen lassen könnte. Nachdem sie, wie sie glaubt, Matildas Plan einen Riegel vorgeschoben hat, denkt sie nicht mehr daran. Klein-Matilda ist sauer und beschließt, auf eigene Faust vorzugehen. Es gelingt ihr, mindestens einen anderen Veggie anzumustern, den ich mir groß, stark, dumm und männlich vorstelle. Als sie – vielleicht durch Anwesenheit bei ebendemselben Vortrag – erfährt, daß Miss Flackleys Lieferwagen unerwarteterweise zur Verfügung steht, tritt sie in Aktion.«

»Wie zum Beispiel?«

»Sie wartet. Als sie Stott seine müden Schritte heimwärts richten und Miss Flackley den Parkplatz verlassen sieht, stürzt sie hervor, von wo auch immer sie gelauert hat, und bringt den Lieferwagen mit Winken zum Halten.«

»Das hätte der Verbündete tun müssen. Matilda ist zu klein, um im Dunkeln gesehen zu werden.«

»Ich gestehe dir den Verbündeten zu. Jedenfalls sagt man Miss Flackley mit vorgetäuschter Aufregung, drüben bei den Ställen sei ein Tier krank und ob sie auf der Stelle mitkommen könne? Sie kommt natürlich mit. Vermutlich fahren sie und der Anhalter zusammen. Als sie aus dem Wagen steigt, wird sie von hinten gepackt und mit ihrer eigenen Mohairstola geknebelt.«

»Na gut. Und dann?«

»Miss Gables hat ein zweites Gefährt an den Schweinekoben bereitstehen. Ihr Plan ist, Miss Flackley in Vehikel Nummer zwei zu schubsen und sie gefangen zu halten, während sie Belinda in den Lieferwagen laden und in ein Versteck bringen. Die Verbündeten treffen sich am Old Bareface. Miss Flackley wird in ihren eigenen Wagen zurückgesetzt, vielleicht locker gefesselt, wie du, an einer Stelle, wo sie nicht sofort Zeter und Mordio schreien kann, wenn sie sich befreit hat. Die Verschwörer flitzen zum College, und als Miss Flackley endlich ans Telefon gelangt, liegen sie in den Betten ihrer Studentenwohnheime.«

»Aber sie hätte gewußt, wer sie sind.«

»Nicht unbedingt. Sie hat keinen Kontakt mit der Studentenschaft gehabt außer mit denjenigen, die Gelegenheit hatten, die Ställe aufzusuchen, während sie dort arbeitete. Denk daran: Es war dunkel, und sie hatten sich ihre Kapuzen oder Schals oder was auch immer vors Gesicht gezogen. Zumindest hatten sie das vor, aber als Horde dummer junger Anfänger haben sie es vielleicht vermasselt. Folgern wir aus den auf dem Sitz gefundenen Sonnenblumenkernen, daß Matilda den Lieferwagen fährt. Der Verbündete lädt, nachdem er Miss Flackley mit gebundenen Händen oder wie auch immer im anderen Wagen eingeschlossen hat, die Sau ein, und fort ist Matilda mit Belinda. Kannst du mir soweit folgen?«

»Soweit kann ich dir folgen. Ach, Peter, es hört sich bei dir so schrecklich plausibel an.«

»Es wird noch schrecklicher, wenn dieser andere versucht, in den Wagen mit Miss Flackley zu steigen. Vielleicht hat sie es geschafft, die Hände freizubekommen, oder sie hat sich von dem bißchen Äther erholt, das sie ihr gegeben haben, oder – na, jedenfalls kämpfen sie. In Anbetracht ihres Berufes muß Miss Flackley erheblich stärker gewesen sein, als sie aussah. Ihr Gegner hat mehr zu tun, als er gedacht hatte. Vielleicht hat er dieses kleine scharfe Messer von ihr in der Hand. Er könnte es benutzt haben, um das Schwein ins Hinterteil zu pieksen, damit es in den Lieferwagen klettert. Ich kann mir nicht vorstellen, daß sich Belinda ohne gehörigen Nachdruck so anstrengen würde. Jedenfalls kriegt irgendwie irgend jemand das Messer zu fassen, und Miss Flackley wird die Kehle durchgeschnitten.«

»Du meinst, ein Unfall?«

»Oh, ja, das würde ich meinen. Vorsätzlicher Mord gehörte bestimmt nicht zu Matildas Plan. Doch Miss Flackley ist tot. Natürlich gerät der, der sie getötet hat, in Panik, stopft die Leiche in den Maischespender und macht weiter wie geplant, weil er nicht weiß, was er sonst tun soll. Als er zum Treffpunkt kommt, gesteht er Matilda, was geschehen ist, oder wahrscheinlicher gibt er vor, er hätte Miss Flackley hinten in den Lieferwagen gesperrt, und scheucht das Mädchen fort, bevor es Gelegenheit hat, herauszufinden, daß ihr Plan mißlungen ist.«

»Peter, du könntest recht haben. Als ihr Vater sie dann am nächsten Morgen zur Versammlung rief, schloß Birgit, daß Matilda trotz ihres Vetos ihren Plan verfolgt hatte, und wollte mit feurigem Blick herbeistürmen, um die Veggies zu entlasten. Als sie von Miss Flackleys gräßlichem Tod vernahm und ihr klar wurde, daß sie ihn vielleicht hätte verhindern können, wenn sie sich ihrer kleinen Bande ernsthafter Denker nicht so verdammt sicher gewesen wäre, geriet sie in Panik. Ich möchte wissen, ob Thorkjeld Birgit von dem Mord erzählt oder ob er bloß gesagt hat: ›Komm das Schwein suchen.‹ Er wird sich nicht erinnern, und sie wird es dir nicht sagen. Es sei denn, ihre Mutter hat zufällig zugehört. Du könntest Sieglinde fragen.«

»Später vielleicht. Was macht es für einen Unterschied? Ich könnte hier sitzen und Theorien entwickeln, bis euch die Ohren abfallen, und keine davon würde auch nur einen Pfifferling gelten, bis ich handfeste Beweise liefern könnte. Reich mir mal bitte die Preiselbeersauce.«

»Ach, Helen«, sagte Iduna, »warst du mit mir bei dem Gemeindeessen, als Reverend Spottswold Mrs. Olsen die Preiselbeersauce reichte, als sie gerade einen Niesanfall bekam und ihre falschen Zähne rausfielen und ein großes Stück aus dieser smaragdgrünen Hahnenfederboa bissen, mit der Mrs. Pleyer sich schick gemacht hatte?«

Der Themenwechsel war ein reiner Segen. Entweder weil sie fühlte, daß ihr Mann Angst und Bangen satt hatte, oder weil sie selbst nichts mehr verkraften konnte, fing Helen an, mit durchschlagendem Heiterkeitserfolg die Einzelheiten zu ergänzen. Binnen kurzem wanden sich alle drei vor Lachen. Als sie sich genug beruhigt hatten, um an den Nachtisch zu denken, schaute Timothy Ames herein, um, wie er erklärte, dem Chlorgestank eine Weile zu entrinnen. Sie spielten Cribbage zu viert, mästeten sich mit Schokoladencremetorte und verbrachten einen im großen und ganzen vergnüglicheren Abend als erwartet.

Am nächsten Morgen aber war die Beerdigung. Während Iduna noch ihren Hut zurechtrückte und Helen nach ihren besten schwarzen Ziegenlederhandschuhen forschte, begannen Lehrkräfte und Vertreter der Studentenschaft gesetzten Schritts auf dem Weg zur Baptistenkirche den Crescent hinabzumarschieren.

Der Fachbereich Haustierhaltung war in voller Besetzung erschienen. Jim Feldster als Dienstältester hielt es offenbar für seine Pflicht, bei der Angelegenheit eine Führungsrolle zu übernehmen. Trotz der gehässigen Bemerkungen, die Mirelle seit dem Mord ständig über Miss Flackley gemacht hatte, trottete sie direkt neben ihm her und, wie Iduna es so treffend ausdrückte, trug so dick auf, wie sie nur konnte.

Lorene McSpee, die nie die Gelegenheit gehabt haben konnte, Miss Flackley kennenzulernen, aber nicht vorhatte, die Angelegenheit zu verpassen, schloß sich der Prozession an, indem sie Professor Ames vor sich hertrieb. Tim sah entsetzlich respektabel aus in seinem blendendweißen Hemd und Hosen mit scharfer Bügelfalte, wenn er sich auch an seine abgeschabte alte Jacke klammerte wie ein Kind an seine Schmusedecke. Shandy, der sich am Fenster herumdrückte und sich fragte, wieso zwei erwachsene Frauen so lange brauchen konnten, um ihre Mäntel anzuziehen, war erleichtert, als er John und Mary Enderble, beide die Freundlichkeit in Person, herauskommen und eine schützende Leibwache um Tim bilden sah. John schien seine Maus nicht dabeizuhaben. Hatten sie einen Mäusesitter engagiert, oder mußte die Maus nicht mehr so häufig gefüttert werden? Wahrscheinlich letzteres, frühreif, wie Mäuse so sind.

Nun rückten die Svensons ins Blickfeld. Sieglinde sah unbeschreiblich schön und edel und ein wenig traurig aus, wie es der Gelegenheit wohl anstand. Sie hatte ihren vertrauten blauen Tweedmantel an, aber eine neue flachsfarbene Baskenmütze auf, da Thorkjeld festgestellt hatte, er könne den Anblick ihrer alten blauen nicht mehr ertragen, und sie mit einem wilden Schrei, nämlich »Arrgh!«, in Stücke gerissen hatte – aus Gründen, die aus seiner unermeßlichen Bewunderung für sie entsprangen, wie sie wohl verstand.

Birgit und ihre zwei jüngeren Schwestern begleiteten die Eltern. Shandy konnte nicht viel von Birgits Gesicht erkennen, weil sie ihren Mantelkragen hochgeschlagen hatte, einen Filzhut mit in die Stirn gezogener Krempe und eine Sonnenbrille trug. Sie sah wie eine junge Greta Garbo aus und war genauso umgänglich und leutselig, wie der schwedische Star es unter ähnlichen Umständen gewesen wäre.

Gerade als Helen und Iduna endlich verkündeten, sie seien bereit, sich unter die Menge zu mischen, ging Professor Stott mit schwerfälligem Schritt vorbei. Er war äußerst korrekt mit einem dunkelgrauen Mantel und einem dunkelbraunen Anzug bekleidet. Sein fröhliches grünes Filzhütchen war – passend zum Anzug – durch einen nüchternen Homburg ersetzt. Hätte sein Kopf Haare getragen, wäre jede einzelne Strähne an ihrem Platz gewesen. Trotzdem schaffte er es, insgesamt einen aufgelösten Eindruck zu machen. Als sie zu ihm aufgeschlossen hatten, schien er kaum zu bemerken, daß er Gesellschaft hatte, bis Iduna sich die Bemerkung gestattete, daß Miss Flackley sich über solch einen Abschied gefreut hätte.

Seine Miene schien sich ein bißchen zu erhellen. »Möglicherweise wäre das Begräbnis tatsächlich eine Quelle der Genugtuung für sie gewesen. Das steht zu hoffen. Wie der Dichter sagt: ›Immer wenn du denkst, es geht nicht mehr, kommt von irgendwo ein Lichtlein her.‹ Was mich anbelangt, muß ich gestehen, daß ich keinen Lichtstreifen am Horizont sehen kann. Bitte verzeihen Sie dieses unmännliche Bedürfnis, besagte Last des Kummers zu teilen.«

»Wozu sind denn Freunde da?« meinte Iduna. »Ich jedenfalls schätze, daß meine Schultern breit genug sind, um noch den ein oder anderen Kummer dazu zu tragen.«

»Miss Bjorklund, Sie sind ein Bollwerk an Stärke. Sie geben mir den Mut, Sie den Stern zu nennen, der die dunkle Nacht meiner Leiden erhellt. Daß Sie die Güte haben, das Wort ›Freund‹ zu benutzen, ist allerdings eine Wohltat, die ich selbst zu diesem Zeitpunkt unverdient finde. Miss Flackley hat ihr Leben beim vergeblichen Bemühen, Belinda zu retten, geopfert, während ich – ich habe mich bemüht, Miss Bjorklund, wirklich bemüht mit jeder Faser meines Körpers, aber –«

Er schluckte und mußte eine Pause machen, um die Fassung wiederzuerlangen. »In diesem Moment fühle ich mich so völlig als Versager, daß Ihre Freundlichkeit bitter für mich ist. Ich fühle mich entwürdigt, unwürdig.«

»Na, na«, sagte Iduna und legte ihm eine Hand auf den Arm, »Sie werden Belinda nicht helfen, indem Sie sich derart gehen lassen. Sie müssen es einfach machen wie Kolumbus – immer weiter segeln und weiter und weiter. Wir mußten das Stück in der Schule lernen, als ich zehn war. Sie ließen es mich in der Aula vortragen. Ach Gottchen, hatte ich Angst!«

Stotts Rückgrat richtete sich auf. Seine Schultern strafften sich. Seine majestätisch schweinernen Züge legten sich in resolutere Falten.

»Ihre Weisheit ist so groß wie Ihr Herz, Miss Bjorklund. Weiter segeln und weiter und weiter. Wirklich, das muß unser Motto sein, bis diese traurige Missetat aufgeklärt ist.«

Shandy persönlich hielt nicht viel von diesem Motto, da das nächste Gewässer der außer von Spielzeugbötchen unschiffbare Cat Creek war. In der Regel hatte er ein ausgezeichnetes Gedächtnis für Verse und war sicher, daß er einen besseren ausgraben könne. Aber die einzige Zeile, die ihm einfiel, war aus der *Cremation of Sam McGee*.

»Dann kehrte ich um, denn mir fehlte der Mumm, ihn so verbrutzeln zu hören«, traf kaum den Ton, den er gesucht hatte. Weise beschloß er, Stott Iduna zu überlassen, und konzentrierte sich darauf, seine Frau sicher in die Kirche zu lotsen.

Das war gar nicht so einfach. Harry Goulson hatte offensichtlich seinen Schwur gehalten, Martha Flackley Ehre zu erweisen. Die alte Leichenkutsche wartete an der Seitentür, poliert und fahrbereit wie versprochen. Loki und Tyr standen im Doppelgeschirr, Loki mit diesem traurigen, nachdenklichen Ausdruck, der dem Anlaß so gut anstand, Tyr ruhig im Stehen schlafend. Die beiden waren gestriegelt wie für einen Schönheitswettbewerb, trugen schwarze Lederbuckel statt des üblichen Messings am Zaumzeug, und ihre Köpfe zierten leicht vermottete, aber immer noch eindrucksvolle Büsche aus schwarzen Straußenfedern. Sie sahen prächtig aus. Während Shandy darauf wartete, bis er an der Reihe war, ins Allerheiligste einzutreten, fing er manch neidischen Blick auf das Gespann auf, und es wunderte ihn nicht.

Vor 190 Jahren hätten diese Besitzer von reinrassigen Belgiern, Clydesdales und Percherons vielleicht über »Buggins' Bastarde« gespottet. Die frühesten Kreuzungsversuche von Balaclava Buggins und seinen 23 Studenten hatten ein paar seltsam aussehende Exemplare hervorgebracht, aber jetzt konnte ein einziges Balaclava-Black-Fohlen eine Summe erzielen, die ein Shire-Roß aussehen ließ wie ein Shetlandpony.

Wie die Stammbäume der Balaclava Blacks nun genau aussahen, wußten nur die Ranghöchsten der College-Hierarchie, und die waren durch einen feierlichen Eid zu äußerster Geheimhaltung verpflichtet. Die Flackleys hätten es gewußt. Von der ersten Stunde an hatten die Flackleys diese mächtigen Rosse, die die Größe und Zähigkeit von schweren Zugpferden mit dem Temperament von Trabern in sich vereinten, beschlagen und medizinisch versorgt. Kein einziger Pferdekenner war da, der nicht seinen Augapfel gegeben hätte, um Loki oder Tyr zu besitzen, und Shandy wußte es.

Es mußten so ungefähr alle Kunden von Miss Flackley hier anwesend sein. Viele kannte er von früheren Wettkämpfen: kleine, hagere Männer mit zerfurchten Gesichtern und geraden, dünnen Lippen, hübsche Frauen mit geraden Rücken, kräftigen Armen und wettergegerbtem Teint, Männer mit feistem Gesicht und enormen Bäuchen, Leute der unterschiedlichsten Art, alt, jung oder im besten Alter. Da waren weibliche Teenager, die nicht versuchten, ihre Tränen zu verbergen, junge Männer mit silbernen Gürtelschnallen in Form von galoppierenden Mustangs, die zu tun versuchten, als wären sie nicht betroffen, daß jemand, auf dessen regelmäßiges Erscheinen sie ebenso vertraut hatten wie auf Abend und Morgen, nie mehr kommen und nie wieder ihre geliebten Pferde beschlagen würde.

Frank Flackley nahm eine erdrückende Verantwortung auf sich. Shandy begann voller Zweifel darüber nachzudenken, ob der Mann ihr gewachsen sei. Auf jeden Fall richtete sich Marthas Neffe heute nach allen Einzelheiten der Etikette, wie es sich Harry Goulson nur wünschen konnte. Er trug einen anständigen blauen Anzug und war unten bei Mac dem Friseur gewesen. Sein Haar war kürzer, der Bart ordentlich geschnitten. Er sah einsam, verlassen und attraktiv genug aus, um neuerliche Weinkrämpfe bei den dafür anfälligeren Frauen in der Trauergemeinde hervorzurufen.

Shandy wagte einen Seitenblick, um festzustellen, ob auch Iduna weinte, aber das tat sie nicht. Sie saß neben Professor Stott und sah geziemend ernst, aber gefaßt drein. Tatsächlich sah sie Sieglinde Svenson erstaunlich ähnlich, wenn sie auch schicker gekleidet war. In der Mode war South Dakota bestimmt um einiges weiter als Massachusetts oder zumindest Balaclava County.

Der Pfarrer kannte Martha Flackley noch aus der Sonntagsschule. Er sprach darüber, was für ein Mädchen sie gewesen war, wie sie Beeren gepflückt hatte, um das Schulgeld zu verdienen, wie sie ihre Jahre als Lehrerin genossen hatte und wie sie tapfer und ohne zu klagen die Tradition der Flackleys aufrechterhalten hatte, nachdem ihre Brüder gefallen und ihr Vater gestorben war.

Er sagte so manches, was Leute, die glaubten, Martha Flackley seit 30 Jahren und mehr zu kennen, nun zum ersten Mal im Leben vernahmen. Es mußte noch einige außer Peter Shandy geben, die es nun bedauerten, daß sie sich nie die Mühe gemacht hatten, sie besser kennenzulernen. Als der Pfarrer seine Lobrede beendet hatte, standen Harry Goulson und sein Sohn, beide gute Sänger, auf und sangen in vertrauter Harmonie »Beautiful Island of Somewhere.« Da begann das Schluchzen erst richtig.

Der Friedhof lag keine Meile vor dem Ort. Nachdem sechs von Martha Flackleys ältesten Bekannten – Nachbarn, Klassenkameraden und ein Bursche, der einst ihr bester Schüler gewesen war, als sie draußen in den Forks die sechste Klasse unterrichtet hatte – den Sarg zum Leichenwagen hinausgetragen hatten, begannen Loki und Tyr ihren feierlichen Marsch die Hauptstraße hinauf. Harry Goulson führte die Zügel. Neben ihm auf dem Bock saß sein Sohn, denn er wollte, daß der Junge sich an diesen Tag erinnern würde.

Viele folgten dem Wagen zu Fuß. Diejenigen, die ihre Wagen von weiter entfernten Ortschaften wie Seven Forks oder Hoddersville mitgebracht hatten, boten jedem, der wollte, an mitzufahren. Sogar diese hochtrabende Meute aus Lumpkin Corners legte, wie Mrs. Lomax später zu ihrer Katze bemerkte, eine Spur menschlichen Anstand an den Tag, den sie nie von ihnen erwartet hätte.

Shandy schaffte es, dicht bei den Svensons zu bleiben, um soviel wie möglich von Birgits Miene zu sehen. Sie schien weder mehr noch weniger betroffen von der Feierlichkeit als ihre Freunde, und das verwirrte ihn beträchtlich. Endlich konnte er seine eigene Verwunderung nicht länger zurückhalten.

»Helen«, murmelte er zu seiner Frau, »wenn du nicht wüßtest, daß das Mädchen, seit Miss Flackleys Leiche gefunden wurde, eine Krise durchmacht, was würdest du von ihr denken?«

»Ich würde denken, sie hat sich mit ihrem Freund gestritten«, erwiderte sie sofort. »Ich habe mich auch schon gewundert, Peter. Man würde erwarten, daß sie sich gleichmütiger benimmt, um zu zeigen, daß sie nichts mit Miss Flackleys Tod zu tun hat, oder aufgeregter, weil doch. Es hätte sogar durchaus zu ihrem bisherigen Verhalten gepaßt, wenn sie auf ihrem Zimmer geblieben wäre und geschmollt hätte. Matilda Gables ist nicht da. Zumindest sehe ich sie nirgendwo.«

Natürlich hatte Matildas Abwesenheit nicht unbedingt etwas zu bedeuten. Die meisten Studenten hier waren höhere Semester von der Haustierhaltung. Die anderen hatten die Gelegenheit genutzt, um nach den anstrengenden letzten zwei Tagen auszuschlafen. Niemand hatte erwartet, daß die gesamte Studentenschaft erscheinen würde; die Kirche war sowieso zu klein.

Hjalmar Olafssen war zu sehen, machte aber keinen Versuch, sich den Svensons zu nähern. Er ging mit einer Gruppe Kommilitonen, die alle einen ernsten Eindruck machten. Vielleicht waren sie wegen Miss Flackley bekümmert. Oder vielleicht machten sie sich Sorgen, wie sehr die Chancen von Balaclava bei dem Wettstreit durch den Wegfall von Miss Flackleys Fertigkeiten beeinträchtigt würden. Sie hatte das ganze Team letzte Woche beschlagen, damit die Pferde sich an ihr neues Schuhwerk gewöhnt hatten, wenn der große Tag kam, aber was war, wenn eines in letzter Minute ein Eisen verlor?

Es versetzte Shandy einen Schock, als ihm klar wurde, daß es nur noch drei Tage bis zum Wettstreit waren. Normalerweise hätten Hjalmar und seine Gesellen jetzt gerade wie verrückt draußen trainiert. Sie waren alle im letzten Semester, und dies war ihre letzte Möglichkeit, in den Annalen ihrer Alma Mater Unsterblichkeit zu erlangen. Kein Wunder, daß sie niedergeschlagen waren.

Vielleicht tat er den Letztkläßlern Unrecht. Es war durchaus möglich, daß sie nicht an den Moment des Ruhms dachten, der ihnen versagt bleiben könnte, sondern an Kurschmied Flackley in ihren adretten Cordhosen und hellen Gärtnerhandschuhen: flink, heiter, kompetent, eine sonderbare kleine Gestalt mit einem riesigen Hufeisen in der Hand und seinem hinter ihr an die Boxentür genagelten Gegenstück.

Diese Hufeisen. Warum waren sie mysteriöserweise unmittelbar, bevor ihr diese grausige Sache zugestoßen war, mit der falschen Seite nach oben gedreht worden? Er erinnerte sich daran, daß er mit Helen darüber gewitzelt hatte, aber tief im Innersten hatte er es überhaupt nicht komisch gefunden. Und manch wahres Wort wurde im Scherz gesprochen.

Und wenn das Hufeisen-Umdrehen und Belindas Entführung nun tatsächlich der finstere Plan eines Erzrivalen gewesen wären, das Balaclava College in Aufruhr zu versetzen und sein Team aus der Bahn zu werfen? War die Idee wirklich verrückter als die über die Veggies? War sie nicht möglicherweise erheblich vernünftiger?

Theoretisch wurde der alljährliche Wettstreit nach reinen und hehren Amateurprinzipien durchgeführt, und Bänder und Trophäen waren die einzigen Preise. Im großen und ganzen war dem auch so, sonst hätte das College nicht teilgenommen. Es kam allerdings vor, daß auf den Sieger gewettet wurde, und die Summen, die gesetzt wurden, konnten größer sein, als jeder außer den Wettenden wußte. Shandy hatte nie von einem Versuch gehört, einen Favoriten lahmzulegen, aber das hieß nicht, daß das unmöglich war.

Aber kein noch so bösartiger Rivale hätte Kurschmied Flackley umgebracht! Jede andere Mannschaft brauchte sie ebensosehr wie die von Balaclava.

Der Theorie zufolge, die er gestern abend bei Tisch vor Helen und Iduna geäußert hatte, sollte Miss Flackley nicht umgebracht werden. Wenn die eine Horde Anfänger einen Mißgriff tun konnte, warum nicht auch die andere?

Verflixt, er wollte nicht noch mehr Theorien. Alles, was er wollte, waren ein paar einfache, simple, unwiderlegbare Fakten.

Mittlerweile waren sie fast am Friedhof. Er sah, wie der Leichenwagen durch die rostigen Eisentore fuhr und Flackley in dem geliehenen Lieferwagen vom College gleich dahinter folgte. Goulson hatte gewollt, daß Flackley in der Limousine des Bestattungsunternehmens mitfuhr, aber der Kurschmied hatte sich entschieden, selbst zu fahren. Er hatte die Polizei gebeten, den Familienwagen für die Trauerfeierlichkeiten freizugeben, und angeboten, ihn sofort danach wieder zurückzubringen, aber sie hatten sich hartherzig geweigert.

Jedenfalls hatte er sich darüber bei Iduna beklagt, als er vorbeigekommen war, um sie zu bitten, mit ihm zu fahren – unter dem fadenscheinigen und unglaubwürdigen Vorwand, daß sie als einzige andere Fremde in der Stadt, die auch aus dem Westen stammte, seine passendste Gefährtin wäre. Iduna hatte durchaus zutreffend erwidert, das würde nicht korrekt aussehen und außerdem sei sie noch nicht fertig, so daß er allein fahren mußte.

Nach dem Gottesdienst hatte Flackley es vor der Kirche noch einmal probiert. Das war ein schwerer taktischer Fehler gewesen. Iduna war zu bemüht um Professor Stotts gramgebeugtes Haupt, um mehr zu tun, als den Kopf zu schütteln, während Lorene McSpee, die zufällig gleich hinter ihr stand, vorgeprescht war und beglückt gerufen hatte: »Na, wenn sie nicht will, will ich. Meine Füße tun zum Umfallen weh. Kommen Sie, Professor.«

Dann war sie ins Fahrerhaus geklettert und hatte den armen alten Timothy Ames wie einen Hampelmann hinter sich hergezerrt. Shandy fühlte eine – wenn auch nur schwache – Befriedigung, daß die Nüstern des dreisten Flackley nun durch Putzmittelschwaden attackiert wurden. Es gefiel ihm nicht, wie der gutaussehende Fremdling um Iduna herumscharwenzelte und versuchte, sie Tim, der so dringend vor jenem weiblichen Drachen gerettet werden mußte, abspenstig zu machen.

Jetzt versammelte man sich um das Familiengrab der Flackleys. Jetzt hoben sie den Sarg von dem Leichenwagen. Jetzt schleppten die Sargträger ihn zu dem frisch ausgehobenen Loch. Jetzt trugen Goulson und sein Sohn die vielen Sträuße und Kränze heran. Jetzt öffnete der Pfarrer seine abgewetzte Bibel. Jetzt sprach er die Worte, die über Martha Flackleys Vater und allen Flackleys vor ihm gesprochen worden waren. Jetzt traten Vater und Sohn Goulson vor, um ihren letzten Tribut zu entrichten.

»Alles Schöne, alles Wahre, alles Gute, alles Klare«, sangen sie in inbrünstiger, vollkommener Harmonie, »Alle Tiere groß und klein.«

»Alle Tiere groß und klein« konnte für Professor Stott nur *ein* großes Tier und seine ungeborene Nachkommenschaft bedeuten. Nun verlor er die Fassung, die zu bewahren er sich so mannhaft bemüht hatte. Er fischte in seiner Manteltasche nach einem sauberen Taschentuch. Als er es hervorzog, fielen leise prasselnd ein paar wenige kleine, dunkle, ovale Dingerchen zu Boden. Shandy wußte, ohne hinzuschauen, daß es Sonnenblumenkerne waren.

Wie aus dem Nichts tauchte Lieutenant Corbin auf und legte dem Fachbereichsdekan eine Hand auf die Schulter.

»Professor Stott«, sagte er ruhig, »würde es Ihnen was ausmachen, mal eben mit rüber zum Streifenwagen zu kommen? Ich hätte was unter vier Augen mit Ihnen zu besprechen.«

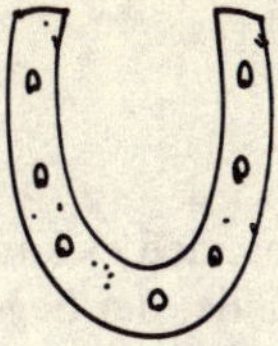

Kapitel 16

So geschickt geschah das, daß es kaum jemand bemerkte. Der Gottesdienst war zu Ende, der Segen gesprochen, die Menge begann zu verschwinden. Die Tatsache, daß Stott bereits verschwunden war, entging Thorkjeld Svenson nicht. Ihm entging überhaupt nur wenig. Als seine Frau bei Helen stehenblieb, um mit ihr zu plaudern, schob er sich an Shandys Seite.

»Was sollte das Ganze?«

Shandy blickte sich um, um sich zu vergewissern, daß keiner versuchte zu lauschen, dann sagte er ruhig: »Ich glaube, Stott wird gerade oder ist schon wegen des Mordes an Miss Flackley verhaftet. Um Gottes willen, brüllen Sie nicht.«

»War er es?«

»Nein.«

»Wer dann?«

»Ich weiß es nicht. Bald werde ich es wissen.«

»Und zwar verdammt bald«, knurrte Svenson. »Rausgefunden, was mit Birgit los ist?«

»Redet immer noch nicht, was?«

»Keinen Piepser außer ›Nein danke, ich habe keinen Hunger‹ und ›Bitte laß mich in Ruhe.‹ Ich sage ihr dauernd, daß sie sich zum Narren macht.«

»Das sollte doch jedes Tochterherz erweichen«, meinte Shandy. »Ich habe allerdings das Gefühl, daß sie sich nicht erweichen läßt. Würde es Ihnen was ausmachen, meine Frau und ihren Gast nach Hause zu begleiten? Wenn es Ihnen gelingen sollte, ein Wort einzuschieben, erklären Sie ihnen bitte, daß ich dringend woanders zu tun hatte.«

Er ließ sich von irgend jemandem mit zurück zum College nehmen und eilte auf dem kürzesten Weg zum Mädchenwohnheim. Zum Glück für ihn hielt Balaclava an dem alten System der Hausmütter fest, die ihre Schützlinge im Auge hatten. Binnen zehn Minuten konnte er der verängstigten Matilda Gables ins Auge blicken.

»Ich dachte, es interessiert Sie vielleicht, Miss Gables«, begann er ohne Vorrede, »daß man Professor Stott wegen des Mordes an Miss Flackley verhaftet hat.«

»Aber – aber wieso?«

»Wegen der Sonnenblumenkerne, die Sie am Freitagabend verstreut haben, als Sie in dem Lieferwagen saßen und Ihren schlauen kleinen Streich gegen Birgit Svenson ausheckten.«

»Ich habe nichts ausgeheckt«, rief Matilda. »Jedenfalls – jedenfalls da noch nicht.«

»Verstehe. ›Nur die Luft geküßt, die dich vor kurzem küßte‹, was?«

»E-etwas in der Art.«

»Vielleicht gehen wir alles besser nochmal durch. Korrigieren Sie mich, wenn ich von den Tatsachen abweiche. Sie waren bei diesem langweiligen Vortrag im Kunstgewerbe-Hörsaal. Sie haben sich rausgeschlichen, wahrscheinlich kurz nach Olafssen und Miss Svenson. Möglicherweise hatten Sie vor, ihnen nachzuspionieren, möglicherweise auch nicht.«

»Hatte ich nicht! Hatte ich ehrlich nicht! Es war nur so, daß der Saal so miefig und der Redner so langweilig war, und all die Mädchen um mich herum hielten Händchen mit den Jungens daneben, und ich – ich saß neben keinem.«

»Verstehe. Sie sind also rausgegangen, und da fällt Ihr schweifender Blick auf niemand anderen als den Burschen, den Sie von ferne verehren, wie er sein Temperament an der Präsidententochter in Miss Flackleys Lieferwagen ausprobiert.«

Miss Gables nickte kläglich.

»Was haben Sie dann gemacht?«

»Ich – ich bin ein bißchen weitergegangen und habe mich auf eine Bank gesetzt. Ich habe nicht spioniert. Ich fühlte mich einfach miserabel.«

»Ja, das will ich wohl glauben. Na, Sie waren nicht die erste und werden nicht die letzte sein, falls das ein Trost ist, was es vermutlich aber nicht ist. Dann haben die beiden Turteltäubchen das Nest verlassen, und Sie sind rübergegangen und haben sich in den Lieferwagen gesetzt, stimmt's? Und sich was vorgestellt.«

»Ja, ich hab' mir was vorgestellt. Es hört sich so absolut albern an, wie Sie es sagen.«

»Ach, kommen Sie, Miss Gables. *Per se* ist nichts Schlimmes daran, sich Dinge einzubilden. Wenn man keine Träume hat, kann man in der Realität nie etwas vollbringen. Die einzige Komplikation entsteht, wenn wir, eh, den unmöglichen Traum träumen. Sie haben es irgendwie geschafft, sich einzureden, daß Olafssen, wenn er nicht so völlig, eh, von Birgit Svenson gefesselt wäre, seine Aufmerksamkeit Ihnen zuwenden könnte. Der gesunde Menschenverstand hätte Ihnen sagen müssen, daß so etwas nie passieren wird.«

»Aber im Lesesaal lächelt er mir zu.«

»Im Lesesaal lächelt er auch meiner Frau zu. Einer von Olafssens Vorzügen, von denen er, wie ich Ihnen zugestehe, viele hat, ist sein von Natur aus sonniges Gemüt. Er lächelt Ihnen nicht zu, weil Sie Matilda Gables sind, sondern weil Sie da sind, um angelächelt zu werden. Darin unterscheidet er sich von Sergeant Lubbock, der Ihnen aus, eh, eindeutigen und bestimmten Gründen zugelächelt hat.«

»Aus was für Gründen?« fragte Matilda mürrisch.

»Da mir die Information im Vertrauen mitgeteilt wurde, fühle ich mich nicht berechtigt, sie zu wiederholen. Ich vermute aber, daß er bereit wäre, es Ihnen selbst zu sagen, wenn er Gelegenheit dazu hat. Um auf dringlichere Themen zurückzukommen: Wie lange sind Sie in Miss Flackleys Wagen geblieben?«

»Nicht sehr lange, würde ich meinen. Ich sah die Lichter im Hörsaal angehen und wußte, daß die Leute bald rauskämen, also habe ich mich verdrückt. Ich – ich wollte nicht, daß jemand mich da alleine sitzen sieht. Sie halten mich schon für verrückt genug.«

»Hatten Sie Sonnenblumenkerne dabei, als Sie in den Lieferwagen stiegen?«

»Ich glaube schon. Das habe ich meistens. Sie sind reich an natürlichen Ölen und Vitaminen und so Zeug.«

»Ich habe bemerkt, daß keine Schale aufgeknackt war, so daß ich annehme, Sie haben sie nicht geknabbert.«

»Nein, ich glaube kaum. Ehrlich gesagt mache ich mir nicht viel draus. Ich bilde mir bloß ein, ich müßte.«

»So ähnlich denken Sie auch über dieses College, nicht wahr?«

Miss Gables seufzte. »Da ich sowieso rausgeschmissen werde, kann ich genausogut ja sagen.«

»Welcher Teufel hat Sie denn geritten, überhaupt erst hierher zu kommen?«

»Ich fühlte das Bedürfnis, einen Beitrag zum Leben zu leisten«, erwiderte sie steif.

Shandy nickte. »Verstehe. Und Sie dachten, diese Art Beitrag wäre die einzige, die zählt.«

»Na ja, ich wußte, daß ich Medizin und Sozialarbeit nicht mag, und wie viele Alternativen gibt es da noch?«

»Wie viele Arten von Arbeit gibt es?« fragte er barsch zurück. »Was läßt Sie glauben, daß ein Beruf wichtiger wäre als ein anderer? Wenn man etwas tut, wobei man sich schlecht fühlt, so ist man anfällig dafür, selbst gemein zu werden und zu versuchen, daß auch jemand anderes sich schlecht fühlt. Das ist doch Freitagabend passiert, oder? Sie haben sich darüber aufgeregt, daß für Birgit alles richtig läuft und für Sie alles falsch, und beschlossen, ihr Olafssen wegzunehmen, um den Punktestand auszugleichen. Deswegen haben Sie eine anonyme Nachricht geschrieben und sie ihr am nächsten Morgen auf dem Weg zur Vollversammlung in die Tasche gesteckt.«

Die junge Studentin sah verängstigt auf. »Woher wußten Sie das?«

»Ich wußte es nicht, ich habe es erraten. Warum sonst wäre sie hocherhobenen Hauptes runtergekommen und auf dem Bauch zurückgekrochen und seither auf ihrem Zimmer geblieben, um nur noch zu weinen? Holen Sie Ihren Mantel.«

Miss Gables wurde so weiß wie ein von Lorene McSpee gewaschenes Hemd. »Ich kann nicht.«

Shandy betrachtete sie. Nein, entschied er, sie konnte wirklich nicht. Das Kind hatte sich selbst ebenso gestraft wie Birgit, und sie stand kurz vor dem Zusammenbruch.

»Na gut«, sagte er, »ich tue es für Sie und versuche, Ihren Namen da raus zu halten – unter einer Bedingung.«

»Welche?«

»Sie versuchen, Sergeant Lubbock zu erreichen, und erklären ihm, wie diese Sonnenblumenkerne in Miss Flackleys Lieferwagen gekommen sind. Er wird Ihnen glauben, weil Sie gestern ein ebensolches Häufchen in seinem Streifenwagen hinterlassen haben.

Wahrscheinlich hat er letzte Nacht damit unter dem Kopfkissen geschlafen, wenn Ihnen das ein Trost ist. Sie müssen nichts von Olafssen oder Miss Svenson erwähnen, nur daß Sie sich aus einem langweiligen Vortrag davongemacht und sich in den Lieferwagen gesetzt haben, weil er so praktisch dastand, daß Sie Sonnenblumenkerne in der Tasche hatten und sie zweifellos verstreut haben, weil Sie das immer tun. Sagen Sie, daß Sie gerade gehört haben, daß Professor Stott verhaftet worden ist, weil ihm zufällig heute bei Miss Flackleys Beerdigung Sonnenblumenkerne aus der Tasche gefallen sind, und Sie überzeugt sind, daß es sich entweder um Zufall oder einen faulen Trick handelt. Meinen Sie, das können Sie schaffen?«

»Oh ja! Wie kann ich Sergeant Lubbock erreichen?«

»Rufen Sie die Staatspolizei an. Sagen Sie ihnen, wer Sie sind, daß Sie eine Aussage zu machen haben, die sich im Mordfall Flackley als wichtig erweisen kann, und daß Sie Lubbock wollen, weil Sie gestern mit ihm zusammen waren und er besser als jeder andere verstehen wird, was Sie zu sagen haben. Man wird mit ihm Kontakt aufnehmen, und Sie rühren sich nicht vom Telefon weg, bis er zurückgerufen hat. Kapiert?«

»Ja, Professor Shandy. Ich erledige das auf der Stelle.«

»Gut. Wenn Sie Lubbock Ihre Geschichte erzählt haben, schlage ich vor, Sie fragen ihn, ob er etwas Zeit für ein Gespräch über Ihre persönlichen, eh, Ziele und Absichten erübrigen kann. Er hatte ein, eh, ähnliches Problem, hat er mir erzählt, so daß ich glaube, Sie werden die Unterhaltung, eh, produktiv finden. Lubbock hat übrigens in Dartmouth die Aufnahme ins Phi Beta Kappa geschafft, bevor er die Polizeiakademie besucht hat.«

»Oh.«

Jetzt hatten Miss Gables' Wangen wieder ein bißchen Farbe bekommen.

»Professor, warum sind Sie so viel freundlicher zu mir, als ich es verdiene?«

»Sagen wir, ich möchte, daß Sie eine nette Erinnerung an Balaclava behalten. Jetzt aber los, junge Frau. Sie haben gesagt, Sie wollten etwas Nützliches mit Ihrem Leben tun, und Sie werden nie eine bessere Gelegenheit haben.«

Matilda flog davon wie ein aufgescheuchtes Huhn, so daß ihr Haar waagerecht hinter ihr herflatterte. Shandy sah im Dienstbuch der Hausmutter nach, vergewisserte sich, daß Matilda tatsächlich kurz nach dem mutmaßlichen Ende des Vortrags in ihr Wohnheim zurückgekommen war, und machte sich von dort aus nach Walhalla auf. Wieder öffnete ihm Sieglinde die Tür.

»Wo ist Birgit?« fragte er.

»Oben in ihrem Zimmer.«
»Wo geht's lang?«
»Kommen Sie.«
Sie führte ihn die schöne alte Treppe hinauf, einen langen Flur entlang und klopfte an die einzige geschlossene Schlafzimmertür.
»Bitte geh weg«, sagte eine erstickte Stimme.
»Birgit«, sagte ihre Mutter, »Professor Shandy ist gekommen, um mir dir zu sprechen. Du wirst einem Gast gegenüber nicht unhöflich sein.«
Die Tür blieb zu. Mrs. Svenson klopfte gebieterisch.
»Birgit!«
Shandy räusperte sich. »Eh, Sieglinde, warum gehen Sie nicht runter und lassen Sie mich es versuchen?«
Als weise Frau gehorchte sie. Shandy klappte die dünnste Klinge seines Taschenmessers aus, fummelte geschickt ein wenig in dem großen eisernen Schloß herum und trat ein.
»Birgit«, sagte er zu dem Häufchen auf dem Bett, »ich bin gekommen, um Ihnen zu sagen, daß Sie eine alberne Närrin sind. Ich schäme mich, daß eine meiner Studentinnen aufgrund gefälschter Beweismittel zu falschen Schlußfolgerungen kommt.«
Das wirkte. Mit funkelnden Augen schoß Birgit empor.
»Wie können Sie es wagen, in meinem eigenen Zimmer so mit mir zu reden!«
»Wo soll ich denn sonst mit Ihnen reden, wenn Sie nicht rauskommen wollen?« fragte Shandy berechtigterweise. »Wo ist der Zettel?«
»Was für ein Zettel?«
»Verstellen ist nicht gerade Ihre Stärke, junge Frau. Her damit.«
»Ich habe ihn verbrannt«, murmelte sie.
»Dann haben Sie noch was Dummes getan und sollten sich noch mehr schämen. Egal. Ich kann mir ungefähr denken, was darin stand. Etwas in der Art, daß Sie zwar wüßten, was Olafssen während der Vorlesung mit Ihnen im Wagen von Kurschmied Flackley getrieben hätte, aber nie erraten würden, was er mit wem danach getrieben hätte, und es hätte keinen Sinn, ihn zu fragen, weil er es Ihnen nicht sagen würde. Stimmt's?«
Birgit erwiderte nichts.
»Antworten Sie!« fuhr er sie an.
Sie nickte widerwillig.

»Mehr oder weniger.«

»Und weil der Zettel während der Vollversammlung in Ihrer Tasche auftauchte, nahmen Sie an, er bezöge sich darauf, daß Ihr junger Mann daran mitgewirkt habe, den Wagen zu stehlen, Belinda zu entführen und Miss Flackley zu ermorden. Stimmt's?«

»Ich – ich konnte es nicht glauben – «

»Warum haben Sie dann nichts gesagt, statt sich in einen Migräneanfall und Ihre Eltern in Angst und Sorge zu stürzen?«

»Aber – aber wir waren in dem Lieferwagen.«

»Ich weiß. Der Stimme der Natur gefolgt. Nichts Kriminelles dabei, oder?«

»Mutter würde Ihnen vielleicht nicht beipflichten.«

»Unterschätzen Sie Ihre Mutter nicht, junge Frau. Was glauben Sie, wie sie es selbst zu sieben Kindern gebracht hat?«

Birgit ließ ein schwaches Kichern vernehmen. Das Blatt begann sich zu wenden.

»Wenn Sie Ihren Kopf gebraucht hätten«, fuhr Shandy fort, »wäre Ihnen vielleicht aufgegangen, daß Sie bei Ihrer, eh, Beschäftigung von einer Studienkollegin beobachtet wurden, die, wie viele andere hier in der Gegend, unter einer unerwiderten Leidenschaft zu Hjalmar Olafssen leidet. Diese junge Dame stieg in den Lieferwagen, nachdem Sie ihn verlassen hatten, und brütete dort über die Ungerechtigkeit des Schicksals, das Olafssen in Ihre statt in ihre Arme getrieben hatte. Sie brütete weiter, wahrscheinlich eine ganze mehr oder weniger schlaflose Nacht hindurch, und wachte im Morgengrauen mit einem Plan auf, der direkt aus *Othello* stammt.

Sie setzte diese schlaue Epistel auf, abgefaßt, um die Saat des Zweifels zu säen, und mit der Absicht, sie Ihnen unterzuschieben, wenn sie die Chance bekam. Leider bot sich eine Gelegenheit von selbst, bevor sie die Möglichkeit hatte, ihre verrückte Eingebung zu bedauern. Ihr Vater berief eine Vollversammlung ein. Wußten Sie, warum?«

»Ja, das wußte ich.« Jetzt sagte Birgit etwas, wenn auch widerstrebend. »Wie Sie vielleicht wissen, hämmerte Professor Stott zu einer unchristlichen Zeit bei uns an die Tür und weckte uns alle mit der Neuigkeit, daß Belinda weg war. Danach haben wir nicht viel geschlafen. Meine Schwestern fingen an, sich völlig aufgeregt zu benehmen, so daß Mama beschloß, wir könnten ebensogut runtergehen und frühstücken. Dann beschloß Papa, er würde besser mal zu den Schweineställen rübergehen und nachschauen, was passiert war. Eine Weile danach rief er an, um zu sagen, man habe Miss Flackley tot aufgefunden und er werde eine Vollversammlung einberufen und ich würde besser erscheinen, weil ich Studentin bin. Ich zog mich an und rannte zum Sportplatz. Natürlich fing mir die Nase an zu laufen, als ich mich hingesetzt hatte – Sie wissen, wie es ist, wenn man in der Kälte rumhetzt –, daher habe ich in die Tasche gegriffen und hoffte, ein Tempotuch zu erwischen, und fand diesen Zettel. Dann habe ich – na, was hätten Sie denn unter diesen Umständen gedacht?«

»Ich gebe zu, daß die zeitliche Abfolge der Geschehnisse äußerst unglücklich verlief. Das arme kleine Dummchen wollte nur andeuten, daß Ihr Freund noch ein anderes Mädchen hat. Da sie Ihr, eh, aufbrausendes Temperament kannte, bildete sie sich ein, Sie würden ihm auf der Stelle den Laufpaß geben und er würde trostsuchend zu ihr gerannt kommen, weil er ihr im Lesesaal ein- oder zweimal zugelächelt hat. Sie steckte Ihnen den Zettel in die Tasche, als Sie auf die Ränge kletterten. Als sie erfuhr, worum es bei der Versammlung ging, und ihr klar wurde, daß Sie ihre Botschaft falsch interpretieren könnten, war es zu spät für sie, ihre kleine Zeitbombe zurückzunehmen. Sie ist natürlich entsetzt über das, was sie angerichtet hat.«

»Da hat sie auch allen Grund zu«, sagte Birgit. »Wissen Sie, Professor, das Schreckliche daran war, daß Hjalmar und ich da draußen in dem Lieferwagen tatsächlich darüber Witze gemacht hatten, Belindas Ferkel zu stehlen und irgendwo zu verstecken, bis wir sie zu nützlichen Gliedern der Gesellschaft ausbilden könnten. Erinnern Sie sich an seine Arbeit darüber?«

»Das tue ich. Als das Schwein dann verschwand, dachten Sie also, er hätte Ernst gemacht und es getan, was?«

»Hätten Sie das nicht? Hjalmar hat doch nun manchmal diese spontanen Eingebungen. Als ich dann den Zettel fand und von Miss Flackley hörte – na, Sie wissen, wie ungeschickt er ist. Ich konnte mir eigentlich nicht richtig vorstellen, wie Hjalmar ihre Leiche in den Maischespender stopft und mit Belinda im Lieferwagen wegfährt, aber –« Sie zuckte mit den Schultern.

»Also dachten Sie, Sie könnten das Problem lösen, indem Sie sich wie eine Verrückte aufführen.«

»Ich habe gar nichts gedacht. Zuerst jedenfalls nicht. Ich hatte einfach einen Schock. Dann dachte ich, ich bleibe besser dabei.

Wenn ich mich einfach weigern würde, irgendwem auch nur irgendwas zu sagen, könnte ich ihn nicht in Schwierigkeiten bringen.«

»Den Mund halten und um ein Wunder beten, was?«

»Ja, und es hat funktioniert! Sie sind es! Ach, Professor Shandy, wie kann ich Ihnen je danken?«

Sie sprang vom Bett auf, warf ihm die Arme um den Hals und gab ihm einen dicken Kuß auf die Backe.

»Mhm, das sollte für den Anfang reichen«, antwortete er. »Und jetzt schlage ich vor, Sie gehen nach unten und erklären die Sache Ihrer Mutter. Dann bringen Sie am besten die Dinge mit Hjalmar ins Reine und helfen Belinda suchen. Sie, eh, hegen doch keine unterschwelligen zerstörerischen Neigungen gegen sie, nehme ich an?«

»Aber nie und nimmer! Ich bin aus Prinzip gegen die Schweinezucht, aber ich würde der reizenden Belinda doch nicht für eine Milliarde Dollar was antun. Professor Stott betet sie an. Ach du liebe Güte, praktisch das erste, woran ich mich erinnern kann, ist, wie ich auf seinem Schoß sitze, während er mit meinen Zehen ›Das kleine Schweinchen geht zum Markt‹ spielt. Er kann wundervoll mit Kindern umgehen, wissen Sie. Meine älteste Schwester, Karin, war eng mit seinen Töchtern befreundet. Mary Beth, Julie Beth, Clara Beth und Lily Beth waren die ganze Zeit hier, oder wir waren drüben bei ihnen und haben Mrs. Stott um Plätzchen angebettelt. Sie war eine absolut fabelhafte Köchin! Bei ihrem Begräbnis habe ich ganze Eimer voll geweint. Seitdem habe ich nie mehr so sehr geweint, bis jetzt. Und der Gedanke, daß er nun wegen so einer kulleräugigen kleinen – Oh, oh! Ich wette, ich rate, wer sie ist.«

»Ich wette, Sie haben Verstand genug, Ihre Ratereien für sich zu behalten«, sagte Shandy. »In jedem Fall wird die, eh, fragliche Person nicht mehr lange unter uns weilen. Sie hat hier nie hingehört.«

»Weiß Papa davon?«

»Bald wird er es wissen. Jetzt gehen Sie und entschuldigen sich bei Ihren Eltern, daß Sie sich so, eh, unmöglich aufgeführt haben. Wenn Ihre Klassenkameraden peinliche Fragen stellen, würde ich eine, eh, leichte Weizenkleievergiftung oder etwas in der Art erfinden, um Ihre kürzliche Untätigkeit zu erklären. Sie sind jetzt völlig wiederhergestellt und bereit, Ihr Teil zu tun. Und es gibt reichlich zu tun. Vielleicht ist Ihnen nicht bekannt, daß Professor Stott festgehalten wird, um ihn zum Tod von Miss Flackley zu verhören.«

»Professor Stott? Das ist doch Wahnsinn! Wir belagern das Gefängnis, bis sie ihn rauslassen.«

»Bravo, Mädchen«, sagte Shandy. »Na, ich, eh, überlasse die Sache Ihnen.«

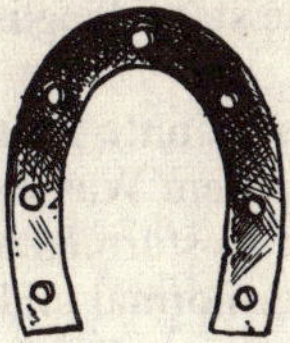

Kapitel 17

Mit bedrückter Miene stand Sieglinde am Fuß der Treppe. »Na, Peter?«

»Birgit kommt in einer Minute runter. Sie betupft gerade die Augen mit ein bißchen kaltem Wasser, dann organisiert sie eine Gruppe, um das Kittchen zu stürmen und Stott zu befreien.«

»Ah, dann ist sie wieder normal und wird zweifellos bei Tagesende selbst im Gefängnis sitzen. Danke, Peter.«

»War mir ein Vergnügen. Wenn Sie Geld für die Kaution brauchen, lassen Sie es mich wissen.«

»Bleiben Sie nicht auf einen Kaffee?«

»Nein, danke. Ich organisiere besser einen Sturm auf meine Frau und erkläre ihr, warum ich sie an der Kirche habe warten lassen.«

Shandy verließ Walhalla und schlug den langen Weg ein, der über den Campus auf den Crescent führte. Es war kaum jemand unterwegs. Nachdem Professor Stotts Schwierigkeiten öffentlich bekanntgeworden waren, waren die Studenten mit neuem Eifer ausgeschwärmt, um sein Schwein für ihn zu finden. Ein verspäteter Sucher, der sich, noch während er sprach, in seinen Regenmantel zwängte, erklärte Shandy die vorherrschende Meinung der Studentenschaft mit wenigen wohlgewählten Worten:

»Ich finde, echt, hier gibt es schon 'n paar Wahnsinnige, die würd' ich mit 'ner Gabel nicht auf zehn Fuß an mich ranlassen, aber der alte Schmalzbubi – ich meine Professor Stott – ich finde, also ehrlich!«

»Diese Empfindungen gereichen Ihnen zur Ehre, junger Mann«, erwiderte Shandy. »Bemühen Sie sich weiter so eifrig, und möge Ihr Streben belohnt werden.«

Seine nächste Begegnung war nicht so erfreulich. Mirelle Feldster, die in hochhackigen Stiefeln, die für ihre plumpen Knöchel eine erhebliche Belastung darstellen mußten, den Pfad hinauftrippelte, schaffte es, sich so breit zu machen, daß er unmöglich an ihr vorbei konnte, ohne sie umzurennen.

»Oh, Peter«, rief sie, »ist das nicht so schlimm, daß man kaum Worte findet? Glaubst du, sie führen die Todesstrafe wieder ein, bevor der Prozeß beginnt, oder kommt er mit lebenslänglich davon?«

»Wenn du von der Person redest, die Stott heute morgen die falschen Indizien untergeschoben hat«, antwortete er gelassen, »wage ich zu behaupten, das Urteil wird etwas weniger hart ausfallen. An deiner Stelle würde ich mir nicht allzuviel Sorgen machen, Mirelle.«

Er ließ sie ausnahmsweise einmal sprachlos zurück und setzte seinen Weg fort. Beim Weitergehen begann er nachzudenken. Er hatte ihr nur das Grinsen vom dummen Gesicht wischen und ihr den Mund stopfen wollen. Dieses Unterfangen war ihm wunderbarerweise geglückt, aber vielleicht hatte er noch etwas erreicht.

Jim Feldster war schon seit vielen Jahren, viel länger als Peter Shandy, mit Balaclava verbunden. Gekommen war er als Lehrbeauftragter für die Grundlagen der Milchwirtschaft. Jetzt war er ordentlicher Professor und unterrichtete immer noch Grundlagen der Milchwirtschaft. Er lehrte sein Fach gekonnt, gewissenhaft und, soweit man wußte, gerne.

Für die Zunft war Feldster kein Unbekannter. Er hatte eine gründlich recherchierte Monographie über die Geschichte der Entrahmung verfaßt. Er hatte der Nationalen Milchwirtschafts-Vereinigung eine Arbeit eingereicht, von der Auszüge im *All-Woechentlichen Gemeinde- und Sprengel-Anzeyger für Balaclava* erschienen waren, mit einem Photo von Professor Feldster, wie ihm gerade mehrere Milchwirtschafts-Honoratioren zu seinem bedeutenden Beitrag zum Butterfettgehalt gratulieren.

In jüngeren Tagen hatte Jim bei mehreren wichtigen Melkermeisterschaften den ersten Preis gewonnen. Jetzt freute er sich, strahlend vor Stolz dabeizustehen, wenn seine Studenten sich im Glanze ihres zitzenstrullenden Ruhmes sonnten. Er war durchaus ein so guter Lehrer der Grundlagen der Milchwirtschaft, wie ihn sich eine höhere Lehranstalt nur wünschen konnte. Bei den seltenen Malen, als man ihn gebeten hatte, etwas anderes zu tun, hatte er völlig versagt.

Trotz seines Dienstalters und seiner respektierten Stellung am College hatte Jim Feldster etwa so viel Chancen, Stotts Job zu übernehmen, wie Shandy, zum Papst gewählt zu werden. Warum hätte Jim auch sollen? Er hatte seine Kühe und seine Clubs. Er kannte mehr Losungen, Rituale und Geheimzeichen als jeder andere in Balaclava County, bis vielleicht auf Harry Goulson. Er hatte seinen Platz im Leben gefunden, und Shandy hätte schwören können, er sei zufrieden, dort zu bleiben.

Nicht so seine Frau. Wenn Jim auch alles erreicht hatte, was er wollte, so hatte Mirelle das bestimmt nicht. Sie sehnte sich nach mehr als einem höflichen Gruß beim Fakultätsbankett. Sie wollte eine der Gastgeberinnen sein, die wichtigste gleich nach Sieglinde Svenson.

Mirelle hatte bei den abschließenden Feierlichkeiten am Grabe dicht neben Professor Stott gestanden. Sie mußte von den Sonnenblumenkernen wissen, die man in Miss Flackleys verlassenem Lieferwagen gefunden hatte. Vielleicht hatte Stott den merkwürdigen Begleitumstand vor seinem Kollegen erwähnt, und Jim hatte ihn Mirelle weitererzählt, einfach weil er so unwichtig schien. Shandy wußte, daß Jim seine Frau oft mit Belanglosigkeiten von den eigentlichen Dingen ablenkte, damit sie ihn nicht ständig beschuldigte, er würde ihr den neuesten Fakultätstratsch vorenthalten.

Wahrscheinlich hatte Mirelle Sonnenblumenkerne im Haus. Alle auf dem Crescent fütterten Vögel. Sie wäre dumm genug zu glauben, sie würde Jims Karriere fördern, indem sie Stott eine Handvoll in die Tasche stopfte, und sie war neugierig genug, um zu bemerken, daß Stott ein sauberes Taschentuch darin hatte. Wenn er das Schnupftuch nicht im richtigen Moment hervorgezogen hätte, hätte sie vorgeben können, sie habe ihr eigenes vergessen, und ihn um seines bitten können.

In Anbetracht der Art, wie sie gestern abend in seinem Wohnzimmer ihr Gift verspritzt hatte, hielt es Shandy keineswegs für ausgeschlossen, daß Mirelle den Schritt von bösem Tratsch zu bösem Tun machen würde, wenn es nicht zu viel Mühe machte und sie glaubte, sie käme damit durch. Er fragte sich, ob es möglich war, auf Sonnenblumenkernen Fingerabdrücke zu hinterlassen. Höchstwahrscheinlich hatte sie Handschuhe getragen. Helen oder Iduna würden es wissen.

Er beschleunigte seinen Schritt heimwärts, schnaubte jedoch, als der Crescent in Sicht kam und er den geliehenen College-Lieferwagen ausmachte, der die enge Straße vor dem Backsteinhaus fast versperrte. Frank Flackley war wieder da und zweifellos auf der Suche nach Mitgefühl und anderem mehr. Warum war er nicht unterwegs beim Pferdebeschlagen? Warum war er nicht hinten in Forgery Point und brütete über dem Familienalbum? Warum war er nicht irgendwo, nur nicht hier?

Falls Flackley spürte, daß er nicht willkommen war, ließ er sich bestimmt nichts anmerken. Er umklammerte ein halbleeres Bierglas und tat so, als wolle er sich aus Shandys Lieblingssessel erheben.

»Hallöchen, Professor.«

»Eh – hallöchen«, antwortete Shandy. »Tut mir leid, daß ich so spät komme, Helen. Ich wurde, eh, aufgehalten. Ich vermute, Sie haben sich den Tag freigenommen, Flackley?«

»Nee, ich versteck' mich bloß«, erwiderte der Kurschmied leutselig. »Ich weiß nich', ob Sie's mitgekriegt haben, Professor, aber bei der Beerdigung eben hab' ich 'ne liebeshungrige Frau kennengelernt. Ich hab' nix dagegen, freundlich zu sein, aber es gibt Grenzen dafür, was die Nase von 'nem Mann aushält. Bei 'nem Rodeo zu sein, is' auch kein Zuckerschlecken, aber man muß doch nich' neben einem sitzen, der stinkt wie 'n Klo am Busbahnhof, wenn die Damen meine Ausdrucksweise entschuldigen wollen. Ich hab' sie und den alten Typ nach Haus gebracht, weil er so aussah, als hätt' er's nötig, aber wie sie zu mir sagt: ›Kommen Sie auf 'n Kaffee rein‹, da sag' ich: ›Tut mir leid, ich hab' dringend was zu tun.‹«

Recht selbstgefällig nahm er einen Schluck von seinem Drink. »Da seh' ich Mrs. Shandy und Miss Iduna hier den Weg hochkommen und denke mir, sie sind nich' so hartherzig, 'n armes Waisenkind wegzuschicken. Goulson hat Tante Martha echt königlich verabschiedet, was? Ich hab' ihm gesagt, ich fummle ein bißchen an seiner alten Kutsche da rum, um was wettzumachen. Ich weiß nicht, ob's Ihnen aufgefallen ist, aber die wird allmählich schwach in den Knien.«

»Nein, das ist mir nicht aufgefallen«, sagte Shandy. »Ich hätte gesagt, der Leichenwagen ist prächtig in Schuß.«

»Tja, aber Sie kennen sich mit Wagen nich' so aus wie ich«, erwiderte Flackley. »Das gehört zu meinem Job, wie ich für Rudy gearbeitet hab'. Na klar sind wir nich' im Wagen rumgezogen, aber wir hatten ein paar, die wir in der Show brauchten. Sie wissen schon, ein alter Knabe rattert mit dem Planwagen rum, und Töpfe und Pfannen klappern und so 'n Kram. Diese Wagen haben ganz schön was einstecken müssen. Ich hab' mehr als eine Nacht durchgemacht, neue Teile geschmiedet und ich weiß nich' was alles, damit die Sache am nächsten Tag wieder lief für die Show. Dann mußt' ich mir oft genug Mehl aufs Haar und den Bart streuen und den alten Knaben spielen, weil der Kerl, der den Wagen fahren sollte, auf Sauftour war. Deswegen hab' ich mir diese Matte wachsen lassen. Ich wußte nie, wann Rudy schnell-schnell 'ne haarige alte Wüstenratte braucht, und es war leichter, wie ihn anzukleben.«

»Sie sind ein vielseitiger Mann, Flackley«, sagte sein Gastgeber.

»Tja, nun, das is' eben das Showgeschäft, wie man so sagt. Wo ich mich jetzt niederlasse und solide werde, hab' ich mich schon gefragt, ob ich mich mal rasieren sollte. Was meinen Sie, Miss Iduna?«

Zu Shandys klammheimlicher Freude betrachtete die stattliche Blondine Flackley, als könne sie sich nicht erinnern, wer er sei.

»Es tut mir leid, aber ich kann an nichts anderes denken als an den armen Professor Stott. Sie glauben doch nicht, daß dieser Polizist närrisch genug wäre, ihn zu verhaften, oder?«

»Ich dachte, das hätt' er schon«, meinte der Kurschmied widerwillig. »Er hat 'n doch im Streifenwagen mitgenommen, nicht?«

»Das war nur zur Vernehmung«, versicherte Shandy. »Reine Routinesache.«

»Verdammt komisch, daß sie ihre Routinesachen mitten bei Tante Marthas Beerdigung abziehen.«

Flackley stellte sein leeres Glas ab und erhob sich. »Na, Leute, war echt nett, mit euch zu plaudern. Danke für das Bier. Sie haben wohl keine Kutsche, die repariert werden müßte, aber wenn hier im Haus irgendwelcher Kram zu tun ist, sagen Sie's mir. Ich würd' gern was tun, um gutzumachen, was Sie alles für mich getan haben.«

»Eh – danke«, sagte Shandy. »Wir, eh, werden Ihr Angebot im Gedächtnis behalten. Ich nehme allerdings an, Sie werden eine Weile sehr beschäftigt sein, den Arbeitsrückstand aufholen und so weiter.«

»Sieht nich' so aus. Tante Martha scheint mächtig vorgearbeitet zu haben, bevor sie umgebracht wurde. Ich schätze, wegen dieser kleinen Show, die ihr da veranstaltet, wollten die ganzen Leute ihre Pferde im voraus beschlagen lassen. Bei mir steht nix auf dem

Terminkalender außer 'n paar Kleinigkeiten. Deswegen hab' ich gedacht, morgen arbeite ich an Mr. Goulsons Kutsche, damit ich was zu tun hab' und mich an die alte Schmiede gewöhne. Kommen Sie doch mal raus. Ich geb 'n Bier aus.«

»Danke, vielleicht tun wir das.«

Shandy bugsierte den unerwünschten Gast hinaus und mußte sich sehr zurückhalten, nicht die Tür hinter ihm zuzuknallen. Dann kehrte er zu den Damen zurück.

»Habt ihr was von Stott gehört?«

»Noch nicht«, berichtete Helen. »Peter, uns ist vor Besorgnis ganz übel.«

»Wir haben uns gefragt«, sagte Iduna mit ungewohnter Schüchternheit, »ob sie uns ihn besuchen lassen. Vielleicht kann ich ihm ein paar Schmalzkringel oder so mitbringen, um ihm Mut zu machen.«

»Ach, ich bezweifle, daß sie ihn lange festhalten«, meinte Shandy. »Diese Sonnenblumenkerne in seiner Tasche waren offenbar ein fauler Trick, und ich habe so einen leisen Verdacht, wer sie ihm in die Tasche getrickst hat und warum. Außerdem war es Zeitverschwendung, weil das im Lieferwagen gefundene Häufchen nichts mit dem Mord zu tun hat. Wahrscheinlich kennt Lieutenant Corbin inzwischen die ganze Geschichte, aber ich sehe zu, daß ich ihn erwische und mich vergewissere. Übrigens interessiert es euch vielleicht, daß unsere Bande Wachsamer Vegetarier bald ein Mitglied weniger zählt und daß Birgit Svenson wieder unterwegs ist und Barrikaden erstürmt.«

»Soso«, meinte Helen. »So also läuft der Hase? Ruf schnell Lieutenant Corbin an. Ich ertrage den Gedanken nicht, daß Professor Stott so einer lächerlichen Demütigung ausgesetzt ist.«

»Ich auch nicht«, fügte Iduna mit solcher Inbrunst hinzu, daß Shandy sie verwundert ansah, bevor er anrufen ging.

Das Telefon stand in seinem winzigen Arbeitszimmer. Gewohnheitsmäßig setzte er sich an seinen Schreibtisch, um den Apparat zu benutzen, und bemerkte mit einem überraschenden Mangel an Interesse, daß er vergessen hatte, eine Schale Keimlinge zu gießen, die unter der Höhensonne standen, und daß sie ziemlich schlecht aussahen. Als er aus dem Arbeitszimmer kam, sah er noch viel schlechter aus als seine Keimlinge.

»Sie wissen von den Sonnenblumenkernen, und sie werten sie nicht als Indizien«, berichtete er den Frauen. »Leider haben sie, als sie seinen Mantel untersuchten, ein paar kleine Blutflecken um die Tasche herum gefunden.«

»Ach du meine Güte!« rief Iduna. »Aber können sie nicht – vielleicht hat er sich in den Finger geschnitten, oder –«

Shandy schüttelte den Kopf. »Stott hat Blutgruppe AB. Die Blutflecken sind Blutgruppe 0.«

»Aber 0 ist die häufigste Blutgruppe, die es gibt«, sprudelte Helen hervor. »Die halbe Menschheit hat Blutgruppe 0.«

»Richtig, und zufällig gehörte Miss Flackley dazu.«

»Aber – aber hat er an dem Abend nicht einen anderen Mantel getragen?«

»Helen, wie viele gute dunkle Mäntel besitze ich?«

»Einen«, murmelte sie.

»Und wie viele, würdest du schätzen, besitzen die anderen Männer im Kollegium? Stott ist kein größerer Modegeck als wir anderen. Außerdem hat er bereits zugegeben, daß es derselbe Mantel ist, wenn es ihm auch völlig schleierhaft ist, wie die Blutflecken daran gekommen sind. Ende des Zitats.«

»Na, das würde ich schnell genug klären, wenn ich dieser Polizist wäre«, fauchte Iduna. »Ich würde jeden einzelnen aufstöbern, der bei dieser Beerdigung war, und nachschauen, wer ein Pflaster am Finger hat. Es ist doch wohl anzunehmen, daß derjenige, der auf seinen Mantel geblutet hat, derselbe ist, der ihm die Sonnenblumenkerne in die Tasche gesteckt hat, nicht wahr? Wo ist die Nummer von diesem Lieutenant Corbin, Peter? Dem werde ich gleich was erzählen! Ein feiner, aufrechter Mann wie Professor Stott!«

Die Shandys blickten einander nachdenklich an. Endlich schüttelte Peter den Kopf.

»Ehrlich gesagt, Iduna, halte ich das nicht für eine so gute Idee. Ich meine nicht das Pflaster. Ich glaube, das ist ein ausgezeichneter Punkt, und ich werde mich glücklich schätzen, deinen Vorschlag selbst an die Staatspolizei weiterzuleiten. Das Problem ist, daß es bereits, eh, Gerede über Stott und Miss Flackley gegeben hat, und wenn wir auch wissen, daß es absolut unbegründet ist, könnte man, eh, Mutmaßungen anstellen, wenn du als sein Fürsprecher öffentlich aufträtest. Insbesondere, wenn du hingingst und ihm Schmalzkringel mitbrächtest. Im Moment kannst du Stott am besten helfen, indem du nichts sagst und dich bedeckt hältst.«

Zornig schüttelte Miss Bjorklund ihren Lockenkopf. »Feine Gesellschaft, das muß ich schon sagen, wenn einer nicht – nicht einmal –«. Sie verzog ihr Gesicht und begann zu weinen.

Helen stellte sich auf die Zehen, um ihre Arme so weit um ihre Freundin zu legen, wie sie sie umfassen konnte. »Iduna, bitte nimm es nicht so schwer. Peter holt ihn heraus. Alles kommt in Ordnung. Du wirst sehen.«

Shandy räusperte sich und wünschte, er könne die Worte finden, die diesen Niagarafall stoppen würden. Alles, was ihm einfiel, war: »Na, komm. Ich weiß, daß es hart ist für dich«, wenn ihm auch nicht einleuchtete, wieso es für sie härter sein sollte als für die anderen.

»Es tut mir leid, wenn ich taktlos war, Iduna, aber du mußt dir darüber klar sein, daß du ein prächtiges Exemplar Frau bist und daß Stott nicht gerade blind dafür war. Die Polizei muß euch beide bei der Beerdigung zusammen gesehen haben.« Wie hätte sie sie übersehen können?

»Er – er sagte, ich sei der Stern, der die dunkle Nacht seiner Leiden erhellt«, schnüffelte sie. »Wie zum Kuckuck soll ich ihm die Nacht erhellen, wenn ich ihm nicht einmal ein paar Butterbrote schmieren kann?«

»Kannst du, eh, nicht von ferne leuchten? Es wird nicht lange dauern, Iduna, das verspreche ich dir.«

Shandy hatte nicht die geringste Idee, wie er dieses Versprechen halten sollte. Er hoffte, Iduna würde nicht auf Einzelheiten bestehen. Wie das Leben so spielt, erhielt sie keine Gelegenheit dazu. In diesem Moment trat Thorkjeld Svenson ein, der sich nicht mit Anklopfen aufhielt, sondern die massive, solide Eichentür einfach aus den Angeln hob und ins Gebüsch warf.

»Um Himmels willen, kommen Sie schnell, Shandy«, röhrte er. »Sie haben den Planwagen verwüstet!«

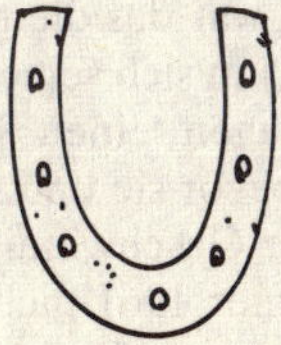

Kapitel 18

»Du meine Güte!«

Professor Shandy starrte seinen Präsidenten bestürzt und entsetzt an. Obwohl das College eine Reihe Pferdefuhrwerke besaß – darunter auch den altehrwürdigen Einspänner, mit dem Balaclava Buggins persönlich über die Landstraßen gefahren war, um Studenten für sein landwirtschaftliches College, das er gründen wollte, zu finden – wußte er sofort, welchen Pferdewagen Svenson meinte.

Es war der riesige Planwagen, der seit Anbeginn der Geschichte – zumindest aber der Geschichte des Wettkampfs – die starken Männer und manchmal noch stärkeren Frauen von Balaclava zur County-Festwiese und zurück befördert hatte. Es war der Wagen, der mit acht gewaltigen Balaclava Blacks, je vier nebeneinander angespannt, den feierlichen Umzug am Eröffnungstag um die Arena angeführt hatte, während die Trommeln und Trompeten des Spielmannszuges von Balaclava lärmten und schmetterten und einen prächtigen Krach machten, der das Publikum zu Begeisterungsstürmen hinriß. Es war der Wagen, auf dessen Anblick jeder Mann, jede Frau und jedes Kind in Balaclava County, die arroganten Hoddersviller und die hochnäsigen Schnösel aus Lumpkin Corners nicht ausgenommen, das ganze Jahr gewartet hatten.

Jesus, dachte Shandy, kein Wunder, daß der Präsident die Haustür mit bloßen Händen aus den Angeln gehoben hatte. Unter diesen Umständen war das die naheliegendste Vorgehensweise. Er hielt bloß inne, um sich seinen Regenmantel zu schnappen und Helen vorzuschlagen, einen Schreiner von den College-Handwerkern zu holen, bevor sie und Iduna sich zu Tode frören, und machte sich mit einer Geschwindigkeit zu den Wagenschuppen auf, die er seit Sommer 1961 nicht mehr an den Tag gelegt hatte, als ein Aberdeen-Angus-Bulle daran Anstoß genommen hatte, daß er die Weide mit einem Flanellhemd im Schottenmuster des falschen Clans betreten hatte.

Der Wagen bot einen erschreckenden Anblick. Ein Rad war ab. Die Deichseln lagen auf dem Boden, die Kupplungsstangen waren zertrümmert. Daneben lagen mehrere der Bierfässer, die der Band als Sitze gedient hatten, mit eingetretenen Dauben und wie von einem Schmiedehammer verbogenen Eisenringen.

Shandy, der mehr von Kutschen verstand, als Flackley ihm zugetraut hatte, machte sorgfältig Bestandsaufnahme. Der Schaden war nicht so katastrophal, wie er auf den ersten Blick aussah, aber so geschickt angerichtet, daß kein College-Handwerker hoffen konnte, ihn wieder reparieren zu können.

Svenson hob eines der beschädigten Eichenfässer auf und barg es an seinem Mammutbusen wie eine Mutter ihr Baby. »Großer Gott, Shandy, was sollen wir tun?«

»Ich meine, wir müßten die Polizei rufen«, sagte der Professor nicht sehr begeistert.

»Ja, und sie nehmen die Teile als Beweismaterial mit und wir kriegen sie sechs Jahre später zurück. Shandy, Sie Esel, wir erscheinen beim Wettkampf ohne unseren Wagen, und alle sagen, mit dem College geht es zu Ende. Wir verlieren Studenten. Statt guter Bauern kriegt Amerika lausige Computerprogrammierer. Das Schicksal der Nation steht auf dem Spiel, und Sie sagen: ›Holen wir die Polizei.‹«

»Seien Sie ruhig, Präsident«, erwiderte Shandy abgekämpft. »Ich habe nicht gesagt, wir sollten es machen, ich habe nur gesagt, wir müßten es, was Sie so gut wissen wie ich. Was die Unsinnigkeit solcher Vorgehensweise betrifft, konnte ich Ihnen nicht mehr als beipflichten. Was wir brauchen, ist – Donnerwetter, Flackley! Noch keine halbe Stunde ist es her, da war er bei mir und prahlte damit, wie er immer Notreparaturen an den Rodeokutschen vornehmen mußte.«

»Ja, aber hat er die Wahrheit gesagt?«

»Woher in drei Teufels Namen soll ich das wissen? Entweder wir lassen es ihn versuchen, oder wir besorgen uns ein Medium und beschwören den alten Matt Flackley. Er war der letzte, der daran gearbeitet hat, oder?«

»Jesus, ja! Vielleicht haben sie noch ein paar Ersatzteile an der Schmiede. Zumindest müßte Flackley die richtigen Werkzeuge haben. Finden Sie ihn!«

»Ich werde mein bestes tun. Vielleicht ist er drüben bei Harry Goulson. Er sagte, er hätte ihm versprochen – «

»Arrgh!« sagte Svenson.

Shandy wurde klar, daß jetzt nicht die Zeit zum Plaudern war. Immer noch in flottem Tempo lief er Richtung Hauptstraße.

Flackley war da. Shandy sah den Lieferwagen zwar nicht vor Goulsons Laden stehen, aber vor dem Gerupften Huhn, Balaclava Junctions einzigem mäßigem Restaurantersatz. Er ging hinein und fand den Kurschmied auf einem Hocker am Tresen, wie er gerade einen widerlichen Haufen frittierter Dinger in sich hineinschaufelte, die vielleicht einmal eßbare Lebensmittel gewesen waren. Mit lässiger Freundlichkeit winkte Flackley mit der Gabel.

»Hi, Professor, holen Sie sich 'n Stuhl und setzen Sie sich. Nehmen Sie 'ne Tasse Kaffee?«

»Eh, nein danke«. Shandy senkte die Stimme. »Es ist nämlich so, daß wir oben bei den Schuppen auf ein, eh, kleines Problem gestoßen sind, und wir brauchen Sie jetzt auf der Stelle.«

»Aber klar doch. Hab' ich noch Zeit, hier mein Zeug zu essen? Ich hab' noch kein Frühstück gehabt, und mein Magen fing an zu knurren.«

»Das hätten Sie sagen sollen, als Sie bei mir waren. Meine Frau hätte Ihnen was anderes angeboten als Bier und Käse.«

»Sie haben schon genug für mich getan.«

Flackley verputzte den Rest des ekelerregenden Gemenges mit erschreckender Schnelligkeit, warf einen Geldschein auf den Tresen, sagte »Danke, Mabel, bis später« zur Kellnerin und folgte Shandy nach draußen.

»Also, Professor«, fragte er, als sie in den Lieferwagen stiegen, »was is' das für ein kleines Problem?«

»Eigentlich ist es ein großes Problem«, gestand Shandy, »und ich hoffe bei Gott, daß Sie uns helfen können: Wissen Sie, das College besitzt einen sehr großen alten Pferdewagen, den wir jedes Jahr zum Wettstreit mitnehmen.«

»Ach ja. Tante Martha hat davon erzählt. Hat nich' mein Urgroßvater die Eisenteile geschmiedet oder so?«

»Im Lauf der Jahre haben verschiedene Flackleys an dem Wagen gearbeitet. Jedenfalls ist Präsident Svenson gerade rübergegangen, um nach ihm zu sehen, und stellte fest, daß man ihn verwüstet hat.«

»Meine Güte, das is' ja schrecklich! Also ihr habt wirklich gerade 'ne Pechsträhne. Wann is' es passiert?«

»Irgendwann in der Nacht, vermute ich. Wir sind eigentlich nicht ganz sicher. Da so viele von uns unterwegs waren, das Schwein suchen, und der Rest versuchte, hier, da und dort für sie einzuspringen, bezweifle ich, daß in den letzten zwei Tagen jemand im Wagenschuppen gewesen ist. Jedenfalls fängt der Wettstreit übermorgen an, und wir müssen den großen Wagen bis dann einfach unbedingt instand gesetzt haben.«

»Hört sich an wie in den alten Zeiten bei Rudy«, brummte Flackley. »Nur keine Panik, Professor.«

Er startete den Collegewagen und brachte sie im Handumdrehen zu den Schuppen. Präsident Svenson war noch da und stand zwischen den Trümmern wie Samson zu Gaza. Flackley sprang heraus und fing mit seiner Untersuchung an, während sie mit angehaltenem Atem seine Diagnose erwarteten.

Endlich richtete der Kurschmied sich auf, wischte sich die Hände am Hosenboden ab und verkündete das Urteil.

»Na, ich hab' schon Schlimmeres gesehn.«

»Gesehen interessiert mich nicht«, sagte Svenson, »wie steht's mit repariert?«

»Lassen Sie mich 'n Minütchen überlegen. Sie brauchen den Wagen übermorgen ganz früh. Richtig?«

»Falsch. Wir brauchen ihn morgen abend 18.00 Uhr. Wir fahren zur Festwiese, sechs Stunden, lassen die Pferde von Mitternacht bis sieben ausruhen, füttern und tränken sie, schirren sie an und führen Punkt neun die Parade an.«

»Das wird knapp. Aber nur keine Panik, Prasident. Ich komm' einfach bis dahin nich' zum Schlafen, das is' alles. Wissen Sie, ich hab' mich in der alten Schmiede umgesehn. Da oben gibt's genug zum Arbeiten, sogar Ersatzreifen für die Fässer sind da. Gehören die mit zur Staffage?«

»Die Band sitzt darauf«, erklärte Shandy. »Sehen Sie, sie werden hier mit diesen Eisenklammern verschraubt, damit sie nicht umkippen und die Trompeter nicht Hals über Kopf in die Pauke fallen, was zu allgemeiner Unruhe und dummen Reden führen könnte.«

»Ja, gut, also die sind kein großes Problem. Hören Sie, wenn Sie 'n Abschleppseil und 'ne Mannschaft finden, die den Wagen hebt, damit ich dieses Rad wieder dran kriege, häng' ich ihn an den Lieferwagen und bringe ihn zur Schmiede. Wenn ich erst mal da bin, kann ich glaub' ich versprechen, daß ich den Wagen zum Fest fertig habe. Es wird keine richtig klasse Arbeit, aber er hält zusammen. Darauf kommt's doch an, oder? Ich vermute, Sie haben 'n paar Fähnchen, um die Schweißnähte zu verdecken. So hat es Rudy immer gemacht.«

»Aber ja«, versicherte ihm Shandy. »Wir haben ein ganzes Komitee ernannt, das das Ding herausputzen soll. Also, fangen wir an mit dem Rad.«

»Sie meinen, Sie und er?«

»Wir haben schon schmutzigere Arbeiten gemacht, stimmt's, Präsident?«

»Stimmt.«

Thorkjeld kauerte nieder und hievte sich die herabhängende Ecke des riesigen Fuhrwerkes auf seinen Rücken. »Machen Sie flott, Flackley. Ich bin nicht mehr so jung wie früher.«

»Jesus!« meinte der Kurschmied ehrfürchtig. Dann ging er an die Arbeit.

Wie er selbst gesagt hatte, schuf Flackley zwar kein Meisterwerk, aber er arbeitete mit Sicherheit schnell. Obwohl er etwas davon erschüttert schien, einen College-Präsidenten als Wagenheber benutzen zu müssen, setzte er das Rad wieder auf die Achse, und binnen einer halben Stunde erklärte er den Pferdewagen für fahrbereit.

Bald bewegte sich eine kleine Prozession langsam den Weg nach Forgery Point entlang: Flackley fuhr den College-Lieferwagen, Svenson saß auf dem Pferdewagen, um ein Auge auf die Abschleppseile zu halten oder mit seinem Schiff unterzugehen, wenn es sein mußte, und Shandy folgte in seinem eigenen Wagen als Nachhut und um die Teile aufzusammeln, die unterwegs herunterfielen. Es ging qualvoll langsam voran, da sie nicht wagten, das kaputte Fuhrwerk stärker als absolut notwendig durchzuschütteln, aber sie kamen an. Flackley sprang vom Lieferwagen und fing an, die Knoten zu lösen.

»Okay, Herrschaften, wenn Sie mir helfen, ihn zur Schmiede rüberzuschieben, übernehm' ich ihn jetzt.«

»Wir würden gerne bleiben und Bälge treten oder so«, bot Shandy an, aber Flackley schüttelte den Kopf.

»Danke, aber um die Wahrheit zu sagen: Sie wären mir bloß im Weg. Aber ich sage Ihnen, was 'ne echte Hilfe wär'. Könnten Sie die Pferde morgen abend herbringen, statt daß ich den Karren zurückschleppen muß? Seven Forks liegt sowieso mehr oder weniger auf dem Weg zur Festwiese, oder? Dann haben Sie's nicht so weit und ich 'n paar Stunden mehr, wenn ich sie brauche.«

»Präsident, ich glaube, Flackley spricht da einen guten Punkt an«, sagte Shandy. »Bis hierher können wir die Band problemlos mit dem Bus bringen.«

»Ja, sicher«, sagte Flackley. »Solang der Bus nich' zu groß is'. Also da is' ja wirklich 'n mieses Stück Straße zwischen hier und Seven Forks. Ich hab' mir schon Sorgen gemacht, wie der alte Karren über die Schlaglöcher rumpelt, das kann ich Ihnen flüstern, auch ohne Ladung drauf.«

»Richtig«, sagte Svenson. »Es holperte wie der Teufel. Eine Schande für die Gemeinde. Wir schicken sie die ganze Strecke mit dem Bus.«

»Das nimmt mir 'ne große Sorge ab«, meinte Flackley. »Es kommen also nur die Kutscher, was? Wie viele?«

»Verdammt will ich sein, wenn ich das wüßte. Hängt davon ab, wer noch am Leben und nicht im Kittchen ist. Zwei oder drei vielleicht.«

»Prima! Dann erwarte ich Sie mit den Pferden morgen abend gegen acht. Wenn Sie morgen irgendwann rauskommen mögen, um nachzuschauen, daß wir zurechtkommen, herzlich gern. Jetzt im Moment fang' ich besser mal an, die alte Esse anzuwerfen.«

Da Flackley es offenbar so eilig hatte, sie loszuwerden, gingen sie. Als sie in Shandys Wagen stiegen und den Rückweg einschlugen, brummte Svenson.

»Na wenigstens ein Posten weniger auf der Liste.«

»Zwei«, meinte Shandy. »Birgit redet wieder.«

Er berichtete. Svenson ließ einen erleichterten Seufzer fahren, der fast die Windschutzscheibe weggeweht hätte.

»Donner und Doria! Und da laufen ein paar Esel rum und wünschen, sie wären wieder jung. Ich wußte, daß diese kleine Gables früher oder später Ärger machen würde. Wollte nicht herkommen. Hat aus Prinzip gehandelt. Schlechte Sache. Als nächstes legen sie dann Bomben in Kinderwagen.«

»Ach, ich bezweifle, daß Miss Gables je so weit gehen würde«, sagte Shandy. »Jedenfalls wenn es nach diesem netten jungen Lubbock geht, vermute ich, daß sie in nächster Zeit, eh, etwas anderes in den Kinderwagen legt.«

»Hoffentlich. Gewöhnlich sind es die mit Grips, die's nicht tun, und die ohne Grips, die's tun. Wenn Stott seine Schweine nach den Prinzipien züchten würde, nach denen wir Menschen für unsere Fortpflanzung sorgen, hätte ich ihn vor 20 Jahren gefeuert. Wo zum Teufel ist dieses Tier, Shandy?«

»Wenn ich das herausfinde, Präsident, sollen Sie es als erster wissen. Ich kann Ihnen ein paar 1000 Stellen sagen, wo es nicht ist, wenn Ihnen das was nützt.«

»Nein.«

Sie wurden schweigsam. Keiner der beiden hatte zu Mittag gegessen, und der Nachmittag war weit vorgerückt. Beide sehnten sich danach, nach Hause zu fahren, einen Drink und einen Happen zu sich zu nehmen und vor dem Dinner ein Nickerchen zu machen.

Aber da Stotts Name nun einmal gefallen war, hing er in der Luft wie eine Bombe in einem Kinderwagen. Als sie Seven Forks erreichten, hielt Shandy an dem unappetitlichen Kramladen an und benutzte den Münzfernsprecher. Dann lenkte er den Wagen zur Hauptstraße, die zum County-Gefängnis führte.

Als sie ankamen, verweigerte man ihnen die Erlaubnis, mit dem Häftling zu sprechen. Mit einiger Mühe gelang es Shandy, Svenson zu überreden, nicht die Gitterstäbe aufzubiegen, die sie daran hinderten, zu ihrem Kollegen zu kommen, und fragte, ob man Stott erlaubt habe, einen Anwalt zu rufen. Man sagte ihm, Professor Stott wollte keinen Anwalt. Das glaubte Shandy gerne. Stott würde denken, ein ehrlicher Mann brauche keinen Anwalt. Die Polizei würde denken, Stott sei verrückt.

»Dann sagen Sie ihm bloß, Shandy und Svenson sind vorbeigekommen, um Hallo zu sagen«, trug er dem Mann am Schalter betrübt auf, und sie gingen wieder.

Kapitel 19

Als Shandy endlich nach Hause kam, war seine Stimmung auf dem Nullpunkt. Der Anblick von Idunas Miene heiterte ihn kein bißchen auf. Ihr steckte bestimmt etwas in den Knochen, dachte er, ihm vielleicht auch. Er nahm den Drink, den Helen ihm reichte, und kauerte sich dicht am Kamin zusammen. Die Kälte schien ins Mark gedrungen zu sein, obgleich manche Leute idiotische Bemerkungen über die Frühlingsluft machten. Wie konnten sie an Frühlingsluft denken, bis Stott wieder in Freiheit atmen konnte?

Obwohl das Essen zweifellos gut wie immer war, genoß es Shandy nicht sehr. Danach schaute Timothy Ames wieder auf eine Runde Cribbage herein, und auch das genoß Shandy nicht sehr. Ihm kam es vor, als wären sie alle unfähige Schauspieler in einem schlechten Stück, die die Szenen hinter sich brachten, ohne Schwung in die Vorstellung bringen zu können.

Sobald Professor Ames aus der Tür war, sagte Iduna lustlos: »Wenn es euch nichts ausmacht, gehe ich, glaube ich, ins Bett.«

Sie sah aus, als hätte sie vor, sich in den Schlaf zu weinen, und Shandy war fast bereit, dasselbe zu tun. Binnen kurzem folgten er und Helen ihr die Treppe hinauf.

Der Schlaf allerdings ließ bei beiden auf sich warten. Sie lagen zusammen, nicht in der Stimmung, wozu sie normalerweise in Stimmung gewesen wären, und kauten alles noch einmal durch. Shandy hatte ihr und Iduna bei Tisch von dem zerstörten Planwagen berichtet, aber nicht gewagt, den Besuch im Kittchen zu erwähnen, aus Furcht, einen weiteren Wasserfall zu verursachen. Jetzt berichtete er Helen.

»Und einen Anwalt will er nicht?« gähnte sie. »Das ist verständlich. Sein Mut ist wie der Mut von zehn, denn seine Seel' ist tugendsam.«

»Ja, aber ob die Tugend ihm die Kaution bezahlt«, meinte Shandy.

»Natürlich. Die Tugend triumphiert früher oder später immer. Denk an Jane Eyre.«

»Warum sollte ich? Wie kommst du überhaupt jetzt auf sie?«

»Ich habe heute nachmittag diese Biographie von Charlotte Brontë gelesen. Ach übrigens: Ich habe mich geirrt mit den Bells.«

»Was für Bells?«

»Currer, Ellis und Acton natürlich. Erinnerst du dich, wie wir diesen Schlamassel mit der Sammlung Buggins hatten und ich sagte, ich glaubte, sechs Exemplare ihres Gedichtbandes wären verkauft worden? In Wirklichkeit waren es nur zwei.«

»Meine Güte, Weib, du denkst zu den unpassendsten Zeiten an die unpassendsten Dinge. Wie kann es nur zwei Bücher gegeben haben, wenn 130 Jahre später plötzlich ein Buch in Balaclava auftaucht?«

»Liebster Peter, zwei verkaufte Bücher heißt nicht zwei Bücher im Umlauf. Charlotte hat mehr oder weniger jedem, den sie kannte, eines geschickt, und ein paar haben sie noch im Haus rumliegen lassen, selbst nachdem sie den Rest an diesen Koffermacher verkauft hatten. Das tun Autoren immer.«

»So daß?«

»So daß die logischste Erklärung ist, daß Branwell eines Abends, als er angetrunken war, einen Armvoll zur Ortskneipe runtergeschleppt und an die Jungs im Hinterzimmer verteilt hat. Zufällig kam gerade Mr. Buggins durch Haworth – «

»Mr. Buggins von Balaclava County? Ach komm!«

»Er war auf der Grand Tour. Das haben sie damals gemacht Ein Jahr im Ausland verbracht, jeden malerischen Winkel der alten Welt erforscht und für den Rest ihres Lebens die Leute mit ihren Souvenirs zu Tode gelangweilt.«

»Haworth war kein malerischer Winkel.«

»Das konnte Mr. Buggins doch nicht wissen, oder? Er war noch nie vorher da gewesen. Na jedenfalls war er, wie ich zu sagen versuchte, an diesem Abend in der Kneipe, und Branwell schenkte ihm ein Buch, das er seinem Koffer voll Erinnerungsstücke einverleibte.«

»Hm. Was wäre die zweitlogischste Erklärung?«

»Der Koffermacher, würde ich meinen. Woher wissen wir, daß er alle Bücher zum Auskleiden von Koffern benutzt hat? Vielleicht meinte seine Frau, ein paar geschmackvoll plazierte Bände würden dem Salon ein bißchen Schick verleihen. Vielleicht hat sein –. Ah, jetzt hab' ich's! Er hatte einen Lehrling, der, wie alle Lehrlinge, auf einer Strohschütte in der Werkstatt schlafen mußte. Dieser Lehrling stibitzte eine ausreichende Menge Bücher, um sie gegen den Zug vom Boden unter seine Schütte zu legen. Papier ist bekanntlich ein ausgezeichnetes Isoliermaterial. Als ein Jahr später *Jane Eyre* veröffentlicht und über Nacht ein Erfolg wurde – immer noch unter dem Namen Currer Bell, wie du weißt, und Ellis' und Actons Romane wurden ebenfalls gedruckt –, wurde dem Lehrling klar, daß er möglicherweise auf etwas Wertvollem schlief. Also fischte er die Bücher unter der Schütte hervor und verhökerte sie an einen Antiquar.«

»Um sich ein Fäßchen Rum zu kaufen«, sagte Shandy träge. Dann schoß er auf einmal aus dem Bett und griff nach seiner Hose.

»Potztausend, Helen, du hast dem Faß die Krone aufgesetzt!«

Bevor seine Frau fragen konnte: »Wohin gehst du?«, war er weg.

Wenn Helen Shandy nicht selbst so müde gewesen wäre, wäre sie vielleicht aufgestanden und ihm gefolgt. Stattdessen schlief sie ein. Sie wußte nicht, daß sie die ganze Nacht allein verbrachte. Sie wußte nicht, warum sich ihr Mann erschöpft, aber jubilierend im grauen Licht der Morgendämmerung nach Walhalla aufmachte, wo er Thorkjeld Svenson vorfand, der in einen Bademantel gehüllt finster in eine Kaffeetasse von der Größe eines Waschbeckens starrte. Noch wußte sie, daß Thorkjeld Svenson, als Peter die Villa auf dem Hügel verließ, bereits im Obergeschoß war, wo er sich für die Schlacht gurtete und einen alten Kriegsgesang der Wikinger röhrte.

»›Unten in der Wiese, wohl an dem kleinen See, da hab' ich sie, da hab' ich sie – und ihre Mutter auch.‹ Birgit, aufstehen! Vollversammlung um sieben, alle Mann an Deck; das geht dich an! Sieglinde, Frühstück! Viel Frühstück! Dies ist ein Tag der Leiden.«

»Warum also feiern?« meinte seine Frau, die in ihrer himmelblauen Robe hinunterging, um dem Wunsche ihres Meisters Folge zu leisten, obwohl sie genauso wie er durchaus wußte, wer der Herr im Haus war. »Leiden haben wir schon genug gehabt.«

»Wohl wahr, mein Weib. Oh, ›Bum! Bum! Diddum, daddum, waddum Tschu!‹«

»Kinder, ich hoffe, ihr verspürt die rechte Dankbarkeit, daß euer Vater euch in einer Atmosphäre von Kultur und Bildung aufwachsen läßt. Nein, Thorkjeld, du kannst nicht Schinken und Wurst zusammen haben. Und weniger Zucker auf den Porridge. Ich nehme an, du wirst uns zu gegebener Zeit informieren, was dieser ganze Trubel soll.«

»Urgh!« sagte Svenson und setzte sich nieder, um für sein leibliches Wohl zu sorgen. »Birgit, ruf die Wohnheime an. Weck sie auf. Sieben Uhr am Sportplatz, keine Entschuldigung für Abwesenheit.«

»Papa, wirst du bekanntgeben, daß wir Belinda zurückhaben?«

»Nein.«

»Wirst du berichten, daß Professor Stott aus dem Gefängnis ist?«

»Nein.«

»Wirst du – «

»Verschwinde!«

Birgit verschwand.

Als sie wieder an den Tisch kam, hatte ihr Vater sein Frühstück schon beendet und unterlag gerade in einem Wortwechsel mit seiner Frau darum, ob er seine gestrickte Skimütze tragen müsse.

»30 Prozent der Körperwärme gehen über die Kopfhaut verloren«, beharrte Sieglinde. »Du behältst deine Mütze auf. Wenn nicht, holst du dir den Schnupfen und gibst der Studentenschaft ein schlechtes Beispiel.«

»Dann ziehe ich die rote an, die Birgit mir geschenkt hat, mit dem großen weißen Bommel an der Spitze«, sagte der Präsident verdrossen.

»Du hältst dem College keine Ansprache mit einem Bommel auf dem Kopf. Du ziehst die graue an, die zu deinem Pullover paßt, und wirst dich wie ein würdevoller Mann benehmen. Wann kommst du nach Hause?«

»Wer weiß?«

Svenson zog sich die Mütze über die Ohren und marschierte auf die Tür zu. »›Hey ho, hey ho, die Schlacht, die macht uns froh!‹«

»Mama, wie hältst du ihn aus?« wollte Frideswiede, die jüngste der sieben Töchter, wissen.

Ihr Vater schwang sich herum, packte seine Frau mit einer Rudolph-Valentino-Umarmung und versetzte ihr einen mächtigen Schmatz.

»›Leb' wohl, mein Schatz, ich kehre mit meinem Schild zurück oder‹ – wie zum Teufel geht der Schluß?«

»Für dich gibt es keinen Schluß«, sagte sein weiblicher Knappe, strich sich eine flachsblonde Haarsträhne zurück und warf Frideswiede einen selbstgefälligen Blick zu. »Nun geh. Ich stelle für dich einen Hering ins Fenster.«

»Mama«, sagte Gudrun, die zweitjüngste, »es ist eine Kerze, die man ins Fenster stellen soll.«

»Unsinn, mein Kind. Eine Kerze würde das Glas verrußen und auf das Fensterbrett tropfen. Ein Hering liegt da und sieht klagend und verlassen aus. Die Symbolik ist viel bedeutungsvoller. Außerdem kann man ihn später gut zum Smörgåsbord gebrauchen. Jetzt mach' dich sofort fertig, sonst verpaßt du den Schulbus.«

Um sieben Uhr waren abermals alle Studenten im Stadion. Da sie diesmal ein bißchen vorher informiert worden waren, hatten die meisten es geschafft, sich ihre Kleider anzuziehen. Unnötig zu sagen, daß alle höchst gespannt waren. Die geflüsterte Frage: »Was wird er sagen?« lief wie ein Lauffeuer durch die Reihen. Man war allgemein der Meinung, daß entweder Belinda oder noch eine Leiche gefunden worden sei, aber ihr Präsident überraschte sie, wie es seine Gewohnheit war.

»Morgen«, donnerte er, »treten wir in den Wettstreit ein. Das wißt ihr. Ihr habt dafür trainiert. Jetzt werdet ihr gewinnen!«

Rufe wie »Gut gesagt, Pressy!«, »Packen wir's an!« und »Ein Hoch auf King Kong!« erfüllten die Luft. Svenson gebot mit erhobener Hand Schweigen.

»Jubeln tun wir später. Heute arbeiten wir.«

»Aber was ist mit Belinda?« schrie jemand.

»Ihr habt Gerüchte gehört«, schrie Svenson zurück, »daß unsere Sau von subversiven Elementen entführt wurde, die versuchen, unsere Chancen beim Wettstreit zu sabotieren. Jetzt muß ich euch berichten, daß unser Planwagen zerstört wurde.«

Ein Aufschrei der Entrüstung erfüllte die Luft. Erneut brachte Svenson die Menge zum Schweigen.

»Haltet den Mund und hört zu! Der Planwagen wird gerade repariert. Heute abend ist er fahrbereit. Verdammt, das ist er besser«, bemerkte er leise zu Shandy, »sonst nagle ich Flackleys Haut an die Kirchentür.« Der Präsident kannte sich ausgezeichnet aus mit den alten Wikingerbräuchen.

»Der Planwagen steht in Flackleys Schmiede, oben in Forgery Point«, fuhr er fort. »Wir haben keine Zeit, ihn für die übliche große Abschiedszeremonie hierher zurückzubringen. Außerdem werden, um unnötige Belastung zu vermeiden, nur die Kutscher damit zur Festwiese fahren. Die Band fährt morgen früh mit dem Bus. Heute wird die Band üben, die Tuba polieren, sich vorbereiten. Seid besser vorbereitet als je zuvor. Ihr habt morgen früh pünktlich euren Auftritt, und ihr werdet gut auftreten!«

Er sah sich um. »Dekorateure, ihr habt keine Gelegenheit, wie sonst den ganzen Tag mit Diskussionen zu verbringen, wie ihr die Fähnchen anbringt. Ihr habt morgen früh auf der Festwiese exakt eine Stunde Zeit. Heute plant ihr wie Jacques Cousteau, wenn er das Ungeheuer von Loch Ness photographieren will. Was ihr braucht, packt ihr zusammen. Keiner rennt morgen zum Wohnheim zurück, Genevieve, und holt mir eine Schere, mit der ich auch schneiden kann. Denkt! Plant! Macht Listen! Legt zum ersten Mal in der Geschichte des College vorher fest, was jeder einzelne tun soll.«

Er ging die Liste der Dinge, die erledigt werden mußten, weiter durch und vergaß nichts und niemanden. Die Begeisterung war so groß, daß er noch ein paarmal »Ruhe« brüllen mußte, aber das tat er in jovial väterlichem Ton. Die Vorstellung, daß sie Opfer eines abscheulichen Anschlags geworden waren, daß sie über jedes Hindernis triumphieren und daß sie diesen lausigen Saboteuren zeigen würden, wo der Bartel den Most holt, feuerte sie an, wie gutes Zureden allein es nie zuwege gebracht hätte. Als Svenson mit den Worten schloß: »Und jetzt brauchen wir acht Freiwillige, die unsere Pferde heute abend nach Forgery Point reiten«, erhob sich jeder Mann und jede Frau auf den Rängen, Matilda Gables nicht ausgenommen, und drängte sich nach vorn.

Genau wissend, wer die Zeit erübrigen könne und wer sich über mehrere Meilen schlechte Straße auf einem ungesattelten Pferd halten würde, wählte Svenson schnell seine Reiter aus. Sie alle waren vernünftige, zuverlässige, fleißige Studenten, die sich wahrscheinlich beim Wettstreit nicht hervortun würden und jetzt eine unerwartete Chance erhielten, bereits im voraus Ehre einzuheimsen. Ein gewisser Henry Purvis, ein unauffälliger Bursche, der nicht reiten, nicht pflügen, nicht die Trommel schlagen und nicht viel tun konnte, außer sich durch sein Klassenpensum zu mogeln und mit jedem Fahrzeug vom Mofa bis zum Bulldozer zu hantieren wie der selige Serge Koussevitzky mit dem Taktstock, erhielt die stolze Pflicht, den Lieferwagen zu fahren, mit dem das Zaumzeug transportiert werden sollte, den Nachzüglern Beine zu machen und die Reiter nach Hause zu bringen, nachdem sie die Pferde an der Schmiede abgeliefert hatten.

»Wer fährt den Wagen zur Festwiese?« schrie einer.

»Ich«, sagte Svenson. »Ihr könnt gehen.«

»Aber wenn Sie überfallen werden?« hakte der Frager nach.

»Arrgh!« erwiderte der Präsident, und keiner konnte daran zweifeln, daß er es so meinte.

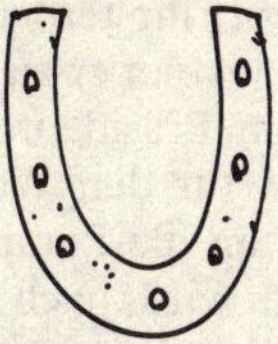

Kapitel 20

Jetzt hätte Shandy nach Hause frühstücken gehen sollen. Helen würde sich fragen, wohin er verschwunden war und was er tat. Aber zum ersten Mal, seitdem er Helen Marsh am Flughafen erblickt hatte, zog er es vor, ihr fernzubleiben. Von einer Telefonzelle auf dem Campus aus rief er zu Hause an.

»Ich bin hier oben beim Präsidenten. Wir hatten noch eine Vollversammlung, um uns für den Wettkampf zu organisieren. Jetzt heißt es: Alle Mann an die Pumpen. Ich weiß nicht, wann oder ob es mir möglich sein wird, nach Hause zu kommen. Wenn ich nicht auftauche, könntest du mir dann ein paar Sachen zum Wechseln in den Wagen legen und mich morgen an der Festwiese treffen?«

»Peter, hast du etwas vor?« lautete Helens Entgegnung, wie er sich hätte denken können.

»Jetzt im Moment muß ich nach Forgery Point rausfahren und schauen, wie Flackley mit dem Pferdewagen vorankommt«, erwiderte er ausweichend, aber wahrheitsgemäß. »Vielleicht muß ich dableiben und ihm zur Hand gehen.«

»Hast du was gegessen?«

»Es ist sogar so«, log er, »daß ich von der Fakultätsmensa aus anrufe. Würde es dir was ausmachen, wenn ich unser Auto nehme, oder soll ich versuchen, mir das vom Präsidenten zu leihen?«

»Um Himmels willen, nicht Thorkjelds! Du weißt, daß er das Wrack nur noch durch reine Willenskraft zusammenhält. Wenn nötig, können Iduna und ich uns jederzeit von Grace Porble mitnehmen lassen. Fahr auf jeden Fall mit unserem. Zumindest muß ich mich dann nicht sorgen, daß die Räder abfallen.«

»Helen, du mußt dich überhaupt nicht sorgen«, protestierte er. »Halt dich, eh, einfach an Charlotte Brontë. Da stehen eine Menge guter Sachen drin.«

Eilig legte er auf. Schließlich war es vielleicht keine schlechte Idee, in der Mensa etwas zu sich zu nehmen. In der Richtung hatte er in letzter Zeit nicht viel getan.

Mrs. Mouzouka, die Leiterin der Küchenabteilung, kam persönlich, um seine Bestellung aufzunehmen. »Morgen, Professor. Alle meine Helfer striegeln Pferde oder bügeln Uniformen, so daß Sie sich mit schlechter Bedienung und spärlicher Auswahl begnügen müssen. Mrs. Svenson war gestern hier unten, um mir zu helfen, aber heute ist sie wohl damit beschäftigt, Mähnen und Schweife zu flechten.«

Die Balaclava Blacks wettkampffertig zu machen, bedeutete unter anderem kunstvolle Frisiererei. Noch keinem war es je gelungen, es Sieglinde Svenson an Gefühl für Pferdehaar gleichzutun.

Shandy hatte eine Eingebung. »Ich nehme, was Sie gerade haben, und vielleicht kann ich die Dienste meiner Frau anbieten. Sie und ihre Freundin, Miss Bjorklund, haben eine Art Amateur-Feldküche für die Schweinesucher unterhalten, aber ich glaube kaum, daß sie heute Kundschaft haben.«

Er verspeiste das Rührei mit warmem Maisbrot, das seine Kollegin ihm gebracht hatte, und tätigte dann einen weiteren Anruf. »Helen, meinst du, du und Iduna könntet eine Weile hier einspringen? Mrs. Mouzouka versucht gerade, die Mensa praktisch im Alleingang zu betreiben.«

Helen sagte, natürlich, das täten sie gern, und Shandy war mit sich zufrieden, als er auflegte. Damit hätten sie reichlich zu tun und würden an andere Dinge denken. Er nahm den Wagen und machte sich nach Forgery Point auf.

Flackley sah eindeutig so aus, als habe er die ganze Nacht gearbeitet, und auch das Fuhrwerk machte diesen Eindruck. Mit den Reparaturen war es gut vorangegangen.

»Na, ich sehe, daß wir's schaffen werden«, war Shandys Begrüßung.

»Aber sicher, kein Grund, ins Schwitzen zu geraten.«

Der Schmied wischte sich mit einem schwärzlichen Ärmel die feuchte Stirn. »Außer für mich, heißt das. Würden Sie mal den Wagenschwengel halten, wenn ich hier die Beschläge anbringe?«

»Selbstverständlich. Zu meiner Erleichterung sehe ich, daß Sie welche gefunden haben. Die alten Beschläge waren zerbrochen, nicht?«

»In tausend Stücke zerschmettert«, knurrte Flackley. »Die hier mußte ich praktisch neu machen, aber –. Ah, jetzt paßt es! Glatt wie 'n Kinderpopo. Halten Sie still, verdammt!«

Er hämmerte eine Weile herum, dann befahl er: »Okay, jetzt langsam loslassen. Langsam, um Gottes willen! Wenn das Ding da abbricht –. Nee, schätze, sie werden halten. Okay, Professor, scheint so, als könnten Sie zurückfahren und ihnen sagen, daß die Karre fahrbereit ist, wenn Sie die Pferde hier draußen haben. Acht Uhr, sagten Sie?«

»Plusminus eine halbe Stunde. Wir lassen sie in ihrem eigenen Tempo hertrotten.«

»Genau. Blof niff müde machen.«

Flackley sprach etwas undeutlich, da er sich einige Schrauben zwischen die Lippen gesteckt hatte und jetzt bei einer anderen Arbeit war. Shandy trödelte noch herum, spazierte um den Pferdewagen, schaute hie und da nach einer reparierten Stelle, äußerte sich anerkennend über Flackleys Geschicklichkeit. Er hatte genug kaputtes Bauernhofgerät geflickt, um genau zu erkennen, was Flackley da machte und wie gut der Mann es machte. Zum Schluß kletterte er auf das Fuhrwerk.

»Wie ich sehe, haben Sie alle Fässer wieder festgeschraubt.« Er griff nach einem, um es in seiner Eisenklammer zu drehen.

Flackley spuckte Schrauben. »Um Christi willen«, brüllte er, »nich' anfassen. Ich hab' drei, vier Stunden gebraucht, die Dauben wie ein Puzzle wieder zusammenzusetzen. Hab' nix anderes gefunden wie diesen alten, langsam trocknenden Leim, und der hat noch nich' angezogen. Hören Sie, Professor, wollen Sie mir einen echt riesigen Gefallen tun?«

»Und mich zum Teufel hier rausscheren?« beendete Shandy vergnügt den Satz für ihn. »Na klar. Ich verdufte und verkünde die frohe Botschaft. Ich glaube, ich mache auch einen kleinen Ausflug über die alte Landstraße bis zur Festwiese, für den Fall, daß es da üble Schlaglöcher gibt, auf die man aufpassen müßte. Sie lassen uns mit dem Pferdewagen nicht auf die Hauptstraße, wissen Sie.«

»Ja«, murmelte Flackley um einen neuen Mundvoll Schrauben herum. »Frima Idee. Bif fpäfer.«

»Je später, desto besser, was?« Shandy ging zu seinem Wagen. »Danke, Flackley, Sie haben mir eine gewaltige Last von der Seele genommen.«

Er fuhr nach Seven Forks zurück, hielt an dem widerlichen Kramladen und benutzte den dortigen Münzfernsprecher, um Miss Tibbett im Verwaltungsgebäude des College wissen zu lassen, daß die Sache bei der Schmiede unter Kontrolle sei, und um sie zu bitten, die Nachricht weiterzugeben. Dann machte er sich an die langsame, aufmerksame Erkundung der engen, gewundenen, schlecht asphaltierten Straße, die der Pferdewagen am Abend befahren sollte. An mehreren Stellen hielt er an, stieg aus, sah sich sorgfältig um, wobei er sich Zeit ließ, die Augen offenhielt und an das dachte, was er tun mußte. Endlich nickte er, trat aufs Gaspedal und schlug den Heimweg ein.

Er schaffte es, Lieutenant Corbin zu erreichen, und unterhielt sich lange und ernst mit dem Staatspolizisten. Dann stellte er seinen Wagen ab, weil er ihn nicht mehr brauchen würde, ging zurück zum Crescent und fand sein Haus verlassen vor. Helen und Iduna waren sicher noch dabei, sich in der Fakultätsmensa ins Zeug zu legen.

Das paßte ihm ausgezeichnet. Er aß das Sandwich, das man ihm rücksichtsvollerweise in einer Tüte auf dem Küchentisch bereitgelegt hatte, trank ein Glas Milch und machte ein Nickerchen. Um Viertel vor fünf wachte er auf, duschte, zog frische Unterwäsche an und darüber die zerlumpteste Arbeitsjacke und -hose, die er besaß. Dann packte er einige weniger anrüchige Kleidungsstücke in einen Leinenbeutel, zog seinen alten Regenmantel an und ging zur Fakultätsmensa.

Helen kellnerte hingebungsvoll. Obwohl sie ihm ganz professionell einen Korb Brötchen und ein Glas Wasser vorsetzte, war ihre Begrüßung die einer jeden liebenden Gattin.

»Peter, konntest du nichts anderes zum Anziehen finden?«

»Ich habe was zum Wechseln dabei.«

Er zeigte ihr den Leinenbeutel. »Ich habe diese Klamotten an, weil ich wahrscheinlich beim Abschirren helfen muß und dann auf der Festwiese im Planwagen schlafe.«

»Ach, dann fahrst du also zur Festwiese?«

»Ja, Thorkjeld und ich. Die Studenten kommen mit dem Bus. So ist die Gefahr geringer, daß der Wagen zusammenbricht, obwohl Flackley die Reparaturen gut im Griff hat. Was gibt es zum Abendessen?«

»Iduna hat einen vorzüglichen Rindfleischeintopf gemacht.«

»Ausgezeichnet. Her damit.«

Im Handumdrehen war Helen mit einem randvollen Teller zurück.

»*Bon appétit.* Auf Kosten des Hauses. Mrs. Mouzouka ist so dankbar, daß du Iduna hergeschickt hast, daß sie herauskommen und dich küssen würde, wenn sie nicht gerade einen Schub Pasteten machte. Sie tauschen wie verrückt Rezepte aus, und mir schwant so etwas, als ob sie drauf und dran wäre, Iduna eine Arbeit anzubieten.«

»Hör mal, das wär' doch vielleicht genau das Richtige! Iduna könnte zu Tim rüberziehen und –«

»Ja, Schatz.«

Helen drückte ihm einen Kuß aufs linke Ohr und ging einen anderen Tisch bedienen. Shandy aß seinen Eintopf auf, verspeiste eine doppelte Portion Apfelkuchen mit Eis, trank mehr Kaffee als sonst um diese Zeit, schob einen Vierteldollar unter den Teller, schaffte es, Helen einen Abschiedskuß zu entreißen, als sie mit einem Tablett voll Teller vorbeiflitzte, und machte sich zu den Ställen auf.

Hier war alles bereit. Die acht prachtvollen Balaclava Blacks standen in einer Reihe vor ihren Boxen, mit glänzendem Fell, hervorragend frisierten Mähnen und Schweifen, polierten Hufen und festem und entschlossenem Blick.

Die acht Reiter, die sich mit sauberen Kattunhosen und ihren besten J.-C.-Pennley-Flanellhemden schmuck herausgeputzt hatten, waren fertig zum Aufsitzen. Das Geschirr war in dem kleinen Bus verstaut, hinter dessen Steuerrad, von allen begafft und von so manchem beneidet, der vormals unauffällige Henry Purvis thronte.

Thorkjeld Svenson stapfte die Reihe auf und ab und gab letzte Anweisungen. Jim Feldster machte sich auffällig zu schaffen, trug eine lange Liste mit sich herum und schaute ernst und verantwortungsvoll drein. Er imitierte Stott ziemlich gut und schien bereits die Stellung des Leitenden Vorsitzenden des Fachbereichs Haustierhaltung auszukosten. Shandy betrachtete ihn nachdenklich einen Moment, dann stieg er in den kleinen Bus und steckte sein Bündel hinter Purvis unter den Sitz.

Als ob das das Signal gewesen wäre, auf das sie gewartet hatten – was es in Wirklichkeit nicht war –, schwangen sich die acht Reiter auf ihre Rosse und nahmen die Zügel in die Hand. Der Spielmannszug von Balaclava, in voller Montur angetreten, stimmte eines der beliebtesten Campus-Lieder an, und die gewaltige Zuschauermenge fiel in den Refrain ein:

»Kommt der Bauer in die Stadt, hat am Karren nur ein Rad,
setzt er alle Städter matt!«

Thorkjeld Svenson schritt an die Spitze der Reihe, schnalzte Odin leise ins Ohr, und das größte all dieser großen Pferde setzte den schönen Huf vor. Henry Purvis ließ den Motor an. Shandy blickte auf die jubelnde Menge hinaus und legte sich schlafen.

Als er aufwachte, war Thorkjeld Svenson neben ihm, und sie holperten über den Feldweg, den er in den letzten paar Tagen so gut kennengelernt hatte. »Fast da«, grunzte er.

»Hoffentlich ist Flackley fertig«, grunzte Svenson zurück, »sonst kann er was erleben.«

Flackley war fertig. Er hatte einen Scheinwerfer vor der Schmiede angebracht, und dort sahen sie den Planwagen stehen, der so robust und stabil aussah wie eh und je. Svenson und Shandy inspizierten ihn, überprüften alles Überprüfbare und sahen keinen Grund zur Sorge.

»Ich hab' diese Fässer so fest angeschraubt wie möglich«, sagte der Kurschmied, »und ich bin sicher, daß der Leim bis morgen früh angezogen hat. Seien Sie heute abend bloß noch vorsichtig damit. Diese Burschen auf den Pferden reiten doch nich' mit euch, oder?«

»Nein«, versicherte ihm Shandy, »sie helfen uns nur anschirren, dann fahren sie mit unserem Purvis hier zurück. Heute abend werden nur Präsident Svenson und ich im Wagen sein, es sei denn, Sie würden uns gern begleiten.«

Flackley grinste. »Ich nich', danke. Ich hau' mich hier 'n bißchen aufs Ohr, wo's warm und gemütlich ist. Aber morgen früh bei Tagesanbruch bin ich auf der Festwiese, für den Fall, daß es in letzter Minute noch Probleme gibt.«

Svenson umschloß die Hand des Kurschmieds mit seiner mächtigen Pranke. »Verdammt dankbar. Vielleicht geben wir Ihnen 'nen Ehrendoktor.«

»Danke, Barzahlung genügt mir. Soll ich beim Anschirren helfen? Wenn nich', hol' ich mir was zu futtern. Ich weiß nich' mehr, wann ich zuletzt was gegessen habe.«

»Machen Sie mal. Wir kommen zurecht.«

Svenson und seine Mannschaft fingen an, das Geschirr anzuschleppen und die Pferde im Tandem einzuspannen: Odin und Thor an der Spitze mit Batterielaternen um die Hälse, dann Freya und Balder, dann Hoenir und Heimdall, und Loki und Tyr bildeten die Nachhut. Als das Gespann marschbereit war, stiegen die Reiter in den kleinen Bus – jeder mit einem persönlichen Händedruck und einem Wort der Anerkennung vom Präsidenten, das er oder sie ewig in Ehren halten würden.

Henry Purvis erwartete ein wohlverdientes Loblied. Er war unbedingt dafür, das Fuhrwerk bis zur Festwiese zu begleiten, aber Svenson wies ihn in väterlichem Ton darauf hin, daß seine erste Sorge seinen Passagieren gelten müsse, daß sie ohnedies schon spät genug ins Bett kämen und daß Balaclava von jedem Busfahrer erwartete, daß er seine Pflicht tue. Beeindruckt salutierte Purvis zackig, wendete den Bus mit der Anmut eines Nurejews bei einer Pirouette, und einen Moment später tanzte das rote Rücklicht auf der unebenen Straße davon.

So blieben Svenson und Shandy allein mit dem Gespann zurück. Als sie ihre lange, einsame Fahrt begannen, konnten sie Flackley durch das Küchenfenster beobachten, wie er gerade eine Dose Chilis öffnete.

Keinem der beiden auf dem Wagen war nach Sprechen zumute. Doch schläfrig war Shandy nicht mehr. Er hatte das komische Gefühl, er wäre gar nicht da, sondern stünde irgendwo weit weg und würde zuschauen, was dem kleinen Kerl mit dem schütteren Haar in der zerlumpten Arbeitshose und dem Riesen, der neben ihm aufragte, widerfahren würde.

Na, er hatte alles getan, was in seiner Macht stand, um bereit zu sein. Jetzt konnte man nur noch abwarten. Er nahm an, er und Svenson würden eine ganze Weile abwarten müssen, und er behielt recht.

Es geschah genau dort, wo er gedacht hatte: fast am Ende der alten Straße, in der kleinen Senke, wo die ehemalige Gerberei stand. Sie kamen geräuschlos, drei Leute, mit Halstüchern vor den Gesichtern. Einer huschte aus dem Schatten und ergriff Odins Zugriemen. Die beiden anderen sprangen vom Dach des niedrigen, verlassenen Gebäudes.

Sie hatten keine Pistolen; auch damit hatte Shandy gerechnet. Sie wären verrückt gewesen, so nah an der Hauptstraße, wo eine Polizeisperre an der Kreuzung postiert war, eine Schießerei zu riskieren. Sie hatten Totschläger dabei. Sie hätten sich genausogut auf Steinschleudern verlassen können.

Thorkjeld Svenson steckte einen kräftigen Hieb auf den Hinterkopf ein, ohne mit der Wimper zu zucken, drehte sich zu dem Mann um, der ihm den Schlag versetzt hatte, packte ihn bei den Füßen, wirbelte ihn ein paarmal herum und ließ seinen Kopf gegen den Kutschbock krachen. Im selben Moment sprang Shandy, der hinter einem der Musikersitze gehockt hatte, den anderen Mann an, riß ihm das Halstuch ab und fesselte ihm damit fast gleichzeitig die Hände.

Als der Mann vorne erkannte, was passierte, ließ er Odin los und versuchte davonzulaufen. Shandy brüllte: »Halt!« Svenson sagte gar nichts. Er griff einfach nach einem Bierfaß, riß es mitsamt der Stahlklammer und allem Zubehör vom Boden los und schleuderte das Geschoß nach der flüchtenden Gestalt. Das Faß schlug hinter dem Mann auf, und Reifen und Dauben spritzten in alle Richtungen, doch einer dieser fliegenden Reifen fiel wie ein Lasso um den Übeltäter und brachte ihn zu Fall.

»Jessas, war das Ding schwer«, keuchte der Präsident. »Was hat Flackley gemacht – Beton reingefüllt?«

»Keinen Beton, Präsident«, sagte Shandy, der gerade den Mann fesselte, den Svenson k.o. geschlagen hatte. »Wahrscheinlich Gold, und es gehört der Karolingischen Manufaktur. Und das hier sind die Ganoven, die es geklaut haben. Bleiben Sie hier, und geben Sie jedem eins auf die Nase, der einen Finger rührt. Ich gehe diesen dritten Gauner fesseln, bevor er sich befreien kann. Ich weiß nicht, wo zum Teufel unser Geleitschutz bleibt.«

Im selben Moment holte sie von hinten ein Polizeiauto ein. Mit gezogenen Pistolen stürzten Lieutenant Corbin und Sergeant Lubbock auf sie zu.

»Tut mir leid, meine Herren«, sagte Shandy. »Ich fürchte, Sie kommen zu spät zur Vorstellung, aber Sie dürfen sich gerne bei den Resten bedienen. Hier ist einer mit einem Faßreifen geschmückt, und zwei weitere liegen gefesselt im Wagen.«

»Aber wir waren doch direkt hinter Ihnen«, stotterte der junge Lubbock.

»Ja, nun, eh, tut mir leid, es ist ziemlich schnell gegangen. Sie hatten natürlich damit gerechnet, uns zu überraschen, und sie hatten überdies den Nachteil, Präsident Svenson noch nie, eh, ärgerlich gesehen zu haben.«

»Verdammt schade«, meinte Svenson verdrossen. »Eine Bande Jammerlappen. Ich hatte mich auf ein bißchen körperliche Ertüchtigung gefreut, um die Eintönigkeit des Alltags zu durchbrechen. Na, schaffen wir mal dieses gottverfluchte Gold und Silber aus dem Wagen, und fahren wir weiter, bevor Odin steife Beine kriegt. Ich vermute, die Fässer sind alle voll.«

»Bestimmt«, antwortete Shandy. »Da bin ich sicher. Er und seine Komplizen müssen gestern an die Arbeit gegangen sein, sobald wir Forgery Point verlassen hatten. Deswegen hat er natürlich Miss Flackley umgebracht, damit er die alte Schmiede benutzen konnte. Unseren Pferdewagen hat er zerstört, damit er uns dazu bringen konnte, ihn lang genug in der Werkstatt zu lassen, so daß er das Metall einschmelzen und diese 36 Bierfässer füllen konnte. Er muß gedacht haben, er hätte eine narrensichere Methode gefunden, durch Ihre überaus effizienten Sperren zu kommen, Lieutenant.«

Shandy streckte einen Stiefel vor und rollte den Mann, dem Svenson einen Schlag auf den Kopf versetzt hatte, auf den Rükken. Das Gesicht, das so zum Vorschein kam, war nicht unattraktiv, aber die Worte, die aus Frank Flackleys Mund drangen, als er wieder zu Bewußtsein kam, waren sehr, sehr häßlich.

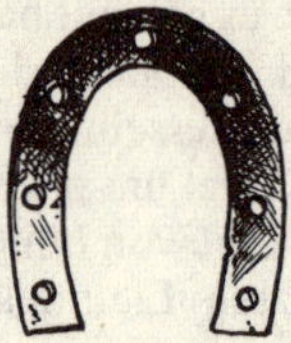

Kapitel 21

Corbins über Funk durchgegebene Bitte um eine blaue Minna und einen Geldtransporter wurden in der Polizeizentrale skeptisch aufgenommen, bis er erklärte, warum er sie brauchte. Dann ging alles ziemlich schnell. Binnen einer Stunde waren die Festgenommenen eingebuchtet, und die 36 Bierfässer voll Gold und Silber begannen ihre Reise, die sie am Ende wieder in die Stahlkammer der Karolingischen Manufaktur zurückbringen würde.

Die Balaclava Blacks waren wieder unterwegs, aber Peter Shandy war nicht dabei. Stattdessen hatte Thorkjeld eine Eskorte von zwei stämmigen Staatspolizisten, die er damit unterhielt, auf Schwedisch »Ich bin ein alter Cowboy« zu singen. Sie erreichten die Festwiese ohne weitere Zwischenfälle. Etwas später veröffentlichte der *Allwoechentliche Gemeinde- und Sprengel-Anzeyger für Balaclava* eine wunderliche Sage über einen dämonischen Kutscher, der angeblich über die alten Landstraßen fährt und eine eigentümliche Melodie singt, wie sie keines Menschen Kehle hervorbringen kann, und mit acht kohlschwarzen Rossen fährt, von denen jedes, wie der Gatte des ältesten Svenson-Mädchens es zweifellos ausgedrückt hätte, größer ist als alle anderen.

Nachdem er Flackleys zwei Kumpane offiziell als die Männer identifiziert hatte, die seine Frau mit vorgehaltener Waffe als Geisel genommen und ihn und Mr. Peaslee gezwungen hatten, die Stahlkammer zu plündern, ließ sich Shandy von Sergeant Lubbock zum Crescent zurückbringen. Helen mußte wach gewesen sein, denn sie hörte ihn hereinkommen und rief herunter:

»Bist du das, Peter?«

»Ja, meine Liebe. Steh auf und begrüße den strahlenden Morgen.«

»Es ist nicht Morgen, sondern erst Viertel vor zwei. Was ist los? Ist der Wagen zusammengebrochen?«

»*Au contraire,* wie wir von der Sûreté sagen. Komm, weck Iduna und sag ihr, sie soll ihre Lockenwickler rausnehmen.«

»Peter, bist du zufällig betrunken?«

»Zufällig nicht, aber vielleicht bin ich es bald absichtlich. Eil dich, zieh dir was an.«

»Was soll ich mir anziehen?«

»Egal. Wir gehen nicht weit.«

»Wohin gehen wir, um Himmels willen?«

»Hier und dorthin. Wenn die beiden Damen einen Schritt zulegen würden, wäre es mir möglich, euch in die jüngsten Ereignisse einzuweihen, bevor er kommt.«

»Er wer?«

»Rate.«

»Peter, mach's nicht so spannend!«

Die Spannung erfüllte ihren Zweck. Bald waren die beiden Frauen unten, Helen in Hosen und Pullover, Iduna in einem spitzenbesetzten Dirndl, in dem sie nicht nur gewaltig, sondern auch gewaltig anziehend aussah. Ihre ersten Worte an Peter waren:

»Soll ich Kaffee aufsetzen?«

»Auf jeden Fall«, sagte Shandy. »Mach reichlich. Hol am besten auch ein paar Schmalzkringel raus.«

»Wie viele?«

»Ach, mach einfach die Dose auf.«

»Peter«, keuchte Helen, »du willst uns doch nicht mitteilen –«

»Ich platze vor Mitteilungen!«

»Aber wie?«

»Alles wird aufgeklärt werden. Hingesetzt, meine Damen, und aufgepaßt, was ich euch kund will tun.«

Und dann tat er kund. Nach einem kurzen Abriß der nächtlichen Ereignisse schritt er zur Erläuterung.

»Wie ihr wißt, war das Rätselhafte beim Raub in der Karolingischen Manufaktur, was mit dem ganzen Gold und Silber passiert ist. Es war, wie wir aus schmerzlichen Gründen wissen, eine große und schwere Ladung. Also brauchte man ein großes und schweres Fahrzeug, um sie zu transportieren. Die beiden Männer, die das Verbrechen begangen haben, wurden gesehen und bis aufs I-Tüpfelchen genau beschrieben. Binnen 15 Minuten hatte die Polizei Straßensperren von hier bis zum Pazifik aufgebaut und stoppte und durchsuchte jedes mögliche verdächtige Fahrzeug.

Und doch haben sie nichts gefunden, und der Grund dafür war, daß die Männer, die es gestohlen hatten, nicht versucht haben, damit zu fliehen. Frank Flackley wartete in der Nähe in einem Wagen, den eine vierte Person fuhr. Sie versteckten sich auf einem dieser nicht mehr benutzten Holzwege, aber nicht in so einer Sackgasse wie dem, wo sie dich gefunden haben, Helen. In diesem Gebiet hat es einmal ein ganzes Netz solcher Straßen gegeben, und die Verbrecher hatten sich große Mühe gemacht, die wenigen noch befahrbaren auszukundschaften.

Du und einer der beiden Männer wurden in das andere Auto verfrachtet, das wegfuhr und dich an einer Stelle absetzte, wo du es schwer genug hattest, Hilfe zu finden, und dann begab man sich frech zur Hauptstraße oder einer anderen Stelle, wo der zweite Mann abgesetzt wurde. Da niemand den zweiten Wagen in Verbindung mit den Räubern gesehen hatte, bestand für den Fahrer keine Notwendigkeit, sich zu verstecken.

Inzwischen brachten Flackley und der zweite Mann den Lieferwagen über diese alten Straßen nach Forgery Point, erreichten die Schmiede, ohne gesehen zu werden, und luden die Beute ab. Sie mußten sich nicht beeilen. Flackley hatte den Terminplan seiner Tante für diesen Tag gesehen und wußte, wie lange sie fortbleiben würde. Außerdem wußte er, daß es absolut ungefährlich war, das Gold und Silber dicht bei der Werkstatt zu verstecken, weil sie es nie zu sehen bekommen würde. Sie ging zum Dinner aus, und sie sollte nie zurückkehren.

Nachdem der erste Mann in Flackleys Haus seine Kleider gewechselt hatte, fuhr er den Lieferwagen dorthin, wo Matilda Gables ihn gefunden hat, und fackelte ihn ab, um etwaige Fingerabdrücke oder sonstige Indizien zu vernichten. Dann machte er sich zu Fuß auf, wahrscheinlich als Wanderer oder Jogger verkleidet, so daß er nicht auffiel, wenn er die Hauptstraße entlangtrabte. Jedenfalls lief er nicht weit. Flackley blieb natürlich, wo er war. Als Tante Martha nach Hause kam, hat sie ihn zweifellos vor dem Fernseher gefunden, wie er sich mit Bier vollaufen ließ und sich darüber ausließ, wie sehr er den gemütlichen Tag nach seiner langen Busfahrt am vorigen Tag genossen habe.«

»Wer von ihnen hat dann Miss Flackley umgebracht?« wollte Helen wissen.

»Flackley natürlich. Nachdem er seiner Tante in den Mantel und ich weiß nicht was alles geholfen hatte, ist er vermutlich ostentativ rausgegangen, um Auf Wiedersehen zu winken und ›Viel Spaß‹ oder so zu brüllen, und hat dann so getan, als würde er hinters Haus gehen. In Wirklichkeit schwang er sich hinten in den Lieferwagen und blieb die ganze Zeit dort, während sie bei uns war. Nachdem sie Stott Gute Nacht gesagt und den Parkplatz verlassen hatte, griff Flackley einfach nach vorn, schlitzte ihr durch ihre Mohairstola hindurch die Kehle auf und packte das Lenkrad. Zweifellos hat er ihr die Stola noch ein- oder zweimal um den Hals geschlungen, damit das Blut nicht durch das ganze Fahrerhaus spritzte, und ist zu den College-Stallungen hinübergefahren, wo er sie im Maischespender absetzte.«

»Und dann hat er Belinda gestohlen«, rief Iduna. »Aber wohin hat er sie gebracht? Wie hat er sie ganz allein in und aus diesem Lieferwagen gekriegt?«

»Dazu komme ich gleich. Wie ihr bereits erraten haben müßt, waren der Schweinediebstahl und dieser ganze Firlefanz mit Koteletts und Eisbeinen und verstreuten Sonnenblumenkernen im Wagen Ablenkungsmanöver, damit die ganze Sache wie ein danebengegangener Studentenstreich aussah und uns von der Spur abbrachte. Was, wie ich zugeben muß, gelungen ist – für eine gewisse Zeit.«

»Aber wie um alles in der Welt hat es Flackley geschafft, an so vielen Orten gleichzeitig zu sein?« fragte Helen. »Das war es, was Iduna und ich uns gefragt haben. Selbstverständlich wußten wir in dem Moment, als er den Mund aufmachte, daß er nicht ganz der war, der er zu sein vorgab.«

»Das wußtet ihr? Woher?«

»Solche Typen sind das nie«, antwortete Iduna für sie. »Es gibt eine bestimmte Sorte Mann, der würde einem nicht mal die Wahrheit sagen, wenn er pro Wort dafür bezahlt würde. Helen und ich haben oft genug mit solchen Salbadern zu tun gehabt, um zu wissen, wann wir eingeseift werden.«

»Warum habt ihr mir das denn nicht gesagt?«

»Lieber Peter«, wies Helen ihn zurecht, »ein Lügner zu sein, macht nicht unbedingt einen Dieb und Mörder aus einem. Wir dachten, Flackley wollte sich wahrscheinlich bloß bei Iduna ein bißchen einschmeicheln. Wir haben ihn nicht gehindert, weil wir rausfinden wollten, ob mehr an der Sache war, bevor wir anfingen, Gerüchte über den Mann in die Welt zu setzen. Das war nicht mehr als fair.«

»Und überdies trat er so feurig und sexy auf«, schnaubte ihr Mann. »Ich hoffe, das wird dir eine Lehre sein.«

»Ach Gottchen«, meinte Iduna, »du glaubst doch hoffentlich nicht, eine von uns beiden hätte ihn auch nur mit der Feuerzange angefaßt. Nicht, solange wir die Gesellschaft von netten, intelligenten Herren wie dir und – und ein paar von den anderen Professoren genießen können, die ich –«

Ihre Stimme erstarb in einem Seufzer. Shandy warf ihr einen neugierigen Blick zu und nahm seine Erzählung wieder auf.

»Unseren Planwagen zu verwüsten, muß für einen Mann, der tatsächlich die Art von Erfahrungen gehabt haben muß, wie es Flackley von sich behauptet, leicht gewesen sein. Er hat es sogar viel zu gut gemacht, um glaubwürdig zu bleiben. Offenbar hatte er in der Schmiede Inventur gemacht und wußte, was für Ersatzteile zur Verfügung standen, und er hat die Teile zertrümmert, die ein Schmied mit dem richtigen Werkzeug problemlos reparieren konnte. Ein echter Rowdy wäre wie er zwar auch auf das Metall losgegangen, aber er hätte die Sitze demoliert, vielleicht den Holzkorpus in Brand gesetzt, die Speichen aus den Rädern getreten und dergleichen mehr.

Flackley hat zwar ein paar Dauben und Reifen eingetreten, aber so, daß man die Fässer leicht wieder benutzbar machen konnte. Als ich dann die Art der Beschädigungen gesehen und mich daran erinnert hatte, wie geschickt er uns hatte wissen lassen, daß er ein erfahrener Wagenreparateur sei, ging es mir endlich in den dicken Schädel, daß wir sehr hübsch hinters Licht geführt worden waren. Ich wußte, daß ich selbst mit Werkzeugen und Ersatzteilen den Wagen in ein paar Stunden hätte richten können; als er also sein großes Getue machte, er müsse die ganze Nacht daran arbeiten, wurde mit klar, daß er bestimmt vorhatte, das Metall einzuschmelzen und in die Fässer zu gießen. Danach war das Beste, was wir tun konnten, den Plan weiterlaufen zu lassen und sie, eh, auf frischer Tat zu ertappen.«

»Peter Shandy«, keuchte seine Frau, »willst du damit sagen, du wußtest, daß diese Männer das Fuhrwerk angreifen würden, und hast dich selbst und Thorkjeld absichtlich die Lockvögel spielen lassen? Und wenn sie euch erschossen hätten?«

»Meine Liebe, wir waren keine Lockvögel. Erstens wußte Thorkjeld, was passieren würde, und freute sich mit sichtlicher Begeisterung auf das Abenteuer. Zweitens trugen er und ich kugelsichere Westen und Helme, die uns Lieutenant Corbin geliehen hatte, der uns im Streifenwagen dicht auf den Fersen war. Drittens war ich ziemlich sicher, daß es keine Schießerei geben würde, und so war es denn auch. Flackley und seine Bande gingen davon aus, uns zu überrumpeln, verstehst du? Sie hatten Totschläger dabei, die an unseren Helmen einfach abprallten.«

»Mir kommt das alles eher kompliziert vor«, meinte Iduna. »Warum mußten sie diesen ganzen Hokuspokus veranstalten?«

»Weil sie das Gold und Silber an den Straßensperren der Polizei vorbeischaffen mußten. Auf dieser Strecke war die einzige kitzlige Stelle da, wo die alte Landstraße auf die Hauptstraße stößt. Fast jedes größere Fahrzeug wäre angehalten und durchsucht worden, aber sie wußten, daß die Polizei dem Pferdewagen von Balaclava nichts anhaben würde. Das wäre, als würden sie Bunker Hill absperren. Man erwartete, daß wir um diese Zeit dort vorbeikämen, versteht ihr, und so sollte es auch sein, nur würde jemand anders kutschieren.

Ich überlegte, daß Flackley und seine Kumpane den Überfall so lange wie möglich hinauszögern würden, statt zu riskieren, daß einige unserer Studenten, die uns vielleicht zu Pferde ein Stück des Wegs begleiten würden, den Überfall auf den Planwagen mitbekämen. Doch sie konnten auch nicht abwarten, bis wir die Hauptstraße überquert hatten, weil wir dann auf der Straße zur Festwiese gewesen wären. Da fuhren auch andere Gespanne entlang, und sie wären entweder gesehen worden oder hätten sich im Dunkeln auf das falsche Gespann gestürzt und die ganze Vorstellung platzen lassen. Ich habe die Route gestern ausgekundschaftet und kam zu dem Schluß, am ehesten würden sie ihren Überfall von dieser alten Gerberei direkt an der Straße aus inszenieren, etwa eine Viertelmeile von der Kreuzung entfernt.«

»Und da, nehme ich an, waren sie denn auch«, sagte Helen. »Verflixt, Peter, bei dir hört es sich so – so einfach an!«

»Na, das war es auch, als ich erstmal darauf gekommen war. Das Schwierigste daran war das Warten.«

»Aber hatten sie wirklich vor, unseren Pferdewagen ganz bis zur Festwiese zu fahren? Wie hätten sie die Fässer weggeschafft?«

»Mit List und Tücke. Einer der Ganoven fährt in seinen, eh, gesetzestreueren Momenten für eine Brauerei. Sein Lastwagen stand hinter der Gerberei. Er hätte ihn unmittelbar vor dem Fuhrwerk zur Hauptstraße gefahren. Er wußte, daß man ihn angehalten und durchsucht hätte, und das wollte er auch. Die Polizisten wären beschäftigt gewesen und hätten noch mehr dazu geneigt, unseren Planwagen weiterzuwinken.

Der Fahrer hätte erklärt, er sei unterwegs zur Festwiese, um dem Erfrischungsstand Bier für den Wettstreit zu liefern. Die Polizei hätte alle Fässer hin- und hergehievt, vielleicht ein paar angezapft, um zu sehen, ob wirklich Bier darin sei, was natürlich der Fall war, und ihn dann durchgelassen. Er wäre wie angekündigt bis zur Festwiese gezockelt, dann hätten er und seine Hilfstruppen seine Fässer mit unseren vertauscht, den Lastwagen mit der Beute beladen und wären Gott weiß wohin verschwunden. Früher oder später hätten unsere Posaunisten gemerkt, daß sie auf vollen Fässern säßen statt auf leeren, aber mittlerweile wären Flackley und die anderen über alle Berge gewesen.«

»Du meinst, dieser bärtige Rodeohelfer hätte die ganze Unternehmung geplant?« fragte Iduna. »Das kann ich nicht glauben.«

»Das brauchst du auch nicht. Flackley ist kein Planer. Er ist nicht einmal hundertprozentig fehlerlos, wenn er tut, was man ihm aufträgt. Zum Beispiel war es ziemlich unvorsichtig, daß er Miss Flackleys Mohairstola draußen in der Schmiede verbrannt hat. Als ich gestern dort herumstrich und mich unbeliebt machte, habe ich ein Stückchen braunen Stoff in der Asche gefunden.«

»Wer hat denn dann – «

Ein Wagen von der Bezirksverwaltung hielt vor dem Haus. Ein sehr großer Mann stieg aus.

»Ah«, sagte Shandy, »da kommt er ja.«

»Professor Stott! Peter, du meinst doch nicht – «

»Gott behüte! Unsere Geschichte ist noch nicht zu Ende. Ah, Stott, alter Freund, kommen Sie herein. Kommen Sie!«

»Shandy, mein treuer Genosse!«

Die Kollegen schüttelten sich die Hände. Doch noch während er dem Mann dankte, der ihn befreit hatte, war Stotts Blick woanders.

»Guten Abend, Miss Bjorklund. Der Verlorene kehrt, wie Sie sehen, heim.«

Iduna warf ihm ein 300-Watt-Lächeln zu und schlug verschämt die Augen nieder. »Möchten Sie einen Kaffee?« murmelte sie.

»Später«, sagte Shandy scharf. »Schnappt euch eure Mäntel.«

»Peter Shandy«, protestierte seine Frau, »ich weigere mich, mich vom Fleck zu rühren, bis du uns sagst, wohin wir gehen.«

»Dahin natürlich.« Er zeigte zur anderen Seite des Crescents.

»Zu Tims Haus? Weshalb?«

»Deshalb, verdammt!«

Shandy packte seine Frau am Arm und schob sie über den Rasen. Ames' Haustür stand einen Spalt auf. Er drückte sie weit auf, machte Licht an und bat die anderen herein.

»Puh«, keuchte Iduna, »hier kann man ja drin ersticken.«

»Das sollte auch jemand«, erwiderte Shandy, »damit jemand anders Zeit für eine heimliche Flucht gewänne. Laß die Tür besser auf. Glücklicherweise hat Tim aufgepaßt und dieser Teufelin eine Flasche Lysol über den Kopf gehauen, als sie ihm gerade einen Eimer voll Ammoniak und Putzmittel als Abschiedsgeschenk mixte.«

»Lorene McSpee!«

»Keine andere. Sie erschlich sich hier eine Arbeit, schnüffelte herum und brachte bei Mirelle Feldster den Ortstratsch in Erfahrung, suchte in Tims Auto die Fluchtwege ab, während sie angeblich unterwegs war, noch mehr Putzmittel zu kaufen, arbeitete ihre Pläne aus, heuerte zwei Mitverschworene an und ließ Flackley kommen. Die Männer haben die eigentliche Arbeit gemacht, während sie sich um das Drum und Dran kümmerte, zum Beispiel diese komischen Anrufe machte, Eisbein und Koteletts verteilte und Sonnenblumenkerne verstreute, um uns in die Irre zu führen. Übrigens hat sie Blutgruppe 0 und eine schlimme Abschürfung am Finger.«

»Ich wette, sie hat die Hufeisen umgedreht«, sagte Helen, »und ich fürchte, ich war diejenige, die sie auf die Idee gebracht hat. An dem Abend, als sie zum Essen kam, hatte ich dieses Gespräch mit Miss Flackley und Professor Stott über Hufeisen erwähnt.«

»Nur keine Panik, wie ihr Freund, der Schmied, sagen würde. Schließlich ist ihr Glück ausgelaufen und nicht unseres. Es freut mich, dich informieren zu dürfen, daß Lorene McSpee nun im Gefängnis sitzt und der Bildung einer kriminellen Vereinigung, des Mordversuchs und schweren Raubes beschuldigt wird.«

»Wie wunderbar, Peter! Aber wie können sie ihr schweren Raub vorwerfen? Sie hat doch eigentlich nicht an dem Überfall teilgenommen, oder?«

»Sie hat den Wagen gefahren, in den sie dich verfrachtet haben. Vergiß nicht, es hat mehr als diesen einen Raub gegeben, und mit ihren Putzmitteln hatte es mehr auf sich, als man riechen konnte.«

Er führte sie zur Kellertür und öffnete sie. Auf der obersten Stufe saß Timothy Ames, bis an die Zähne bewaffnet mit einer Kohlenschaufel und einer Heckenschere. Als er den Luftzug spürte, wirbelte Ames zum Angriff herum.

»Einen Schritt näher, und ich puste dir das Lebenslicht – oh, hallo, Peter. Wo zum Teufel hast du so lange gesteckt?«

»Ich habe auf Stott gewartet. Es wäre zu schade gewesen, wenn er die freudige Wiedervereinigung versäumt hätte.«

»Wiedervereinigung?«

Mit einem Jubelschrei polterte Stott die Stufen hinab. Ein wildes Quieken erfüllte die Luft.

»Vielleicht sollten wir sie allein lassen«, murmelte Helen. »Peter, wie hast du je erraten, daß sie hier ist?«

»Du hast es mir gesagt, meine Liebe, du und die Schwestern Brontë. Dein kleiner Scherz über den Lehrling, der die Bücher unter seinem Bett aufbewahrt, hat mich nachdenklich gemacht. Wenn Belinda nun in diesem Lieferwagen nie irgendwohin gebracht worden wäre? Wenn sie einfach auf ihren eigenen vier Füßen irgendwohin getrottet wäre, verlockt von einem Eimer saftiger Abfälle oder was auch immer, während mit den Kotspuren eine falsche Fährte gelegt wurde?

So kam ich dazu, mich zu fragen, wo sie sein könnte, und dann fiel es mir wie Putzlappen von den Augen, daß es vielleicht einen guten Grund gab, warum eine Frau ein Haus nach Desinfektionsmitteln stinken läßt. Diese McSpee, die Kreatur, hatte, eh, sozusagen eine Atmosphäre geschaffen. Es paßte alles. Tim geht nie in seinen Keller. Sie hat ihn sogar so terrorisiert, daß er dem Haus überhaupt so viel wie möglich fernblieb. Da er außerdem schwerhörig ist, würde er Belinda wahrscheinlich nicht hören, wenn sie quiekte, obwohl ich vermute, daß sie die meiste Zeit unter Beruhigungsmitteln stand. Also kam ich her und habe nachgeschaut, und da war sie und lebte von Hundefutterresten aus der Zeit, als Jemima sich in den Kopf gesetzt hatte, Windhunde zu züchten. Ich habe Tim alarmiert, und er hat sich heldenmutig der Sache ergeben. Also ehrlich, Iduna, ich sagte dir ja, Timothy Ames ist ein prima Kerl, wenn man in der Klemme steckt, und –«

»Spar dir deinen Atem«, unterbrach ihn Helen *sotto voce*.

Professor Stott kratzte nicht mehr Belinda den Rücken. Er stand sehr aufrecht da und starrte nach oben, wie Ritter Parzival den Heiligen Gral angestarrt haben mag.

»Miss Bjorklund«, sagte er zärtlich, »darf ich mir das unbeschreibliche Vergnügen gestatten, Ihnen Belinda von Balaclava vorzustellen?«

»Das Vergnügen ist ganz meinerseits.«

Iduna eilte die Treppe hinab. Sofort watschelte Belinda zu ihr hin und bot ihr den Rücken, um sich kraulen zu lassen. Es war ein schöner Moment, bis Timothy Ames ihn verdarb.

»Wie zum Kreuzdonnerwetter«, wollte er gereizt wissen, »kriegen wir diese verdammte große Schmalztonne aus meinem Keller?«

»Machen Sie die Kohlenklappe auf«, sagte Iduna, »ich hole sie heraus.«

Stott beeilte sich, den Wunsch seiner Herzensdame zu erfüllen. So leicht wie eine Elfe, die von einem Weidenkätzchen abfliegt, trippelte sie die zwei Stufen hinauf und blieb draußen stehen. Ihre honigsüße Stimme schwoll von einem bezaubernden Pianissimo zu einem reichen Mezzoforte an:

»Sa-au. Sa-au! Schwe-ein! Schweinchen!«

Belinda stellte ein Ohr auf, wandte ihren rosa Rüssel der offenen Luke zu und fing an, wie von einer unsichtbaren Schnur gezogen die Stufen emporzuklettern, dem Ruf der Sirene entgegen. Professor Stott tat es ihr nach.

»Miss Bjorklund«, hauchte er, »das – das war das Eindrucksvollste – das Überragendste – das aller-, aller-«

»Ach«, flüsterte sie, »warum nennen Sie mich nicht einfach Iduna?«

»Iduna!« säuselte er, dann sagte er leidenschaftlich: »Iduna! Mein – mein eigener Taufname lautet Daniel.«

»Na also! Ich wußte doch, daß es etwas Vornehmes und Erhabenes ist. Nun, Daniel, was würden Sie davon halten, wenn Sie und ich Belinda zu ihrem Koben zurückbringen und Sie dann auf einen Happen zum Frühstück mit ins Haus kommen?«

Während Belinda zufrieden hinter ihnen herwatschelte, spazierten sie Hand in Hand dem Sonnenaufgang entgegen.

ALL-WOECHENTLICHER GEMEINDE- UND SPRENGEL-ANZEYGER FÜR BALACLAVA: 27. April
Notizen aus der Provinz
Von Arabella Goulson
Es wird die Leser freuen zu erfahren, daß die jüngsten Ereignisse am Balaclava Agricultural College (A. d. R.: Ausführliche Berichte siehe S. 1, 5, 6 und 8) unser Gespann beim alljährlichen Ackergaulwettstreit nicht aus dem Tritt gebracht haben.

Wie üblich gewann Präsident Thorkjeld Svenson das Seniorenwettpflügen und der beliebteste Student des Jahres, Hjalmar Olafssen, schaffte es, dem früheren Champion Ethelred Spinney aus Lumpkin Corners den ersten Platz zu entreißen. Schade, Eth, aber wir haben so den Verdacht, als hätte auf Hjalmar am Ende der Furche mehr als nur ein Silberpokal gewartet.

Besondere Glückwünsche gelten dem Außenseiter Henry Purvis, der beim Hufeisenwerfen einen überraschenden dritten Platz belegte, gleich nach solchen Experten wie Oscar Plantagenet aus West Lumpkinville und Walt Hayward aus Goat Valley. Behaltet Henry nächstes Jahr im Auge, Leute! Jennifer Berg und Alison Blair gewannen mit ihrem tollkühnen Husarenritt auf Freya bzw. Balder alle Herzen und eine Trikolore.

Das einzige, was die Freude trübte, war, daß der Spielmannszug von Balaclava auf unserem historischen Pferdewagen im Stehen spielen mußte, weil man ihnen sozusagen die Sitze stibitzt hatte. (A. d. R.: Besonderer Bericht siehe Titelseite.) Prima Beinarbeit, Musiker! Das mit der großen Trommel tut uns leid, Hjalmar, aber es kann nicht alles klappen.

ALL-WOECHENTLICHER GEMEINDE- UND SPRENGEL-ANZEYGER FÜR BALACLAVA: 11. Mai
Notizen aus der Provinz
Von Arabella Goulson
Es wird die Leser interessieren zu erfahren, daß Miss Iduna Bjorklund aus Bjorklund's Bend, South Dakota, die zu Besuch bei Professor und Mrs. Peter Shandy auf dem Crescent weilt, eine Stellung am College angeboten wurde. Sie wird als Assistentin und Beraterin von Mrs. Blanche Mouzouka, der Leiterin des Fachbereichs Nahrungsmittelzubereitung, tätig werden.

Man munkelt, daß Miss Bjorklund bald noch eine Stellung angeboten wird – vielleicht im Fachbereich Haustierhaltung? Wer war die hübsche Dame, mit der wir Sie beim Abschlußball so göttlich haben Walzer tanzen sehen, Professor S.?

Wir sind übrigens entzückt zu berichten, daß Belinda von Balaclava (A. d. R.: Ausführlicher Bericht siehe *Landwirtschaft,* S. 2), nicht weniger als 17 erstklassigen Ferkeln das Leben geschenkt hat. Wir wußten alle, was in dir steckt, Belinda! Mutter und Babys sind wohlauf.

ALL-WOECHENTLICHER GEMEINDE- UND SPRENGEL-ANZEYGER FÜR BALACLAVA: 22. Juni
Notizen aus der Provinz
Von Arabella Goulson
Die Leser wären ebenso wie Göttergatte Harry und Ihre bescheidene Korrespondentin von der wunderbaren Einladung zum Tee bezaubert gewesen, den Präsident und Mrs. Thorkjeld Svenson am Sonntagnachmittag gaben, um die Verlobung ihrer Tochter Birgit mit Mr. Hjalmar Olafssen aus Buckbury Lower Falls bekanntzugeben und die kürzliche Hochzeit von Professor Daniel Stott und der früheren Miss Iduna Bjorklund zu feiern (A. d. R.: Ausführlicher Bericht siehe *Aus der Gesellschaft,* S. 6).

Rosa gedeckte Tische wirkten auf dem üppigen grünen Rasen des einladenden Hauses der Svensons wie riesige Rosen, jede geschmückt mit einem entzückenden Tafelaufsatz aus Kornblumen und Stockrosen, arrangiert von den geschickten Fingern von Mrs. Philip Porble, Gattin des College-Bibliothekars und Vorsitzende des Gartenbaukomitees im Verschönerungsverein. Wir sind so stolz auf unsere talentierte Grace!

Zu aller Entzücken und Erstaunen erhob, als wir uns an dem köstlichen, von Mrs. Svenson und ihren reizenden Töchtern angerichteten Smörgåsbord gütlich taten, Präsident Svenson sein Sektglas und verkündete, es handele sich – siehe da! – um eine Dreifach-Feier. Er habe das große Vergnügen zu verkünden, daß Royall Ames, Absolventenjahrgang 75 und Sohn des bekannten Professor Timothy Ames vom Fachbereich Boden, Steine, Erden, von seiner faszinierenden Exkursion in die Antarktis zurückgekehrt sei und eine bezaubernde Braut mitgebracht habe.

Sie ist die frühere Miss Laurie Jilles aus Downer's Grove, Illinois, die ebenfalls zur Expedition gehörte. Getraut wurden sie mitten im Ross-Meer vom Leiter der Expedition, Captain Amos Flackley. Auf die Frage, ob sie vorhätten, in die Südpolregion zurückzukehren, flüsterte Roy Ihrer rasenden Reporterin ins Ohr, man hätte ihm und Laurie hier in Balaclava Lehraufträge angeboten, und sie würden bei Dr. Ames auf dem Crescent wohnen. Danke für den Tip, Roy.

Captain Flackley läßt sich übrigens bei allen alten Familienkunden in Balaclava County ausdrücklich entschuldigen. Anscheinend hatte er nichts vom tragischen Tod seiner Tante und der schändlichen Farce von Ferdinand McSpee vernommen, der sich als Familienmitglied ausgegeben hatte, in Wirklichkeit aber unter anderem früher Hausmeister bei der Karolingischen Manufaktur gewesen war (A. d. R.: McSpee alias Frank Flackley wird wegen Mordes und schweren Raubes der Prozeß gemacht. Ausführlicher Bericht siehe S. 4).

Captain Flackley hat Roy gebeten auszurichten, daß er wieder in die Schmiede in Forgery Point zurückkehrt und den Betrieb weiterführt, sobald er letzte Hand an seinen Dokumentarfilm über die Antarktis gelegt und ein gutes Heim für ein Paar sehr gut erzogener Adelie-Pinguine gefunden hat. Geduld, Pferdefreunde!

Und hier ein letzter Leckerbissen für alle Freunde alten Brauchtums: Dem gelehrten Dr. Svenson zufolge war Iduna die skandinavische Göttin der Jugend und des Frühlings. Sie war im Besitz der goldenen Äpfel, die die Götter aßen, um ewig jung zu bleiben. Göttergatte Harry sagte im Scherz, daß eine Iduna in der Stadt schlecht für's Geschäft ist, aber ein paar Damen bei uns im Gartenverein könnten bestimmt ein paar Tips gebrauchen, wie man diese goldenen Äpfel züchtet. Wie wär's, Mrs. Stott?

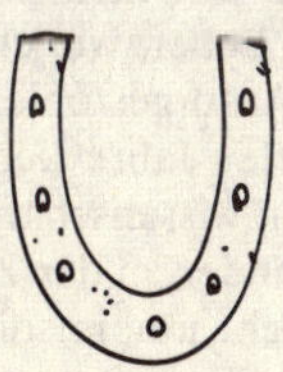

Nachwort

Schweine haben immer etwas Komisches, findet Peter Shandy, als das ganze renommierte Landwirtschaftliche College von Balaclava nach einer entführten Sau sucht. Man muß sich schon sehr in diese Welt eingelebt haben, um die Tragik des Vorgangs voll zu erfassen: Eine hochträchtige Mustersau wird gekidnappt, und die recht ungewöhnlichen Drohbriefe der Übeltäter bestehen aus heimlich vor den Türen deponierten Koteletts und Gläsern mit Sülze – sinistren Anspielungen auf das Belinda von Balaclava drohende Schicksal. Sie selbst in portionierter Form kann der Ursprung dieser unwillkommenen Fleischsendungen nicht sein – Gott sei Dank sind die Koteletts nicht mehr ganz frisch, und die Zeit, aus Belinda Sülze zu machen, fehlte bestimmt. Aber es geht gar nicht darum, daß ein normales Schwein seiner landläufigen Bestimmung statt durch den regulären Metzger durch Diebe und Schwarzschlachter zugeführt wird: Belinda von Balaclava ist nicht mehr und nicht weniger als ein ›Forschungsprojekt‹, in dessen Supertonnage 30 Jahre zäher Arbeit stecken. Generationen von Schweinen mußten sorgfältigst nach modernen Methoden gekreuzt werden, damit am Ende der langen Kette eines von ihnen die Superferkel, die Schweine der Zukunft, das neue Schwein gebären würde. Man erkennt schon die schrecklichen Konsequenzen, die Belindas Tod für ihren geistigen Vater, den renommierten Ordinarius für Schweinezucht, Professor Stott, hätte – es wäre nicht mehr und nicht weniger als die Vernichtung eines wissenschaftlichen Lebenswerks, schlimmer noch als die berühmte mitsamt dem Auto gestohlene Kiste, in der einmalige Forschungsergebnisse vieler Jahre liegen. Dennoch kann selbst Professor Shandy, der sein wissenschaftliches Renommee und ein kleines Vermögen unter anderem der Zucht der Superrübe ›Balaclava-Protz‹ verdankt, nicht umhin, dieses Kidnapping Belindas auch ein wenig komisch zu finden.

Noch weniger kann sich offensichtlich die Autorin dieser Komik verschließen. Es ist eine klassische Funktion des Detektivromans, in sonst nicht ohne weiteres real oder auch episch zugängliche Sonderwelten zu führen: In das Fakultäts-Speisezimmer eines altehrwürdigen College, in einen Wanderzirkus, hinter die Bühne eines Provinztheaters oder der Metropolitan Opera, zum Klerus einer englischen Kathedrale, ins Weiße Haus, den Tower oder die Houses of Parliament – die Liste ließe sich endlos fortsetzen, lebt doch der Detektivroman von der Verbindung eines ›Plots‹ mit einem für diesen ›Plot‹ geeigneten Schauplatz, der exotisch genug ist, um das Interesse des Lesers zu erregen, und alltäglich genug, um Wirklichkeit zu konstituieren.

Mit der Landwirtschaftlichen Hochschule von Balaclava hat Charlotte MacLeod gleich in ihrem ersten Roman »Schlaf in himmlischer Ruh'« von 1978 (DuMont's Kriminal-Bibliothek, Band 1) eine Goldmine – oder, um im Vokabular des Schauplatzes zu bleiben, eine sehr ergiebige Kartoffelmiete – angegraben, die sie in ihrem zweiten Roman aus Balaclava, in den USA 1979 erschienen, nun weiter erschließt. Jeder Leser freut sich, in eine akademische Welt zurückzukehren, in der die Forschungsarbeit sich auf Rübenfeldern vollzieht, die Rivalitäten der Studenten beim Preishüten und Wettpflügen ausgetragen werden und in der das Opfer eines offensichtlich raffiniert geplanten Kidnappings letztlich nur eine Sau und die ihr drohende und in Form von Koteletts und Sülze auch konkret angedrohte Konsequenz der übliche Weg allen Schweinefleisches ist.

Doch dabei bleibt es nicht. Wenn auch Schweinen immer etwas Komisches anhaftet, sind die Begleitumstände der Entführung keineswegs komisch: Wie auch immer das geschehen ist – das Kidnapping hat ein Todesopfer gefordert, und wie wenige Monate zuvor bei den Morden während der friedlichen Weihnachtszeit und der eher lauten und für das College kommerziell einträglichen Lichterwoche gerät die kleine Gemeinschaft in Turbulenzen. Die Entführung der trächtigen Sau Belinda und das Umdrehen der Hufeisen über den Boxen der Balaclava Blacks (dieses das Buch durchziehende Motiv nimmt der amerikanische Originaltitel »The Luck Runs Out« auf) sieht ganz nach einem Studentenulk aus – könnte da nicht der Mord ein unglücklicher Umstand gewesen sein, der für die Beteiligten den lustigen Streich schrecklicherweise in ein dunkles Verbrechen verwandelt hat? Das Opfer ist die kluge, resolute, warmherzige, gebildete Miss Flackley, die den Beruf einer Kurschmiedin ausübt – eine altehrwürdige Mischung aus Schmied und nicht akademisch ausgebildetem, sondern praktisch geschultem Tierarzt. Zudem gibt es die Möglichkeit, daß eine Tochter des College-Präsidenten in den Fall verwickelt ist, kämpft sie doch bei den ›Veggies‹, den ›Wachsamen Vegetariern‹, in vorderster Front, und dieser radikalen Bewegung ist natürlich die ganze Abteilung Haustierhaltung, Unterfachschaft Schweinezucht, ein Dorn im Auge. Ideen sind sogar aus ihrer engsten Umgebung laut geworden, Schweine zu nützlicheren Tätigkeiten, etwa als Wach- und Blindenschweine, heranzuziehen. Könnte da nicht der Plan bestanden haben, gerade Belinda heimlich niederkommen zu lassen, um dann ihre Superferkel, die Schweine der Zukunft, zu wirklich neuen Schweinen zu erziehen? Und diese ›engste Umgebung‹ der Präsidententochter ist ein Student, der für seine Leistungen berühmt und für seine katastrophalen Unglücksfälle berüchtigt ist – wurde sein jüngster Unglücksfall zum Mord? Konkrete Spuren führen von den ›Veggies‹ bis zum Wagen des Opfers.

Aber da gibt es auch noch den Ordinarius für Milchwirtschaft und Historiker der Sahnegewinnung. Will er vielleicht durch die Intrige um Belinda seinen schweinezüchtenden Kollegen um den Forscherlorbeer bringen, um selbst Abteilungsleiter zu werden?

Wie schon vor vier Monaten, als er die Leiche einer Kollegenfrau unvermutet im eigenen Wohnzimmer fand, ist Peter Shandy aufgerufen zu handeln. Nach seinen detektivischen Erfolgen zur Weihnachtszeit erwartet man geradezu von ihm, daß er den Fall löst, ohne daß das Renommee des im harten amerikanischen Hochschulwettbewerb stehenden College darunter leidet, befindet man sich doch am Vorabend des jährlichen Wettkampfs im Pflügen und Hüten. Zudem hat sich auch dieser Mordfall zwar nicht gerade in seinem Wohnzimmer, aber doch sozusagen vor seiner Haustür ereignet: Kurz nach einem Dinner in seinem Haus wurde Miss Flackley zuletzt lebend gesehen. Und da ist da auch noch der schwere Raub, in den die Shandys als unfreiwillige Mittäter und -opfer verwickelt waren.

Shandys Motivation ist sein Berufsethos – wie schon im vorigen Roman will er wissen, wer es wie warum getan hat, wie der Professor für Gräserkunde ja auch verpflichtet ist, herauszufinden, wie und warum eine erfolgversprechende Kultur eingegangen ist. Sammeln aller Fakten, Auswerten aller Spuren, Durchspielen aller Möglichkeiten sind seine Methode – und die Inspiration verhilft ihm, wie allen großen Detektiven, letztlich zur Lösung, das zufällig von außen kommende Stichwort, das plötzlich alle Informationen zu einem Ganzen zusammenschießen läßt und so den Fall klärt.

Schweine haben immer etwas Komisches – letztlich triumphiert das Lachen über die Trauer um das liebenswerte Opfer. Charlotte MacLeod ist zu stark der Spätform des klassischen Detektivromans verpflichtet, als daß der subtile Spielcharakter und das bewußt bukolisch-burlesk gewählte Setting sich nicht als Schutzwall gegen den Realismus einer grauen Alltagswelt durchsetzen würden.

Daß die 1922 in Kanada geborene und in Massachusetts lebende Autorin auch andere Register zu ziehen versteht, hat sie in ihrer in Bostons traditioneller Oberschicht spielenden Romanreihe gezeigt, die sie 1979 eröffnete und in der sie ernstere Töne anschlägt wie in »Die Familiengruft« oder »Der Rauchsalon« (DuMont's Kriminal-Bibliothek, Band 1012 und 1022). Die Formeln des klassischen Detektivromans sind noch lange nicht erschöpft und beweisen ihre Lebenskraft – dank Autoren wie Charlotte MacLeod.

Volker Neuhaus

Band 1079	Michael Innes	**Klagelied auf einen Dichter**
Band 1080	Edmund Crispin	**Mord vor der Premiere**
Band 1081	John Ball	**Die Augen des Buddha**
Band 1082	Lee Martin	**Keine Milch für Cameron**
Band 1083	William L. DeAndrea	**Schneeblind**
Band 1084	Charlotte MacLeod	**Rolls Royce und Bienenstich**
Band 1085	Ellery Queen	**... und raus bist du!**
Band 1086	Phoebe Atwood Taylor	**Kalt erwischt**
Band 1087	Conor Daly	**Mord am Loch acht**
Band 1088	Lee Martin	**Saubere Sachen**
Band 1089	S. S. van Dine	**Der Mordfall Benson**
Band 1090	Charlotte MacLeod	**Aus für den Milchmann**
Band 1091	William L. DeAndrea	**Im Netz der Quoten**
Band 1092	Charlotte MacLeod	**Jodeln und Juwelen** (September 2000)
Band 1093	John Dickson Carr	**Die Tür im Schott** (September 2000)
Band 2001	Lee Martin	**Neun mörderische Monate** (3 Romane)

Band 1001
Charlotte MacLeod
»Schlaf in himmlischer Ruh'«

Weihnachten ist auf dem Campus einer amerikanischen Kleinstadt immer eine große Sache, schließlich ist die ›Lichterwoche‹ auch noch eine Touristenattraktion von herausragender finanzieller Bedeutung. Als Prof. Shandy während der Feiertage eine Dame der Fakultät tot in seinen Räumen findet, ist daher den örtlichen Behörden sehr schnell klar, daß es sich nur um einen Unfall handeln kann.
Charlotte MacLeod ist eine der großen lebenden amerikanischen Autorinnen auf dem Gebiet des Kriminalromans, deren Prosa von der amerikanischen Presse als »elegant, witzig und mit einem liebenswertwarmen Touch« beschrieben wird.

Band 1022
Charlotte MacLeod
Der Rauchsalon

Für eine Lady aus der Bostoner Oberschicht ist es auf jeden Fall unpassend, ihr Privathaus in eine Familienpension umzuwandeln, um ihren Lebensunterhalt zu verdienen. So ist der Familienclan der Kellings entsetzt, als die junge Sarah, die gerade auf tragische Weise Witwe geworden ist, ankündigt, sie werde Zimmer vermieten. Doch selbst die konservativen, stets die Form wahrenden Kellings ahnen nicht, daß Sarahs neue Beschäftigung riskanter ist, als man annehmen sollte – mit den Mietern hält auch der Tod Einzug in das Haus auf Beacon Hill ...
Detektiv Max Bittersohn steht der jungen Frau bei. Er hat mehr als nur ein berufliches Interesse daran, daß wieder Ruhe und Ordnung in das Leben von Sarah Kelling einkehren.

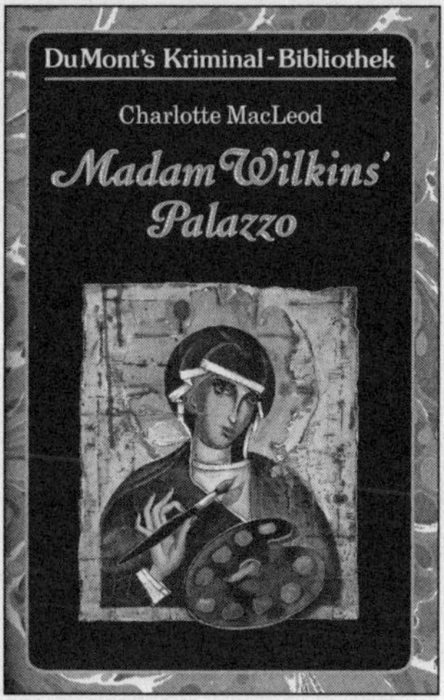

Band 1035

Charlotte MacLeod

Madam Wilkins' Palazzo

Sarah Kelling sagt nur zu gerne zu, als der smarte Detektiv in Sachen Kunstraub und Fälschung, Max Bittersohn, sie zu einem Konzert in den Palazzo der Madam Wilkins einlädt, ein Museum, das für seine exquisite Kunstsammlung berühmt und für den schlechten Geschmack seiner Besitzerin berüchtigt ist. Doch Bittersohns Einladung steht unter keinem guten Stern: Die Musiker sind schlecht, das Buffet läßt zu wünschen übrig – und einer der Museumswächter fällt rücklings von einem Balkon im zweiten Stock des Palazzos. Als Bittersohn dann noch entdeckt, daß die berühmte Kunstsammlung mehr Fälschungen als Originale enthält, steht eines zumindest fest: Mord sollte eben nie als schöne Kunst betrachtet werden.

Band 1066

Charlotte MacLeod

Eine Eule kommt selten allein

Die alljährliche Eulenzählung ist ein bedeutendes Ereignis für die Dozenten des ehrwürdigen Balaclava Agricultural College. Wie entsetzlich, daß ausgerechnet während dieser nächtlichen Veranstaltung Emory Emmerick, einer der Teilnehmer, erstochen und in einem Netz versteckt im Wald aufgefunden wird! Der Dozent für Nutzpflanzenzucht und Detektiv aus Leidenschaft, Professor Peter Shandy, beginnt mit seinen Ermittlungen und stößt schon bald auf Ungereimtheiten. Und als wäre die heile Welt des Colleges durch diesen heimtückischen Mord noch nicht genug erschüttert, wird auch noch die reiche Miss Winifred Binks entführt! Was geht hier vor?

Band 1072
Charlotte MacLeod
Teeblätter und Taschendiebe

Sarah und ihr Mann Max sitzen mit dem Rest des Kelling-Clans zusammen, um eine Wohltätigkeits-Auktion zu planen. Onkel Fredericks Sammlung von antikem Nippes soll unter den Hammer kommen, um mit den Erlösen den Ausbau des Senior Citizens Recycling Center zu finanzieren. Man sitzt gerade beim Tee, als die Nachricht von der Ermordung eines Mitglieds des Centers die Ruhe des Abends stört. Und was Cousine Theonia in den Teeblättern liest, läßt nichts Gutes ahnen ...

Band 1078

Charlotte MacLeod

Miss Rondels Lupinen

Professor Peter Shandy fährt an die Küste, um blumigen Gerüchten auf den Grund zu gehen. In den wildesten Farben erzählt man sich von prächtigen Lupinen, die hier gedeihen sollen.
Noch andere Überraschungen findet Shandy auf Miss Rondels Farm. Tiere und Pflanzen strotzen vor gespenstischer Gesundheit und auch die alte Dame selbst ist seltsam quicklebendig. Im Gegensatz zu Jasper Flodge, der eines Tags tot über seinem Teller Hühnerfrikasse zusammenbricht.
Peter Shandy darf seinen botanischen und detektivischen Leidenschaften nach Herzenslust frönen. Ein Band aus der Balaclava-Serie.

Band 1084

Charlotte MacLeod

Rolls Royce und Bienenstiche

Eines haben die Billingsgates mit ihren Freunden gemeinsam – kolonialen Reichtum. Vier Dinge zeichnen sie in der neuenglischen Aristokratie aus: Frömmigkeit, eine beachtliche Rolls Royce Sammlung, das schloßähnliche Landgut sowie ihr Sommerfest in altertümlichen Kostümen.

Als Vertreter der Familie Kelling sind Sarah und Max Bittersohn eingeladen. Das auf Kunstdiebstähle spezialisierte Paar soll die Augen offenhalten, denn ein Rolls Royce ist verschwunden.

Doch dann findet man den Chauffeur ermordet, ein weiterer Wagen verschwindet, ohne Spuren zu hinterlassen, und plötzlich löst sich auch noch eine Tante in Luft auf.

Band 1090

Charlotte MacLeod

Aus für den Milchmann

Professor Feldster würde für seine Kühe alles tun. Und für einen Abend ohne seine herrische Gattin Mirelle. Dafür ist ihm jede Verabredung recht, und so bricht er auf zu einem Besuch bei den Scarlett Runners. Doch Jim Feldster trifft nie dort ein.

Wieder einmal findet sich Peter Shandy unvermittelt in einen Fall verstrickt, denn Mirelle beschuldigt ihn, ihren Gatten zu verstecken. Allmählich dämmert es Shandy, dass sich bei Jim Feldster nicht alles um Viehfutter und Melkmaschinen drehte. Es gibt ja noch andere Leidenschaften – wie Liebe, Habsucht und Rache.

Band 1091
William L. DeAndrea
Im Netz der Quoten

Für Leute aus der Fernsehbranche ist das *Network* der Gipfel des Erfolgs. Und der Gipfel der Rücksichtslosigkeit im Netz der Quoten. Als der *Network*-Manager Matt Cobb für Spezialeinsätze eingeteilt wird, ahnt er nicht, dass ihn der Job mitten in die Abgründe einer Jagd führen wird, bei der die Gier nach Erfolg keine Grenzen kennt. Erst als ein Mordkommissar ihn mit einer Leiche erwischt, merkt auch Matt Cobb, dass es eng wird. Seine einzige Chance besteht darin, den wahren Mörder zu finden.

Für seinen ersten Matt-Cobb-Krimi »Im Netz der Quoten« wurde William L. DeAndrea mit dem begehrten Edgar-Allan-Poe-Award ausgezeichnet.